El Clan

Peter Dickinson

El Clan

— Segunda parte —

Las historias
de Ko y Mana

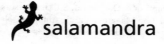

salamandra

Título original: *The Kin-II*

Traducción: Elizabeth Casals

Publicaciones y Ediciones Salamandra, S.A.
Mallorca, 237 - 08008 Barcelona - Tel. 93 215 11 99

ISBN: 84-7888-660-5
Depósito legal: B-40.558-2001

1ª edición, junio de 2001
2ª edición, octubre de 2001
Printed in Spain

Impresión: Domingraf, S.L. Impressors
Pol. Ind. Can Magarola, Pasaje Autopista, Nave 12
08100 Mollet del Vallés

Para Sam y Andrew,
Rosemary y George.

LA HISTORIA DE KO

1

No llovía.

Luna tras luna tras luna, el cielo conservó el mismo azul profundo. El sol los abrasaba durante todo el día. Las noches eran muy frías, pero no se formaba rocío.

Los pastos se secaron, se quedaron sin semillas. Las raíces que la gente podía comer se consumieron en el suelo. Si nacían nueces, la cáscara estaba vacía.

El río se secó hasta transformarse en un arroyo, en un pequeño chorro, en unas cuantas charcas hediondas. Cuando éstas desaparecieron, la gente tuvo que cavar para llegar al agua y sacarla con las manos.

Cuando lo hicieron, los animales olieron el agua desde muy lejos y la buscaron, desesperados por beber, pero débiles de hambre y sed. Eso los convertía en presas fáciles, aunque estaban escuálidos.

Pero las personas no eran los únicos que cazaban. Había leones, onzas, manadas de perros salvajes y hienas, que también olieron el agua y fueron hacia ella, pensando que además encontrarían comida. Si las personas no ponían vigilancia, podían correr peligro. Vigilar era algo que un niño mayor era capaz de hacer. Incluso Ko, aunque había tenido que pedirlo.

Ko había trepado a un árbol muerto debido a la sequía, así que no había hojas que le taparan la visión. Estaba algo alejado del pozo de agua, por lo que si había amenaza de peligro tendría que gritar.

Ko estaba contento. Mientras los hombres organizaban la caza, tocó a Suth con el codo y murmuró:

—Suth, ¿yo vigilo? Yo, Ko, lo pido.

Suth sonrió y habló con Tun, el jefe; éste miró a Ko y asintió. Por eso Ko era uno de los dos vigías. Nar era el otro, apostado en el otro extremo del lecho seco del río. Nar era el enemigo secreto de Ko.

—Vigila bien, Ko —le advirtió Suth en voz baja—. No sueñes.

Pero, naturalmente, Ko soñó. Siempre soñaba. Esa vez él era el héroe de la cacería. Los antílopes llegaban al agua y los cazadores tendían la emboscada, pero no tenían suerte. Alguien, probablemente Net, se movía pronto y los antílopes se asustaban y se alejaban corriendo por la planicie. El mejor de todos, un macho enorme y lustroso, que habría encontrado buenos pastos en alguna parte para tener tanta carne, se acercaba al árbol de Ko. El ingenioso Ko había llevado consigo un par de piedras grandes, que lanzaba desde el árbol al antílope, con todas sus fuerzas y con puntería mortal, dándole en un lado de la cabeza, en el lugar preciso, debajo de la oreja, y... y...

Ko no había decidido cómo terminaba el sueño. ¿Mataba enseguida al antílope? Parecía un poco exagerado, incluso para un sueño. Quizá sólo lo aturdía, de tal modo que el animal se desorientaba y regresaba quedando a merced de los cazadores...

De todos modos, buscó piedras mientras se acercaba al lugar de vigilancia, pero no encontró ninguna. ¿Cómo podía cambiar el sueño...? Antes de encontrar la solución, llegó al árbol.

Éste crecía en el extremo superior del cañón, sobre una base de piedra inclinada, un poco más alta que un hombre. Las raíces del árbol recorrían la superficie de la piedra y desaparecían en el suelo. Allí sólo había un pedrusco, casi tan grande como la cabeza de Ko, demasiado pesado para lanzarlo. Pero tendría que conformarse. El antílope debería acercarse más, así él podría dejar caer la piedra en lugar de lanzarla. De ese modo, hasta podía matarlo...

Con mucho esfuerzo llevó la roca hasta el árbol y consiguió apoyarla en una horcadura. Después buscó un lugar donde apostarse a la sombra del tronco y empezar la vigilancia.

Pasaba el tiempo. A Ko no le importaba. Tenía el sueño para entretenerse. Era un buen sueño, maravilloso pero no imposible, algo que él, Ko, realmente podía lograr si tenía suerte... Aquella noche había fiesta y elogios para los cazadores, y él, Ko, podría jactarse, y nadie se reiría de él... y Nar lo miraría con envidia...

12

¡Algo estaba ocurriendo!

Ruidos, un grito, hombres que daban voces, los chillidos de los cazadores al acechar a la presa.

Ko miró hacia el río, pero no vio nada. Los gritos provenían de más abajo, del lecho seco, fuera de su campo visual. Así que la presa habría aparecido en el lado de Nar, y él, Ko, no había visto nada, nada en absoluto... Seguramente el macho llegaría corriendo en ese momento hacia él...

No.

Se volvió y contempló la llanura nervioso. Quizá ahora...

En toda la superficie que se extendía hasta el horizonte nada se movía en la planicie seca y monótona, iluminada por la última luz del sol de la tarde.

¡Sí, allí!

Percibió un movimiento mucho más cercano.

¿Por qué no lo había visto antes?

Porque era casi del mismo color que la planicie tostada, rubio rojizo, que ocultaba a los leones. De no haber sido por el movimiento de las sombras, no habría reparado en ellos, que iban camino del río. Tres leonas y dos cachorros. Muy peligrosos.

Una leona con cachorros que alimentar no teme a nada.

Ko se volvió hacia el río, ahuecó las manos alrededor de la boca y emitió el aullido que significaba «¡peligro!». Todo el mundo lo utilizaba y lo comprendía, tanto los Halcones Luna y miembros de los demás Clanes que tenían palabras, como los Puercoespines, que no las tenían.

Nadie lo oyó. Los cazadores hacían mucho ruido. Unos ciervos pequeños subieron por la otra orilla y corrieron a toda prisa por la planicie.

Ko llamó de nuevo, esta vez con más fuerza. Advirtió que los leones se detenían y giraban las cabezas hacia él. A Ko el corazón le dio un vuelco. Aquellos animales eran capaces de trepar a los árboles. Ko buscó una rama por la que alejarse hasta donde los leones no pudieran seguirlo. Pero éstos siguieron el camino hacia el río.

Ko descansó un momento y volvió a aullar: «¡Peligro!»

Esa vez alguien lo oyó. Un hombre apareció en el lecho del río. Vio inmediatamente a los leones, que en ese momento estaban más cerca de él que del árbol de Ko. Se dio la vuelta y gritó a sus compañeros. Varios hombres subieron por la orilla lejana; tres de ellos, que cargaban cuerpos de ciervos en los hombros, empezaron a correr, tambaleándose por el peso de la carga, mientras los demás los seguían y vigilaban, mirando hacia atrás mientras se apresuraban.

Pero allí no podían estar todos. No. Mientras los dos leones que iban delante desaparecían en el lecho del río, subieron más hombres por la orilla opuesta. En un brazo llevaban piedras y les quedaba el otro libre para lanzarlas. Se pusieron en fila, listos para espantar a los leones si éstos intentaban atacar.

Un momento después, dos hombres aparecieron a la izquierda de Ko, río arriba, y empezaron a correr hacia él. El niño reconoció a Suth y a Kern, y suspiró aliviado. Se acercaban para asegurarse de que estaba a salvo. Aunque pudiera soñar que regresaba al campamento solo, en medio de la noche peligrosa, en realidad no deseaba tener que hacerlo.

Pero la leona y los cachorros todavía no habían iniciado la persecución de los dos que estaban más alejados, en el lecho del río. También ella vio a los hombres que corrían hacia el árbol e, inmediatamente, se dio la vuelta y fue tras ellos con pasos largos. Los cachorros la siguieron.

Ko gritó y señaló. Los hombres miraron hacia atrás y corrieron más rápido hacia el árbol. La leona aceleró el paso, ganando terreno a cada instante.

Ko se volvió hacia donde había dejado la piedra, la levantó hasta el pecho y la dejó sobre una rama inclinada. Quizá todavía podría hacer algo. El corazón le latía con fuerza. Aquello no era un sueño.

Suth era más rápido que Kern. Llegó a la roca grande donde crecía el árbol y comenzó a trepar; luego se dio la vuelta para ayudar a Kern.

Casi al llegar a la roca, Kern miró hacia atrás. Entonces tropezó y cayó. Se levantó casi al momento, pero la leona ya estaba cerca. Suth gritó y lanzó el palo de cavar. El extremo afilado dio en el hombro derecho de la leona, debajo del cuello, un golpe certero y fuerte que hizo que el animal retrocediera durante un instante. Kern llegó por fin, pero no tuvo tiempo de subir. Desesperado, apoyó la espalda en la roca y alzó el palo de cavar para asestar un último golpe.

Imposible. Era una leona con cachorros que alimentar.

Ko, a duras penas, logró apoyar una rodilla en la rama inclinada. Con ambas manos levantó el pedrusco por encima de la cabeza. No sería capaz de lanzarla lo bastante lejos. Pero quizá, justo cuando la leona saltara...

Se agarró a la rama y la piedra se le escurrió de la mano. Ko la vio caer, en línea recta.

En cuanto esquivó a Suth, la piedra pegó en el borde de la roca, rebotó y se estrelló en la cara de la leona cuando ésta se disponía a saltar. En ese mismo momento, Kern se lanzó hacia un lado. La leona chocó contra la roca y casi se cayó, pero logró mantener el equilibrio tambaleándose y moviendo la cabeza: la sangre le salía a borbotones por la boca y el hocico. Suth gritó y ayudó a Kern a subir por la roca; juntos treparon al árbol.

La leona todavía vacilaba y trataba de quitarse la sangre de la cara y los ojos; al cabo de un momento se recuperó e hizo una pausa para examinar a las tres personas que había en el árbol. De tanta hambre que pasaban, ella y los cachorros estaban escuálidos. Se les apreciaban todas las costillas con claridad. Si no encontraban comida, pronto morirían los tres.

Ko, Suth y Kern la observaron mientras decidía si subir o no al árbol para atraparlos. Por fin se dio la vuelta y se alejó caminando hacia el río, seguida por los cachorros.

Esperaron a que los leones desaparecieran en el lecho del río; después bajaron del árbol y corrieron en dirección opuesta antes de regresar al cerro que les servía de refugio. Se abrieron camino dando grandes rodeos para alejarse de cualquier escondite que pudiera ocultar otros leones. Cuando lograron avistar el cerro, sus sombras se extendían decenas y decenas de pasos ante ellos.

—Ko —dijo Suth, cuando casi llegaban—, esta noche yo cuento al Clan tu hazaña. Yo, Suth, te elogio.

—Yo, Kern, también te elogio —dijo Kern—. Yo te elogio y te doy las gracias.

Eran palabras que Ko anhelaba oír desde que tenía memoria, especialmente de Suth. Entonces ¿por qué se sentía incómodo ahora que las había escuchado? No lo comprendía.

—La roca era grande —señaló Kern, sorprendido—. Estaba en lo alto del árbol. ¿Por qué?

Suth miró a Ko.

—Yo... no sé —respondió Ko—. La encontré allí.

El pequeño sabía que Suth sospechaba desde hacía tiempo de sus sueños, pero Ko no iba a decir nada delante de Kern.

—Esto es suerte, suerte —observó Kern.

Suth seguía mirando a Ko.

—Suerte buena, Ko —dijo.

LEYENDA

Las hijas de Dat

Dat era del Clan de Loro. Tenía dos hijas, todavía niñas, llamadas Gata y Falu. Un escorpión rojo picó a su compañera, Pahi. En Llanura Ragala la mordió. Allí murió.
Dat dijo a sus hijas:
—Yo no tengo compañera. ¿Ahora quién muele semillas para mí? ¿Quién mezcla pasta de raíz? Ése es trabajo de mujer.
Falu respondió:
—Nosotras, tus hijas, hacemos esas cosas, padre mío.
Gata no dijo nada.
Dat dijo:
—Un día vienen hombres de Puerco Gordo y de Tejedor. Ellos dicen: «Gata, Falu, nosotros os elegimos como compañeras. ¿Vosotras nos elegís? ¿Qué respondéis?»
Falu dijo:
—Nosotras decimos: «Id con nuestro padre, Dat. Preguntad a él.»
Dat dijo:
—¿Es una promesa, hijas mías?
Falu respondió:
—Es una promesa, padre mío.
Gata no dijo nada.
Entonces Gata y Falu hicieron las tareas de mujer para su padre, Dat. Molieron semillas y mezclaron pasta de raíz. Él era feliz.
Pasaron decenas de lunas, y más decenas, y Gata casi era mujer. Loro acampaba en Agua Fétida, Serpiente también estaba allí. Gata vio a un joven alto y fuerte. Su nombre era Nal. Ella dijo a Falu:
—Pronto yo soy mujer. Yo elijo a Nal como compañero.

Falu dijo:

—Eso no está bien. Tú eres Loro, hermana mía. Nal es Serpiente.

Gata respondió:

—Eso son palabras. Yo, Gata, elijo a Nal como compañero. Yo no elijo a ningún otro hombre.

Gata ya era mujer. Era muy hermosa. Los hombres de Puerco Gordo y Tejedor fueron a ella y dijeron:

—Gata, nosotros te elegimos como compañera. Tú eliges a uno de nosotros. ¿A quién eliges?

Gata respondió:

—Mi padre, Dat, elige por mí. Preguntad a él. —Gata murmuró al oído de su padre—: No elijas a ninguno de estos hombres, padre mío. Yo, Gata, lo pido.

Dat respondió a los hombres:

—Yo no elijo a ninguno.

Dat se alegró. No quería que Gata lo abandonara.

Un hombre nuevo llegó de Tejedor. Su nombre era Tov. Era pequeño, pero ingenioso, y había risa en su boca.

Falu lo vio. Todavía era niña, pero su corazón cantó por él. Tov sólo veía a Gata. Fue una y otra vez a Dat, y siempre decía:

—Dame a Gata como compañera.

Dat dijo a sus hijas:

—Este hombre viene y viene. ¿Qué le digo?

Gata respondió:

—Padre mío, tú dices esto: «Primero tú me das un regalo.»

Dat preguntó:

—¿Qué regalo pido?

Gata contestó:

—Di esto, padre mío: «Tráeme un diente de la serpiente Fododo, el Padre de las Serpientes. Tráeme el diente venenoso.»

Dat dijo:

—Eso es cosa difícil. Tov no puede hacerlo.

Gata dijo:

—Tienes razón, padre. Tov no puede hacerlo.

Ella se rió, y Dat rió con ella.

Tov volvió a visitar a Dat. Falu lo vio y lo siguió. Se escondió entre los pastos altos y escuchó la conversación.

Tov dijo:

—Dame a Gata como compañera.

Dat respondió:

—Primero tú me das un regalo. Me traes un diente de la serpiente Fododo, el Padre de las Serpientes. Tú me das el diente venenoso.

Tov rió y dijo:

—Tú pides una cosa difícil. Pero por Gata yo lo hago.

2

La sequía tenía una ventaja: resultaba fácil conseguir leña. La mayor parte de los árboles y arbustos estaban muertos. Secas por el sol abrasador, las ramas se rompían con facilidad y se encendían con la primera chispa.

Aquella noche, la gente se reunió alrededor de dos hogueras que habían encendido en lo alto del risco, donde tenían el campamento. Había luna llena, y como el Clan era en su mayor parte Halcón Luna se organizó un festín. No había mucha comida. Tenían tres ciervos famélicos, algunos animales pequeños que habían cazado o apresado en trampas, unas lagartijas y un par de serpientes, algunas raíces marchitas, unos puñados de larvas y hierba agria, cuyas hojas eran buenas para masticar pero no podían tragarse, pues podían ahogarse con ellas. Eso era todo; durante el día habían comido sobras, así que cada uno comió tres o cuatro bocados. Siguieron con hambre, pero ya no estaban famélicos.

Los miembros del Clan, Ko y los Halcones Luna, así como los que quedaban de los otros Clanes que se habían dispersado por los nuevos Lugares Buenos y se habían reunido con ellos, se sentaron alrededor de una hoguera, y los Puercoespines, alrededor de la otra. No era por enemistad. Se llevaban bien, y estaban acostumbrados los unos a los otros. Antes de la sequía viajaban por separado, aunque se saludaban con alegría siempre que se encontraban. Cuando las últimas aguas del río desaparecieron, siguieron el camino juntos.

Era lo único que podían hacer. Ya habían llegado lejos, más lejos de lo que ninguno de ellos había estado jamás, pues al norte había un enorme pantano que impedía el avance. Ko había oído las conversaciones preocupadas de los adultos sobre qué harían cuando llegaran al pantano, aunque por lo menos allí habría agua. La razón por la cual el Clan y los Puercoespines no se sentaban juntos por la noche era muy sencilla: los Puercoespines no hablaban. Se tocaban y acariciaban entre sí mucho más que la gente del Clan, y utilizaban muchos sonidos diferentes: advertencias, órdenes, saludos, etcétera; pero, a diferencia del Clan, no sabían hablar. No podían conversar ni discutir, ni elogiar ni jactarse, ni contar ni escuchar las Leyendas, y así era como el Clan pasaba las veladas.

Tor era el único Puercoespín que estaba con los Halcones Luna, pues él también era uno de ellos. Al principio, cuando Suth y Noli y Tinu lo rescataron, y Tinu le curó el brazo roto, le dieron un nombre y le permitieron formar parte del Clan; después se había convertido en el compañero de Noli. Ko no recordaba el rescate. Para él, Tor estaba con ellos desde siempre, amable y bueno, con la extraña forma de su brazo, pues al sanar había quedado torcido, aunque conservaba toda la fuerza.

Terminaron de comer lo poco que había, pero siguieron pasándose los huesos pelados para chupar y roer por turnos. Mientras tanto, los hombres se levantaron para jactarse de su comportamiento en la cacería.

Suth era el hombre más joven, por lo que habló el último. Cuando le llegó el turno se puso en pie, alzó la mano para pedir silencio y miró a Tun, que asintió. Pese a ser el más joven, cuando Suth hablaba todo el mundo escuchaba. Tenían buen concepto de él. Cuando era niño, él solo había luchado con un leopardo y lo había matado. Era una gran hazaña, digna de un héroe. Tenía las cicatrices de las garras del leopardo en el hombro izquierdo, y otra pequeña en la mejilla. Los demás tenían cicatrices de hombre en ambas mejillas, hechas por el cabecilla de su Clan en la celebración especial en que habían sido aceptados como hombres. Suth sólo tenía la cicatriz que le había hecho el leopardo. Pero era suficiente.

—Yo, Suth, elogio —empezó—. Yo elogio al niño Ko. Nosotros cazábamos. Ko vigilaba en un árbol. Llegaron tres leones...

Contó poco a poco lo sucedido: cómo él y Kern escaparon de la leona, y cómo ésta casi atrapó a Kern, pero Ko, desde lo alto del árbol, lanzó una gran piedra (Suth no dijo «dejó caer», sino «lanzó») y consiguió aturdir a la leona el tiempo suficiente para permitir a los dos hombres trepar al árbol y escapar.

Suth dejó de hablar y se sentó. Ko, sentado con las mujeres y los niños al otro lado de la hoguera, frente a los hombres, se dio cuenta de que todo el mundo lo estaba mirando. Noli, que estaba junto a él, lo empujó suavemente con el codo. Ko se levantó, alzó el brazo y miró a Tun.

Tun asintió solemnemente. Se hizo el silencio. Ko intentó hablar, jactarse. Era un momento con el que había soñado muchas veces, aunque normalmente los niños no se jactaban ante los adultos; lo hacían entre ellos a cada instante. En los sueños de Ko las palabras surgían con facilidad, con orgullo. Pero no en ese momento. Por mucho que dijera Suth, Ko sabía que no había sido el héroe de sus sueños, ingenioso y valiente. Sí, quizá había salvado la vida de Kern, pero sólo gracias a un estúpido accidente.

Tragó saliva y trató de hablar.

—Yo, Ko, hice esto. Sí. Yo hice esto. Suth lo dice. Es verdad. Yo... Yo... tengo suerte, suerte.

Se sentó, casi llorando de vergüenza por el tímido alarde. Todo el mundo se reía. Ko agachó la cabeza con tristeza. Deseaba correr lejos, muy lejos en medio de la noche oscura. Notó que Noli le pasaba el brazo por los hombros.

—Ko, ¿por qué escondes la cabeza? —murmuró—. Tú lo haces bien, bien. Suth te elogia.

—Ellos ríen —dijo Ko—. Ellos ríen de mis palabras estúpidas.

—No, Ko —le consoló Noli—. Tus palabras son buenas. Ellos están contentos por ti. Ellos ríen. Escuchan. Ahora se ríen de Kern. Es diferente.

Era verdad. En las voces de los hombres había un tono nuevo cuando se reían de Kern, por haber dejado que el león casi lo atrapara, por necesitar que un niño lo salvara.

—Tú, Kern, tienes suerte, suerte —decían.

—Es verdad —dijo Kern, alegremente.

Ko se sintió mejor, pero se quedó donde estaba, acurrucado contra Noli; ésta comprendió lo que el niño quería y continuó rodeándolo con el brazo. Noli no era la madre de Ko; además era demasiado joven. Hacía sólo ocho lunas que ella y Tor se habían elegido como compañeros, y ya estaba embarazada de su primer hijo. Sin embargo, había hecho de madre de Ko, de Mana y de su hermano Tan, pues sus padres habían sido asesinados o secuestrados cuando unos violentos desconocidos atacaron a los Halcones Luna y a los demás Clanes, obligándolos a abandonar los antiguos Lugares Buenos.

Ko no se acordaba de nada de eso. Sólo retenía fragmentos de la época posterior, cuando los seis, Suth, Noli y Tinu, Ko, Mana y Tan, que en aquel entonces se llamaba Otan porque todavía era un recién nacido, habían vivido con el Clan de Mono en un valle oculto, en la cima de una montaña. Él sabía que la montaña había explotado. Se lo habían contado. No obstante, sólo recordaba haber subido desesperadamente una colina rocosa en la oscuridad y haberse agarrado a algo, mientras llovían rocas a su alrededor y una enorme masa caliente y anaranjada rugía y retumbaba más abajo.

No recordaba muchas cosas que habían ocurrido después, como el tiempo que pasaron con los Puercoespines; Suth decía que había sido en un cañón en alguna parte; después, la llegada a los nuevos Lugares Buenos y el encuentro con Tun, Kern, Chogi y el resto de los Halcones Luna.

Todos los recuerdos reales de Ko eran sobre la vida en los nuevos Lugares Buenos, junto con la gente que en ese momento estaba sentada alrededor de las dos hogueras. Sin embargo, todavía consideraba como su auténtica familia a aquellas seis personas que habían hecho todo aquello que le contaban. Suth, el padre, y Noli, la madre, aunque Suth era compañero de Bodu y tenía su propio hijo, Ogad, y el de Noli nacería antes de la siguiente luna.

Tinu era como una hermana mayor, o quizá una tía, aunque todavía no era mujer. Y Mana era la hermana menor de Ko y Tan su hermano más pequeño, aunque en realidad todos tenían padres diferentes. Por eso Ko se sentía más cerca de esas cinco personas que de ninguna otra del refugio. En aquel preciso momento estaba sentado entre Noli y Mana, y Tinu estaba al otro lado de Noli. Tan correteaba entre las dos hogueras, jugando a perseguirse con otros niños pequeños, tanto del Clan como Puercoespines. Para este juego no hacían falta palabras.

Mientras los hombres se burlaban de Kern, Chogi se levantó, fue hasta el otro lado de la hoguera y se puso delante de Tun. Se arrodilló, se tocó la frente un instante y agitó los dedos en el aire. Chogi era una mujer mayor. A todos sorprendió que se arrodillara y golpeteara el suelo con las manos ante el jefe, como habría hecho una mujer más joven.

—Chogi, nosotros escuchamos —dijo Tun.

Chogi inclinó de nuevo la cabeza y se dirigió lentamente hacia el espacio que separaba a los hombres de las mujeres, para que todos pudieran verla y escucharla. Era evidente que tenía algo importante que decir.

Era una mujer de baja estatura y cara arrugada. Ko nunca la había visto reírse. Recordaba cuando estaba más gorda; pero había adelgazado a causa del hambre, como todos los demás. Su principal ocupación consistía en procurar que el Clan siguiera estrictamente las tradiciones antiguas, sobre todo las que hacían referencia al nacimiento de niños y a la elección de compañeros, y a las cosas que se hacían cuando los recién nacidos se convertían en niños pequeños, o los niños pequeños pasaban a ser niños mayores, o los niños mayores llegaban a ser hombres y mujeres. Ko encontraba todo aquello muy aburrido, así que, en lugar de escuchar a Chogi, empezó a soñar otra vez con su alarde; él, Ko, pronunciaba las palabras que había querido decir. Mientras lo hacía, retrocedió en el tiempo y cambió algunos detalles de la aventura; así, camino del árbol había encontrado un par de buenas piedras para lanzar...

Algo estaba sucediendo. Los hombres habían dejado de murmurar entre sí, como hacían siempre que se discutían asuntos de mujeres. Ko dejó de soñar y escuchó.

—... La luna es grande —estaba diciendo Chogi—. Nosotros hacemos una fiesta. Esto es bueno. Es un momento feliz. Pero ahora nosotros vamos a nuevos lugares, peligrosos, peligrosos. ¿Encontramos comida? ¿Hacemos otra celebración? ¿Cuándo hay otro momento feliz? Yo no lo sé. Así que yo, Chogi, digo esto: ahora nosotros somos felices. Y estamos aquí. Yo veo a Nar. Yo veo a Tinu. Pronto ellos eligen compañeros. Nar elige a Tinu. No hay otra mujer. Tinu elige a Nar. No hay otro hombre. Ellos se ponen sal en la frente. Esto es bueno. Es un momento feliz. Así que yo, Chogi, digo, ellos no esperan. Ellos hacen esto ahora. Yo, Chogi, digo esto.

La mujer se calló, pero se quedó donde estaba; la luz del fuego vacilaba en su rostro viejo y arrugado, y la luna llena estaba a su espalda, a medio camino. Se habían quedado pasmados y no podían hablar. Hasta Ko comprendía que lo que Chogi sugería era no seguir la tradición. Nadie se sorprendió cuando Suth y Bodu se eligieron el uno al otro. No podían elegir a nadie más y, además, Bodu pertenecía a Pequeño Murciélago, uno de los dos Clanes en los cuales Halcón Luna podía escoger.

Aun así, para convertirse en hombre y mujer habían esperado y se habían seguido las costumbres. En una fiesta de luna llena, ambos se habían puesto en pie, a uno y otro lado del fuego, y habían ido hasta el lugar donde Chogi estaba en ese momento, se habían tocado las palmas, habían pronunciado las palabras de elección y se habían frotado sal en la frente, tal como habían hecho Nal y Turka mucho, mucho tiempo antes, la primera vez que dos personas se eligieron, junto a las salinas que había más allá de Lusan de las Hormigas: uno de los antiguos Lugares Buenos, donde ninguno de ellos volvería jamás.

Todos empezaron a discutir la idea de Chogi. Hasta los hombres estaban interesados. No se trataba solamente de que Nar y Tinu se eligieran el uno al otro antes de ser hombre y mujer. Nar era de Mono. Él y su madre, Zara, habían logrado escapar cuando la montaña donde vivía el Clan de Mono explotó. Había otras personas con ellos, pero todos habían muerto, perdidos en algún desierto. Sólo Zara había logrado sobrevivir con su hijo pequeño, Nar, y por fin había llegado a los nuevos Lugares Buenos y se había unido a los Halcones Luna. De modo que ellos eran los últimos del Clan de Mono, y nadie sabía de qué Clanes podían elegir compañero los del Clan de Mono.

Para los adultos aquello era algo muy importante, aunque para Ko no tenía mucho sentido. Cuando le llegara el turno, ¿a quién podía elegir? Las únicas niñas de la edad adecuada eran Mana, que pertenecía a Halcón Luna (a Chogi eso no le gustaría en absoluto), y Sibi, que todavía era una niña pequeña y además de Loro, y Halcón Luna no podía aparearse con Loro. Y Sibi no disimulaba que, para ella, Ko era un estúpido.

Ko se inclinó para ver cómo Tinu se tomaba la sugerencia de Chogi, pero se había escondido tras la sombra de Noli y se tapaba la cara con las manos; cuando alguien atraía la atención hacia ella, Tinu siempre trataba de ocultar la boca rara y torcida. Ko tenía la esperanza de que no le gustara la idea. No quería que Nar formara parte de su familia, como Tor y Bodu.

En realidad, Ko no tenía ninguna buena razón para que Nar fuera su enemigo. Nar era sólo un niño más, un poco mayor que él. Quizá debían haber sido amigos. En el Clan no había otros niños de su edad. Nar era más alto y más fuerte que Ko, pero sólo porque era mayor: no era jactancioso ni fanfarrón. Al parecer, caía bien a los demás, pero eso sólo empeoraba las cosas.

La verdadera razón por la cual Ko no soportaba a Nar era su sonrisa. Nar sonreía mucho, casi siempre que alguien le hablaba, y cuando Ko se jactaba, asegurando que había hecho algo cuando no era verdad, o prometiendo que lo haría cuando todo el mundo sabía que sería incapaz, Nar sonreía y lo miraba un momento, como diciendo: «Yo soy casi un hombre, y tú sólo eres un niño estúpido...»

Ko se levantó, fingiendo que necesitaba estirarse y bostezar, pero de hecho quería ver cómo había reaccionado Nar. No lo veía. ¿Dónde estaba? Ah, debía de ser aquél, justo detrás de Zara, pero no le veía la cara. Zara le estaba diciendo algo. Seguramente él había respondido, pues ella negó con la cabeza e hizo un gesto furioso con la mano izquierda, como si intentara descartar por completo la idea.

Qué bien, a Zara tampoco le gustaba la idea. A Ko no le cabía en la cabeza que Tinu quisiera realmente a Nar como compañero. Chogi era una anciana chiflada. ¿Por qué Tun no se levantaba para decirlo...?

Mientras volvía a sentarse, Ko se dio cuenta de que a Noli, que estaba a su lado, le sucedía algo. Temblaba y respiraba de manera lenta y profunda. Su cuerpo se había puesto rígido. Tenía los ojos abiertos, pero con las pupilas hacia arriba, de forma que sólo se veía la parte blanca bajo los párpados hinchados. Se veía espuma en la comisura de su boca.

Ko no se alarmó. Sabía lo que ocurría, y estaba prevenido cuando Noli respiró aún más profundamente y se puso en pie de repente. No lo hizo con esfuerzo ni torpeza, como era habitual en los últimos meses, debido a que el niño que llevaba en su interior la desequilibraba. Esta vez parecía que algo la sujetaba y la estaba levantando.

Todos dejaron de hablar y la miraron. Nada de aquello les resultaba extraño. Esperaron en silencio.

Noli levantó los brazos y se quedó quieta como un árbol. Después, una voz salió de su interior, no la suya, ni la de ningún hombre ni mujer, sino una voz profunda y suave, como el eco de una cueva: era la voz de Halcón Luna, un Primero.

—Esperad —dijo la voz—. Todavía no es el momento.

Cuando el último murmullo de la voz se apagó en la oscuridad, Noli se desplomó. Eso ocurría algunas veces, así que Ko ya estaba arrodillado, listo para cogerla, pero Noli cayó al otro lado, en brazos de Tinu. En ese momento, Ko distinguió el rostro de Tinu a la luz del fuego: la boca deforme estaba abierta, la mandíbula torcida hacia un lado y hacia abajo, como si tuviera algo clavado en ella. Las lágrimas le recorrían las mejillas.

Mana también la había visto. Cuando Ko se acercó para ayudar a apoyar a Noli en la roca, Mana ya estaba arrodillada al otro lado de Tinu, rodeándola con los dos brazos, abrazándola con fuerza. Tinu se acurrucó junto al cuerpo dormido de Noli, con la cabeza entre las manos, sollozando con amargura.

Ko dio la vuelta para abrazarla por el otro lado.

—No llores, Tinu —le suplicó—. ¿Por qué lloras?

Mana le hizo una mueca a Ko para que se callara, pero Tinu respondió, murmurando entre sollozos:

—Ningún hombre... elige... a Tinu... Ningún hombre... nunca.

Ko, desesperado por consolarla, dijo lo primero que se le ocurrió.

—Yo encuentro un compañero para ti, Tinu. Yo, Ko, hago esto.

Tinu se apartó las manos de la cara y lo miró; Ko vio que ella trataba de sonreír, pero aún tenía la cara bañada en lágrimas. Por encima del hombro de Tinu, Mana fruncía el entrecejo y meneaba la cabeza. Ko suspiró; volvió hacia atrás dejando a un lado el cuerpo dormido de Noli, se sentó con la barbilla sobre los puños y contempló las llamas pequeñas y vacilantes que danzaban sobre las brasas incandescentes.

¿Qué había dicho mal? ¿A qué se refería Tinu con eso de que nadie la elegiría nunca como compañera? A Tinu no le pasaba nada, nada importante. Su rostro no era como el de las demás personas, estaba torcido y no podía hablar correctamente. Pero ella tenía palabras, sólo había que acostumbrarse a su modo de hablar. Además, era hábil, hábil con la mente y las manos. A veces descubría nuevas formas de hacer las cosas, formas que a los demás nunca se les ocurrían.

Además, se dijo Ko, en cuanto se convirtiera en mujer algún hombre la elegiría como compañera. ¿Qué hombre? Como había dicho Chogi, no había nadie excepto Nar. Nar quedaba descartado. Él, Ko, encontraría a alguien.

LEYENDA

La oración de Falu

Falu le dijo a Gata:

—Tú te quedas con mi padre. Mueles la semilla. Mezclas la raíz roja.

Gata preguntó:

—Hermana, ¿dónde vas?

Falu respondió:

—Yo sigo a Tov. Él busca el diente de Fododo, el Padre de las Serpientes. Tov es hábil. Quizá él consigue el diente. Pero yo tiendo trampas en el camino. Yo lo desvío.

Gata dijo:

—Hermana mía, eso es bueno.

Falu fue en primer lugar a Dindijji, el lugar de los árboles de polvo. Mientras iba, recogió nueces por el camino. Desenterró raíz de goma del suelo, la masticó y escupió el resultado en la calabaza.

Falu llegó a Dindijji. Hizo una pasta con lo masticado y la desparramó sobre una roca al sol. Pronto se volvió muy pegajosa. Falu la untó en las ramas de los árboles de polvo y pegó las nueces en ellas. Los loros fueron a comérselas, los loros pequeños y grises de plumas amarillas en la cola.

Ellos quedaron pegados en la pasta. Falu los atrapó. De la cola de cada uno cogió una pluma amarilla.

Falu les dio nueces y los liberó.

Les dijo:

—Pequeños loros grises, volad hasta el Primero. Decidle: «Falu es nuestra amiga. Ella nos da nueces.»

Falu se pegó las plumas en las nalgas, las plumas amarillas de las colas de los loros. Se revolcó al pie de los árboles y se echó polvo sobre la cabeza, el polvo gris. Entonces dijo:

27

—Ahora yo soy un loro, un loro pequeño y gris con plumas amarillas en la cola. Al caer la noche trepó a un árbol. Llegó hasta las ramas más altas. Los loros pequeños y grises fueron a pasar la noche con ella. Se despertaron al amanecer y volaron de un lado a otro y cantaron su canción. Era la época de los loros. Falu cantó también. Cantó estas palabras:

Loro, Primero.
Yo soy tu polluelo.
Tú me proteges.
Tú me traes frutas dulces.
Dame a Tov como compañero.

Cinco noches Falu permaneció en el árbol, sin comer ni beber. Todas las mañanas ella cantó con los loros.

En la sexta noche se ató con corteza y durmió. La corteza la mantuvo a salvo.

Falu soñó. Loro se presentó en sus sueños y dijo:

—Falu, tú eres mi polluelo. Yo te protejo. Yo te llevo frutas dulces. Yo te doy a Tov como compañero. Ve donde él va.

Falu se despertó por la mañana. Se miró los brazos, y eran alas. Se miró los dedos, y eran las plumas grises de las puntas de las alas.

Le picó la barbilla. La rascó con el pie. Se miró el pie, y era la pata de un pájaro.

Abrió la boca y cantó. Su voz era la voz de un loro.

Falu dijo en su corazón: «Esto es bueno. Yo voy donde va Tov. Él no me conoce.»

3

Donde estaban no quedaba comida, así que al día siguiente se trasladaron al norte. Para cubrir una zona más amplia, los Puercoespines se quedaron en el lado este del río, mientras que los Halcones Luna fueron por el oeste. El camino era difícil. La tierra cada vez se parecía más a la del desierto. Los árboles que bordeaban el río, que solían estar verdes todo el año, ahora casi no tenían hojas y estaban secos. Era difícil encontrar agua, incluso cavando en el lecho del río, y tenían suerte si cada uno conseguía unos cuantos bocados de comida al día.

Durante algunas jornadas se desplazaron así. El hambre perseguía a Ko como si fuera su sombra. Tenía hambre hasta cuando soñaba. Pronto también tendría sed. Olían el agua que goteaba bajo el lecho del río, pero cuando cavaban no encontraban casi nada. Chupaban guijarros y masticaban ramas secas para hacer algo con la boca.

Las mujeres estaban nerviosas por los niños: el pequeño Ogad de Bodu y el hijo de Noli, aún por nacer. ¿Comía Bodu lo suficiente para producir buena leche? ¿Comía Noli lo suficiente para que el niño creciera en su vientre? ¿Tendría leche para alimentarlo cuando naciera? Daban a las madres todo lo que podían, pero no era suficiente.

Los hombres también estaban preocupados. Una noche, Ko oyó hablar a algunos, tras una tarde en que habían tenido un golpe de suerte: habían encontrado una zona de calabazas buenas que, una vez bien saladas y ahumadas, podían contener agua durante muchas lunas sin que se ablandaran. Los hombres se ocuparon de eso, mientras las mujeres preparaban la poca comida que habían encontrado.

—Nosotros gastamos toda la sal —decía Var—. No hay más. Ahora nosotros vamos lejos y lejos. ¿Encontramos más sal? ¿Encontramos piedras de cortador? ¿Encontramos árboles tingin?

Hablaba con tono pesimista. Var siempre utilizaba ese tono, pero entonces los otros hombres gruñeron en señal de asentimiento. Eran cosas que la gente usaba todos los días. No era posible fabricar un buen palo de cavar sin un cortador ni lazos para transportar una calabaza sin corteza de tingin; y la sal era útil para impedir que la carne se pudriera, y para que la comida tuviera mejor sabor. Pero todo aquello también escaseaba. Y quizá viajarían muchos días sin encontrar nada.

—Allí hay una salina —dijo Net, mientras se levantaba de un salto y señalaba al oeste, como si estuviera dispuesto a partir en ese mismo instante—. Yova la descubrió. No tiene nombre.

—Está lejos lejos —objetó Tun—. Allí no hay comida. No hay Lugar Bueno. Ya no. Ha desaparecido.

Ko sabía de qué hablaban. Casi no recordaba la época en que las lluvias aún no habían empezado a ser más escasas, cuando podían vagar por un espacio mucho más amplio, desde un Lugar Bueno hasta otro. El desierto se había tragado todos los Lugares Buenos.

Ko dejó de escuchar y empezó a soñar que él, Ko, se adentraba en secreto en medio de la oscuridad, viajaba a la luz de la luna y, después de muchas aventuras buenas, llegaba a la salina que Yova había encontrado y desenterraba un bloque de maravillosa sal blanca, de la mejor clase, tan blanca que brillaba a la luz de la luna. Después regresaba al campamento mientras los demás todavía dormían, y cuando despertaban por la mañana encontraban la sal junto a las brasas del fuego, y no se explicaban cómo había llegado hasta allí. Entonces él, Ko, se lo contaba.

Era un buen sueño. Ko todavía lo estaba elaborando cuando todos se acostaron.

Los días siguientes fueron peores. El río se dividía en un laberinto de otros más pequeños, ya todos secos, separados por islas, bancos de arena e inmensas marañas de cañaverales muertos, que formaban la clase de territorio peligroso y estéril que el Clan llamaba «lugares de demonios». En algún lugar, al otro lado, estaban los Puercoespines; no tenían noticias de ellos desde hacía varios días, y estaban fuera de su alcance.

Todavía era difícil conseguir agua. A veces, para poder continuar el camino, tenían que esperar toda la mañana hasta que algunos adultos que se habían ido con las calabazas vacías regresaban con un líquido turbio y hediondo. Varias personas cayeron enfermas. Mana fue la que peor estuvo. Tropezaba todo el rato, así que Ko tenía que rodearla con el brazo para ayudarla a caminar. Además, a veces estaba caliente y otras fría, y hablaba de cosas que no existían. Un día, un escorpión mordió a Cal en el pie. Se le hinchó toda la pierna. Era un hombre valiente; sin embargo, aullaba y lloraba de dolor; todos creyeron que iba a morir. Pero a la mañana siguiente, el dolor y la hinchazón casi habían desaparecido; después, la pierna se encogió hasta reducir su grosor al de un palo, por lo que Cal renqueaba al caminar.

Naturalmente, Ko no fue en busca de agua. Probó a hacerlo en un par de sueños, pero los demonios se metieron en ellos y lo asustaron.

Muy débiles y deprimidos, llegaron a los pantanos principales. Era lo más lejos que cualquiera de ellos había llegado, incluso antes de que cesaran las lluvias. Se detuvieron en lo alto de una elevación y miraron hacia el norte.

Era por la tarde y, tras las primeras decenas de pasos, todo quedó oculto bajo una extraña neblina, dorada por la luz del sol de poniente. No parecía muy densa. Ko distinguía con claridad los primeros bancos de arena y cañaverales, pero después éstos se convirtieron en formas vagas y borrosas, hasta que se esfumaron por completo. No había señales de ningún sendero, y era tarde para explorar, así que acamparon y durmieron.

Cuando se despertaron por la mañana, la neblina se había aclarado, y pudieron ver lo que les esperaba.

Los pantanos también eran lugares de demonios. Ko no sabía lo que eran, así que se los había imaginado como bancos de arena y altos cañaverales verdes, con charcas de agua clara entre unos y otros. Allí estaban los cañaverales, formando una vasta maleza oscura. También el barro, seco y agrietado. No había agua. Los insectos salieron del barrizal y se arremolinaron en torno a los recién llegados. Ko no apreciaba hasta dónde se extendía el pantano, pero más allá, casi tan azul como el deslumbrante cielo, sí logró ver una línea vacilante; sin duda, colinas lejanas.

Suth señaló.

—Nosotros vamos allí —dijo—. Mirad, llueve. Allí encontramos Lugares Buenos.

Ko miró y, sí, a lo lejos vio dos masas oscuras y separadas que empañaban el horizonte.

—Suth, nosotros no podemos cruzar el pantano —advirtió Bodu.

Habló con tristeza. Por lo general era alegre. A Ko le caía bien. A veces ella se reía de él, pero su risa no era burlona ni irónica; sólo le gustaba reír. Pero Bodu estaba preocupada por su hijo, Ogad, que todavía no tenía tres lunas de vida. El pequeño estaba muy delgado y se quejaba porque ella no tenía suficiente leche para darle. Si no encontraban pronto mejor comida, Ogad moriría.

Ko quiso consolarla. Como de costumbre, habló antes de pensar.

—Yo encuentro un camino entre los pantanos —dijo—. Yo, Ko, hago esto.

Alguien se rió detrás de él; Ko se volvió. Era Nar, que no trataba de ocultar su sonrisa. Ko dio un paso hacia él y alzó la barbilla. Notó que, al intentar encrespar el pelo, el cuero cabelludo se movía, aunque tendría que esperar a ser hombre antes de poder hacerlo de tal modo que todos lo vieran.

—Yo, Ko, hablo, Nar —le espetó—. Yo encuentro el camino entre los pantanos. ¿Nar dice «no»?

Nar no se impresionó. Su sonrisa iba de oreja a oreja.

—Tú haces esto, Ko —replicó—. Entonces yo te hago un regalo.

—¿Qué regalo, Nar?

Ko estaba realmente enfadado. Hasta le pareció que el pelo se le movía un poco.

—Yo te doy lo que tú pides —respondió Nar con indiferencia, con lo cual fue más obvio que estaba seguro de la incapacidad de Ko de hacer lo que decía. Todo aquello era cosa de hombres, el tipo de palabras que Var y Kern habrían utilizado en una discusión. Los niños imitaban a los hombres, para ellos era una especie de juego. Ko vio claro que Nar lo entendía así.

Pero Ko no. Miró a su alrededor y vio una roca que sobresalía del suelo, a pocos pasos detrás de Nar.

—Ven —dijo, y se dirigió a la piedra, sin mirar para asegurarse de que Nar lo seguía.

Nar lo siguió, pero ya no sonreía.

Ko puso la mano derecha sobre el pedrusco.

—Ésta es la roca Odutu... —empezó a decir, pero Nar lo interrumpió.

—Ko, yo retiro mis palabras.

—¿Tú dices que yo, Ko, encuentro el camino entre los pantanos?

—No, Ko —respondió con calma Nar—. No hagas eso. No lo intentes. Es peligroso, peligroso.

Pero Ko estaba demasiado enfadado para escuchar, ya fuera por las palabras ya por el modo en que Nar las había dicho. Puso la mano en la roca.

—Ésta es la roca Odutu, Odutu bajo la Montaña —dijo—. En Odutu yo digo esto: «Yo, Ko, encuentro el camino a través de los pantanos.»

Dio un paso atrás y esperó. Era el juramento o desafío más difícil que nadie había hecho. Odutu era un lugar real, una roca enorme, que se encontraba muy lejos, al sur de los antiguos Lugares Buenos, al pie de la montaña donde vivían los Primeros. A Ko le habían llevado allí cuando era más pequeño, pero él no lo recordaba. Lo único que conocía era una Leyenda según la cual un juramento hecho en Odutu era un juramento para siempre. Como en ese momento estaba muy lejos del verdadero Odutu, cualquier roca grande cumplía el mismo objetivo, siempre y cuando se dijeran las palabras adecuadas.

Nar vaciló, suspiró y se encogió de hombros. Puso la mano sobre la roca y murmuró:

—Esta roca es Odutu, Odutu bajo la Montaña. En Odutu yo digo esto: «Ko encuentra un camino a través del pantano, entonces yo doy un regalo. Ko pide. Yo, Nar, doy.»

Miró a Ko y movió la cabeza en señal de desaprobación, y sin decir una palabra volvió con los demás.

Ko lo siguió. Nadie parecía haberse dado cuenta de lo que habían hecho. Eran sólo dos niños que hacían cosas de niños. Además, en la otra dirección ocurría algo más interesante.

El suelo sólido terminaba en una orilla baja, después empezaba el pantano. Todos estaban junto a la orilla mirando cómo alguien, Net, naturalmente, que siempre era el primero en intentarlo todo, avanzaba por un trozo de barro seco que había entre dos grupos de cañas, moviéndose medio paso cada vez y probando la superficie bajo el pie antes de apoyarlo. Se había alejado cuatro o cinco pasos de la orilla cuando la superficie cedió.

Enseguida se hundió hasta la cintura, pero el barro negro y pegajoso parecía ser más profundo de lo que había supuesto, y Net siguió hundiéndose mientras forcejeaba tratando de salir.

Pronto el barro le llegó al pecho; él intentaba con desesperación llegar a la orilla, pero en vano. Todo el mundo gritaba. Los demás hombres estaban en el borde del pantano. Tun daba órdenes.

Suth empezó a gatear sobre el barro. Era el más ligero de los hombres. Se apoyó sobre el estómago y avanzó como un gusano, repartiendo el peso sobre el fango traicionero. Ko contemplaba la escena con el corazón en un puño.

En cuanto los pies de Suth se hubieron alejado de la orilla, Var se arrodilló y lo cogió de los tobillos; y cuando Suth se alejó más, Var se estiró y avanzó tras él, mientras Kern y Tor se arrodillaban y lo cogían de los tobillos. Cuando Suth logró agarrar las muñecas de Net, a éste el barro ya le llegaba al cuello.

La posición era difícil. Ninguno de los que estaban en suelo firme podía tirar con mucha fuerza, y los dos que estaban en el barro no se atrevían. No obstante, sin esperar a que Tor diera la orden, las mujeres formaron dos filas, de tal modo que cada una cogía de la cintura a la que tenía delante; las dos que quedaron en el extremo de cada hilera hicieron lo propio con Tor y Kern.

Chogi hizo una señal y todas juntas tiraron con fuerza. Suth y Var soportaron la tensión. Ko veía cómo los músculos de los antebrazos de éstos se hinchaban, tratando de no soltarse. Net dejó de hundirse. Las mujeres tiraban rítmicamente, y Tun marcaba el ritmo. Pero no bastaba. Net permanecía estancado. Ko, Nar y los niños mayores se pusieron al final de las filas e hicieron su aportación. Ko estaba lejos de la orilla, y aun así veía a los hombres tumbados en el barro.

La superficie bajo Suth cedió, pero de algún modo logró mantenerse sobre ella, moviendo la cabeza a un lado para impedir que la nariz y la boca se hundieran, mientras flotaba sobre el fango mugriento.

El cambio de ángulo seguramente ayudó. Muy despacio, tanto que Ko apenas se dio cuenta, los pies de Var fueron acercándose a la orilla. Los cuerpos de Tor y de Kern se enderezaron. Los hombros de Net se hicieron visibles de nuevo.

Net salió de golpe. Las filas que se habían formado en la orilla cayeron hacia atrás. Cuando se levantaron, Tor y Kern ya estaban ayudando a salir a Var, y Suth y Net regresaban deslizándose por la superficie. Enseguida llegaron a tierra firme; todos se arremolinaron a su alrededor, gritando por el triunfo y burlándose de Net por su temeridad, mientras trataban de quitarse el barro hediondo de los cuerpos.

Sin embargo, Ko se quedó en la orilla, mirando el pantano, desalentado.

«Por ese camino no —pensó—. Ni siquiera en sueños.»

LEYENDA

Gogoli

Tov fue a visitar a Fon, el padre de su padre. Éste era muy anciano y sabía muchas cosas.

Tov dijo:

—Padre de mi padre, anciano Fon, dime esto: ¿dónde está el cubil de Fododo, el Padre de las Serpientes?

Fon respondió:

—Tov, hijo de mi hijo, ningún hombre sabe eso. Sólo uno lo sabe. Él es Gogoli, el Chacal que Conoce Todas las Cosas.

Tov preguntó:

—¿Dónde está Gogoli?

Fon respondió:

—Él está aquí, él está allí. Pero en la luna pequeña bebe en el pozo que hay más allá de Ramban. Él no bebe, entonces él muere.

Tov dijo:

—Yo te doy las gracias, Fon, padre de mi padre.

Fon respondió:

—Tov, hijo de mi hijo, que tengas suerte.

Entonces Fon murió. Era muy anciano.

Tov viajó a Ramban. Allí vio un loro, un loro pequeño y gris con plumas amarillas en la cola. Tov se preguntó:

—¿Por qué está este loro aquí? Su sitio está en Dindijji, el lugar de los árboles de polvo. Seguramente Gata lo envía. Su Clan es Loro.

Tov se echó a reír.

El loro respondió, y en su voz había risa.

Tov dijo:

—Loro, nosotros somos dos que reímos. Ven conmigo. Tú eres mi guía.

36

Era la noche de luna pequeña, así que Tov fue al pozo que había más allá de Ramban. Vio un árbol de nueces junto al sendero y dijo:

—Esto es bueno. Yo espero detrás de este árbol. Gogoli viene. Yo salto encima de él. Lo atrapo. Loro, vuela al árbol. Vigila conmigo. No hagas ruido.

Tov se quedó junto al camino y esperó. Al atardecer, Gogoli llegó. Muchas personas querían cazar a Gogoli, para robar su conocimiento. Así que éste, al pasar, hacía magia, una magia de sueño. Los cazadores se dormían, y no lo atrapaban. En ese momento, Gogoli hizo magia, y Tov se durmió. Pero el loro no se durmió, pues no era persona. Cuando vio a Gogoli, bajó del árbol y gritó en el oído de Tov. Éste se despertó y dio un salto.

Gogoli intentó escapar, pero Tov lo cogió de la cola, a la que ató corteza de tingin, y colgó a Gogoli de lo alto del árbol.

Gogoli dijo:

—Hombre, déjame ir. Esta noche yo bebo en el pozo. Yo no bebo, entonces yo muero.

Tov dijo:

—Primero dime esto. Yo busco a Fododo, Padre de las Serpientes. ¿Dónde está su guarida?

Gogoli respondió:

—Está en el desierto, donde ningún hombre va. Está al oeste de roca Tarutu, a tres días de allí. A medio día hacia el norte.

Tov dijo:

—¿Dónde hay agua en el camino?

Gogoli contestó:

—Dos Cabezas tiene agua. Está debajo de él. Gusano de Bolsa tiene agua. Está allí, y no allí. Mandíbula de Piedra tiene agua. Está dentro de él.

Tov dijo:

—Por último, dime esto. Yo busco el diente de Fododo, el diente venenoso. ¿Cómo debo robarlo?

Gogoli se enfadó mucho. Respondió:

—¿Cómo voy a saber eso? Ningún hombre lo ha hecho. Es algo que no se sabe.

Entonces Tov desató la corteza de tingin; Gogoli fue al pozo de agua y bebió. Pero la magia del sueño todavía era fuerte, y Tov se acostó y durmió.

Ya había oscurecido y el loro volvió a ser persona. Se transformó en Falu.

Falu en su corazón: «La magia de Gogoli es fuerte, fuerte. Quizá haya peligro. Tov no despierta. Ahora yo, Falu, vigilo.» Así que Falu vigiló toda la noche. No durmió. Por la mañana volvió a transformarse en loro.

Tov se despertó, y dijo:

—Pequeño loro gris, yo sueño. En mi sueño yo dormía. Alguien vigilaba. Era una mujer. Mi pensamiento es: ella era Gata.

El loro respondió. Su voz fue risa.

4

No podían hacer otra cosa que volver al oeste bordeando el pantano y tratar de encontrar un camino. Cuando salió el sol, las orillas de barro empezaron a desprender humo y pronto, a unas decenas de pasos, todo quedó tapado por la neblina. A veces, una charca de agua entre dos bancos de arena llegaba hasta terreno seco; así, por lo menos había suficiente para beber. Pero no tenían nada para comer: sólo las cañas, el barro y la tierra seca, reseca.

Caminaron todo el día con el corazón abatido. Pronto se encontraron con nubes de insectos que empezaron a seguirlos; se desplazaron un poco tierra adentro para ponerse a salvo de los más molestos. Tun ya estaba buscando un lugar donde acampar cuando Ko vio que Moru se apartaba, sola, hacia la derecha. Por hacer algo, corrió tras ella.

—Moru, ¿dónde vas? —preguntó.

—Yo voy a ver —respondió—. Quizá tenga suerte.

Moru sonrió débilmente. Era una de las que había acompañado a Tun a averiguar si había quedado alguien en los antiguos Lugares Buenos. Pertenecía al Clan de Pequeño Murciélago, pero su compañero había muerto, y también la compañera de Var, así que ambos se habían elegido el uno al otro. Sin embargo, a Ko le parecía que siempre estaba triste por todo lo que le había ocurrido.

Justo antes de llegar al borde del pantano, Moru se detuvo y se agachó. Allí el suelo sólido no terminaba en una orilla, sino en un declive grande y suave de tierra blanda y arenosa. Con un gruñido de satisfacción, Moru avanzó un par de pasos, volvió a agacharse y, con calma, empezó a retirar tierra. Ko la observó por detrás.

Moru gruñó otra vez, sacó la tierra con más suavidad todavía y, después, con mucho cuidado, cogió algo que enseñó a Ko. Era un huevo grande.

—¿Qué pájaro hace esto? —preguntó el niño, atónito.

—No es un pájaro. Es una tortuga —respondió Moru—. Nosotros, Pequeño Murciélago, teníamos un Lugar Bueno. Estaba en el Río Algunas Veces. Allí había nidos de tortugas. Mira, aquí hay muchos. Llama a los demás.

Ko subió corriendo el declive, chilló e hizo señas a los otros, que giraron la cabeza.

—Venid. Moru ha encontrado comida —gritó, y todos fueron corriendo. Moru les enseñó a buscar, y en total encontraron diez y diez y dos nidos, todos llenos de huevos con pequeñas tortugas casi a punto de nacer. Se los llevaron lejos del pantano, hicieron un gran fuego con ramas secas y asaron los huevos sobre las brasas. Era lo mejor que habían comido desde hacía muchas lunas.

Pero los tres días siguientes fueron muy malos. Sólo encontraron dos charcas de agua a las que lograron llegar, y casi nada de comida. Al tercer día el camino comenzó a ascender, y caminaron interminablemente por una pendiente árida y rocosa. Por la tarde, hasta Kern, que siempre estaba alegre, parecía desalentado, y la pobre Bodu lloraba nerviosa por su hijo. Ko estaba demasiado triste para soñar.

De repente, cuando el sol se ponía por el oeste, Ko percibió una suave brisa que le acariciaba el rostro, y un olor nuevo. Agua. No el agua muerta y estancada del pantano, sino dulce y limpia, con plantas verdes que crecían alrededor y dentro de ella.

Todo el mundo la olió al mismo tiempo. Sintieron que sus piernas cansadas se reanimaban. Los bultos que llevaban les parecieron de pronto más ligeros. Aceleraron el paso. Algunos de los hombres corrieron. Ko vio que se giraban, gritaban y hacían gestos con las manos, siluetas negras y delgadas contra el brillo del crepúsculo. La mayor parte de los integrantes del grupo se pusieron a correr, pero Noli estaba muy cansada después de haber caminado todo el día con el niño en el interior; Suth y Tor la ayudaban a caminar, por lo que Ko también se quedó. Llegaron los últimos, y vieron lo que los demás habían encontrado.

Era un verdadero Lugar Bueno, como los que Ko apenas era capaz de recordar, los de antes de que cesaran las lluvias. Una franja angosta de pantano se internaba en el desierto hacia el sur; sin embargo, era un pantano diferente, con buenos charcos de agua clara, orillas con cañas altas y verdes, y arbustos con hojas que crecían a lo largo de la orilla. Allí seguramente habría comida, y también agua.

Pese a lo hambrientos y sedientos que estaban, no corrieron, sino que se quedaron y miraron a su alrededor en busca de posibles peligros. Entonces Tun señaló un lugar donde el terreno despejado descendía hasta el agua, entre dos macizos de arbustos. Apostó vigilancia en todas las direcciones, y algunos de los adultos fueron a llenar las calabazas.

A Ko se le ordenó que vigilara el camino por el que habían llegado, pero en cuanto se instaló en su puesto oyó un grito a sus espaldas: una voz, después varias, que gritaban: «¡Peligro! ¡Corred!» Ko se volvió para mirar. La gente corría, alejándose del agua. Detrás, una cosa grande, oscura y brillante se acercaba a toda prisa. Por un momento Ko no distinguió bien. Se oyó un grito por encima de los demás. Alguien se había caído.

Mientras los otros paraban y se daban la vuelta para ayudar, Ko vio la criatura con claridad.

¡Los cocodrilos no podían ser tan grandes!

Ko recordaba cocodrilos que tomaban el sol en las orillas arenosas del río, cuando éste todavía recorría los nuevos Lugares Buenos: eran criatura feas, de piel gruesa y escamosa, y largos hocicos llenos de dientes. Entonces él era más pequeño, y le parecían enormes, pero sabía que en realidad sólo medían, como mucho, dos o tres pasos de largo.

El que veía medía más del doble. Era un monstruo, una pesadilla, un demonio de las Leyendas.

Cuando la gente corrió hacia el animal gritando, éste retrocedió acobardado. Al hundirse en el agua, los hombres lo golpearon con los palos de cavar. La bestia no parecía notar los golpes. Al deslizarse bajo la superficie, Ko advirtió que llevaba algo en la boca.

La gente regresó lentamente del agua. Ko percibía la sorpresa y el horror. Cuatro de los hombres llevaban algo en los brazos. Cuando llegaron a la cresta donde esperaban Ko y los demás, lo dejaron en el suelo. Era Cal. Su pierna izquierda, la que había recibido la picadura del escorpión, había desaparecido, arrancada por encima de la rodilla. Se había desmayado. Chogi intentaba restañar la herida con ambas manos, pero la sangre brotaba con violencia entre sus dedos.

Ko no pudo soportar la escena, así que se puso a contemplar el desierto. Todavía no se movía nada, por lo que se dio la vuelta y miró la extensión de agua aparentemente tranquila que había debajo, rosa y dorada bajo el crepúsculo. De repente, la sed fue tan intensa que apenas oyó a Chogi cuando ésta dijo:

—Cal está muerto. Se ha ido.

Todo el mundo gimió; sin embargo, Ko era incapaz de pensar en otra cosa que no fuera la sed.

—Esta noche nosotros lloramos a Cal —dijo Tun—. Ahora llenamos las calabazas. Esto es peligroso, peligroso. Primero, lo hago yo. Después los demás, de uno en uno.

Otra vez encargaron a Ko que se apostara para vigilar, pero siguió mirando hacia atrás para ver qué sucedía. De uno en uno, los adultos corrieron a diferentes lugares de la orilla para llenar las calabazas, mientras los demás lanzaban piedras y terrones de tierra al agua para asustar a los atacantes. No sucedió nada; al cabo de un rato regresaron al montículo con las calabazas llenas.

Todos bebieron; después, todavía atentos y lejos del borde del agua, aprovecharon la última luz del día para explorar los alrededores en busca de comida. Con gran alegría, encontraron varias zonas de tierra con dinka y una con fruto espino. El dinka era un arbusto pequeño cuyas hojas jóvenes no tenían sabor, pero podían tragarse después de masticarlas mucho. El fruto espino era una especie de cactus con espinas peligrosas. Era difícil recoger los frutos, y crudos eran venenosos, pero bien asados sobre las brasas se volvían dulces y jugosos.

Cuando casi había oscurecido llevaron colina arriba todo lo que habían encontrado, hicieron una hoguera e instalaron el campamento. Después de comer, Tun se levantó y alzó la mano para pedir silencio.

—Nosotros lloramos por Cal —dijo—. Él está muerto.

Las mujeres se levantaron y se pusieron en fila, en el lado del fuego que ocupaban. Los niños se fueron detrás para dejarles sitio. Los hombres, sentados con las piernas cruzadas frente a ellas, empezaron a marcar el ritmo con las manos. Pero antes de que se iniciara la danza, Ko notó que Noli estaba rígida y caminaba con pasos lentos y vacilantes, como si algo la moviera desde fuera, hacia el espacio que había entre los dos grupos. Los hombres dejaron de dar palmadas y esperaron. Noli cerró los ojos, y, cuando la voz de Halcón Luna surgió de ella, lo hizo con tanta suavidad que Ko casi no pudo escuchar lo que decía.

—Puerco Gordo está muerto. Él se ha ido —dijo la voz.

Era el sonido más triste que Ko había escuchado jamás.

Noli inclinó la cabeza. Durante largo rato nadie se movió ni habló; después, Noli abrió los ojos y volvió en silencio a su lugar en la fila.

—Cal era de Puerco Gordo —dijo Chogi—. Él era el último. Ya no hay más Puerco Gordo.

Hasta Ko, que no pensaba mucho en estas cosas, percibió la solemnidad del momento. Los Clanes siempre habían existido, desde la época de las Leyendas. Había ocho, o nueve, si se contaba a Mono, pero Mono era diferente. En ese momento, en realidad, sólo quedaba uno, el Clan de Ko: Halcón Luna. Halcón Luna y algunos restos de otros Clanes. En el grupo reunido alrededor del fuego no había nadie de Tejedor, ni de Madre Hormiga. Por lo que sabían, esos Clanes también habían desaparecido, sus miembros habían muerto. Pero la muerte de Cal hizo que todos fueran por primera vez testigos del momento de la desaparición de un Clan.

Tun dio la señal, los hombres dieron palmadas marcando el ritmo, las mujeres lanzaron el gemido de muerte y bailaron la danza: tres golpes con el pie derecho y tres con el izquierdo, una vez y otra vez y otra vez, mientras las chispas saltaban de las brasas hacia el cielo tachonado de estrellas. Mana cogió la mano de Ko, que estaba sentado a su lado. Él la miró y, al ver que estaba llorando, la rodeó con el brazo y la atrajo hacia sí.

Ko no tenía ganas de llorar pero se sentía extraño, como si fuera otra persona, alguien mucho más anciano, más sabio e importante. Una persona que no pensaba en las cosas en que pensaba Ko, sino en el tiempo, en la gente que había estado viva antaño y ya no lo estaba: en todas aquellas vidas, aquellos antepasados, empezando por la época de las Leyendas, que alguna vez habían formado parte de algún Clan, hasta llegar a las pocas personas vivas que quedaban alrededor del fuego en el desierto.

Y estaban vivas sólo de milagro. De no haber encontrado aquel Lugar Bueno, algún día, quizá el siguiente, Halcón Luna también habría desaparecido, como Tejedor, como Madre Hormiga, como Puerco Gordo. Halcón Luna no estaría nunca más, nunca más...

Si miraba a la derecha, desde donde estaba sentado, Ko veía el pantano. La neblina que lo había ocultado durante todo el día había desaparecido. Ko divisó una inmensa extensión oscura, que terminaba en una cadena de colinas recortadas contra el cielo pálido. Allí las lluvias no habían cesado; allí había Lugares Buenos donde Halcón Luna podría vivir y prosperar, más vidas y más vidas, unas detrás de otras a través del tiempo...

Tenía que ser cierto.

Ojalá pudieran llegar.

A la mañana siguiente, llenaron las calabazas del mismo modo que lo habían hecho la tarde anterior: algunos corrían, uno a uno, hasta diferentes puntos de la orilla, mientras los demás tiraban al agua terrones de barro y piedras. Ko y los niños miraron nerviosos hasta que todo terminó; pero no hubo señales del monstruo ni de ningún cocodrilo más pequeño.

Después, según sus costumbres, llevaron el cuerpo de Cal al desierto y lo dejaron allí, con su calabaza, su palo de cavar y un cortador; cuando se alejaron, volvieron a llorar.

Luego regresaron y exploraron aquel nuevo Lugar Bueno, y, mientras avanzaban, recolectaron. Encontraron plantas, entre ellas hojas de dinka, tallo blanco y fruto espino, y también una raíz azulada llamada ran-ran, y varias semillas: la mejor cosecha que habían tenido en las últimas lunas. Hasta las nubes de insectos parecían menos horribles que en el pantano principal. En la profundidad de los densos matorrales había montones de pájaros y huellas de animales pequeños, pero no se apreciaban señales de nada más grande. Ko oyó a los hombres hablar sobre esto.

—Esto es extraño —decía Kern, que era el mejor rastreador entre los hombres—. Aquí hay comida. Hay agua. Yo veo huellas de ciervos. Veo huellas de cerdos. Son viejas, viejas. Ninguna es nueva.

—Yo no veo aves acuáticas —dijo Net.

—El cocodrilo se las come —soltó Var con tono sombrío. Los otros dos se echaron a reír, pues era la clase de comentario que Var siempre hacía. Sin embargo, poco después, mientras Ko buscaba un camino para atravesar un matorral de cactus y llegar a un fruto espino de aspecto jugoso, oyó que alguien gritaba: «¡Tun, ven, mira!»

Era la voz de Kern. Ko dejó en paz el fruto espino y fue corriendo a ver qué ocurría. Cuando llegó, los hombres miraban una de las extensiones de terreno despejado que llegaba hasta el borde del agua. Kern estaba arrodillado y señalaba lo que había visto.

—Estas huellas son viejas, viejas —decía—. ¿Dos lunas? ¿Tres? Yo no sé. Mirad: cinco ciervos vienen. Dos son jóvenes.

Son lentos, precavidos. Y mirad allí, ellos corren, cuatro solamente. Uno es joven. Ellos corren rápido, rápido. Ahora mirad aquí...

Se acercó al agua y señaló una zona donde las dos filas de huellas desaparecían de repente, como si se hubiera frotado el lugar con un puño gigante para borrarlas. Kern señaló un grupo de hoyuelos en medio de la confusión de huellas, y con el dedo índice dibujó la forma de una pata grande y redonda que tenía cuatro dedos separados.

—Cocodrilo —dijo—. Grande, grande. Los ciervos van a beber. El cocodrilo sale del agua. Se lleva un ciervo, uno joven. Mirad, lo arrastra...

Indicó un surco en la tierra que llegaba hasta el agua. Todos miraron la superficie quieta. Ko vio que Yova se ponía rígida, levantaba lentamente una mano y señalaba.

—Mirad, junto a las cañas —dijo en voz baja—. A ocho pasos de la orilla. Él mira.

Ko miró, tratando de ver lo que Yova había notado. Había un grupo de cañas altas y verdes cerca de la orilla. Miró a lo largo de ésta. ¿Cuánto eran ocho pasos? ¡Sí! ¡Allí! ¡Donde aquella caña se había movido sin que nada la agitara! Pequeñas ondas se difundían a partir de un fragmento pequeño de lo que parecía ser barro flotante y hoja de caña, y avanzaba muy pausadamente hacia la orilla.

En un instante, el corazón le dio un vuelco y la visión cambió, y ya no era un trozo de barro sino la cabeza de un cocodrilo. El pequeño montículo de un extremo eran las aletas de la nariz, y el del otro, el borde de los ojos. Ko captó el brillo del ojo atento.

Se estremeció y retrocedió. No fue el único; de hecho, casi todos estaban retrocediendo cuando el cocodrilo atacó.

Salió del agua provocando una ola violenta y repentina, azotando el agua con la cola y convirtiéndola en espuma; y se precipitó hacia ellos. Todos corrieron, dispersándose a derecha e izquierda. Ko se arriesgó a mirar hacia atrás y vio que el cocodrilo no los perseguía, sino que se había detenido justo donde ellos estaban hacía un momento. Ko se detuvo, se dio la vuelta y esperó el siguiente movimiento del cocodrilo. Estaba seguro de que era el mismo de la noche anterior: no podía haber dos del mismo tamaño. Los demás estaban diseminados por la pendiente; algunos seguían corriendo; otros, como Ko, se habían detenido a mirar, aunque todos permanecían tensos y listos para empezar a correr de nuevo.

El cocodrilo descansó sólo un momento antes de volver a arremeter, alzando el cuerpo e impulsándose con las cortas patas traseras. Todo el mundo volvió a dispersarse. En esa ocasión, cuando Ko miró hacia atrás, advirtió que el monstruo lo perseguía y le ganaba terreno. Horrorizado, se dio cuenta de que era más rápido que él. Siguió corriendo desesperadamente y sólo se detuvo cuando vio que Chogi, que iba justo delante de él, miraba hacia atrás, se paraba y se daba la vuelta.

Ko también miró, con el corazón en un puño. El cocodrilo había vuelto a detenerse, a medio camino entre ellos y el agua. Levantó la cabeza y lanzó un rugido profundo y descomunal, distinto a los que Ko había oído jamás.

Net respondió con un grito, avanzó y lanzó el palo de cavar. Tuvo buena puntería, pero el palo rebotó en el lomo del animal como si fuera una rama. El cocodrilo se dio la vuelta y fue hacia Net, obligándolo a retroceder. Otros lo imitaron, sin lograr su propósito, hasta que el monstruo pareció darse cuenta de que esta vez no iba a atrapar a nadie. Se dio la vuelta, se arrastró hasta el agua y desapareció. Poco después lo vieron subir a un islote pequeño y tumbarse al sol.

Los adultos discutieron la situación durante el descanso del mediodía. Normalmente Ko no escuchaba ese tipo de conversaciones, por ser cosa de mayores; pero el cocodrilo lo había asustado de verdad y quería saber qué iban a hacer al respecto.

—Var tiene razón —dijo Kern—. Este cocodrilo come todos los ciervos. Come los pájaros acuáticos. Ellos tienen miedo. No vienen.

Los demás gruñeron en señal de asentimiento, y permanecieron sentados y apesadumbrados.

—Nosotros sólo vemos un cocodrilo —intervino Chogi—. ¿Hay otros en este lugar?

Los hombres discutieron la pregunta, y coincidieron en que aquél era probablemente el único monstruo del lugar. O se había comido a los más pequeños, o los había espantado.

—Entonces yo digo esto —prosiguió Chogi—. Nosotros somos débiles. Estamos cansados. Bodu tiene que comer. No come, el niño muere. Pronto nace el hijo de Noli: cinco días, diez, yo no sé. Noli tiene que comer. Entonces ella es fuerte, su hijo es fuerte. Aquí hay comida. Aquí hay agua buena. El cocodrilo es peligroso, peligroso. Pero nosotros vigilamos siempre. Nosotros lo vemos, está en un sitio. Nosotros vamos a otro. Él no nos atrapa. Yo, Chogi, digo que esto es lo mejor.

—¿Los hombres matan a los cocodrilos? —preguntó Bodu.

—Bodu, eso es difícil —respondió Tun—. El cocodrilo es fuerte, fuerte. Está en el agua. Nosotros no podemos cazarlo. Tiene la piel gruesa. Nuestros palos de cavar no le hacen daño.

—Tun, tienes razón —dijo Chogi—. Tú lo cazas, quizá hombres mueren. Sois pocos. Esto no es bueno.

Todos murmuraron; estaban de acuerdo. Empezaron a discutir las precauciones que debían tomar para protegerse del cocodrilo.

Poco después se trasladaron y llegaron al extremo del brazo de agua. Se sorprendieron al descubrir que ningún río lo alimentaba; ni siquiera había un lecho seco. El agua parecía surgir de abajo.

En el otro extremo se elevaba una cadena de colinas bajas, secas como en todas partes.

Por la tarde exploraron a lo largo de la costa más alejada, manteniéndose lejos del agua para evitar riesgos. Eso significaba que había zonas prometedoras que pasarían por alto; sin embargo, en otras partes encontraron suficiente para comer.

Al anochecer, para alejarse de los insectos, subieron a las colinas y encontraron un lugar para acampar entre unas rocas grandes, cerca de un bosquecillo de árboles muertos. Desde allí podían ver el brazo de agua, pero el pantano principal quedaba oculto tras un risco bajo.

Cuando se acomodaron alrededor de la hoguera, Ko no se sentó con Noli y las demás mujeres, sino que buscó un sitio para escuchar la conversación de los hombres, por si decían algo sobre el cocodrilo. Todo el día había estado pensando a ratos en el monstruo; recordó el momento atroz en que había escapado de su ataque, cuando miró hacia atrás y descubrió que corría más rápido que él. Quizá, después de todo, pensarían en un modo de matarlo. Eran hombres fuertes y valientes, en especial Suth. Ko estaba seguro de que podían lograrlo de algún modo.

Sin embargo, a su pesar, pasaron la noche discutiendo a qué dedicar el tiempo hasta que naciera el hijo de Noli. Allí no había nada para cazar; las mujeres y los niños podían recolectar para todos. Así pues, los hombres decidieron que, en el plazo de uno o dos días, algunos irían a explorar más al oeste, a lo largo del pantano, mientras los demás se dirigirían hasta la salina que Yova había encontrado, a menos de un día de viaje, según creían, para aprovisionarse de sal.

Por lo menos eso permitió a Ko dormir tranquilo aquella noche, feliz con el sueño en el que iba solo hasta la salina y regresaba con la maravillosa sal blanca.

El sueño de día pasó a ser sueño de noche, y se convirtió en una pesadilla. Ko caminaba orgullosamente a la luz de la luna, llevando consigo un bloque de sal brillante, el más pesado que era capaz de cargar. Sin embargo, el bloque empezó a volverse más pequeño y sucio. Y cuando la luna se puso, Ko ya no tenía nada en las manos, pero estaba demasiado oscuro para ver dónde había dejado caer la sal, o dónde la había depositado; no recordaba, pero había algo cerca de él en la oscuridad... Oía su bufido al respirar...

Empezó a correr, pero los pies le pesaban como piedras; ya oía el ruido sordo y profundo de la arremetida...

Se despertó con el grito ahogado en la garganta. El ruido sordo era el latido de su propio corazón. Tenía todos los músculos tensos. Los brazos y las piernas eran como palos de cavar. No podía mover un dedo...

Lentamente, el terror se desvaneció. Se le desentumecieron las manos y, después, las extremidades. Estremecido, se levantó y miró a su alrededor. Había media luna en lo alto, hacia el oeste, brillando sobre los cuerpos oscuros que dormían entre las piedras. «Estúpido, Ko.» Sólo había sido una pesadilla. No pasaba nada.

Cuando se acostó para intentar volverse a dormir, alguien se movió. Noli, que estaba a sólo un par de pasos de distancia. Fue un movimiento repentino, como si ya hubiese estado despierta y hubiera oído que alguien murmuraba su nombre.

Se sentó erguida y pareció que miraba directamente a Ko. La luz de la luna se reflejaba de lleno en su rostro. Tenía los ojos muy abiertos, pero la mirada parecía pétrea y muerta.

Levantó un brazo despacio, extendió un dedo y señaló a Ko. Noli habló, pero no con su voz, sino con un murmullo suave y profundo: la voz de Halcón Luna.

—Matad al cocodrilo.

LEYENDA

Dos Cabezas

Tov viajó hasta Roca Tarutu. Allí bebió en la trampa de agua y llenó la calabaza. Después se dirigió al oeste del desierto, hacia los Lugares del Demonio. El loro lo acompañaba, posado en la cabeza. Todo el día durmió. Tov no encontró agua. El sol estaba a su espalda, por encima de él, y lo deslumbraba, y la calabaza estaba vacía. Llegó a Dos Cabezas.

Dos Cabezas crecía en el desierto, como crece un árbol, con raíces profundas, profundas. Tenía brazos pero no piernas. El loro se despertó y lo vio. Dejó a Tov y voló hasta una roca. Tov dijo:

—¿Tú tienes comida? ¿Tienes agua? Yo no veo nada.

Dos Cabezas respondió; las dos bocas hablaron al mismo tiempo.

—Nosotros tenemos comida. También tenemos agua.

Tov dijo:

—Yo tengo hambre; tengo sed. Mi calabaza está vacía. Dame agua y comida.

Dos Cabezas dijo:

—Éste es nuestro lugar. Nosotros no conocemos otro. Nuestra comida y nuestra agua está debajo de nosotros, abajo, abajo. Nosotros no damos. Nosotros somos Dos Cabezas.

Tov se echó a reír. Dos Cabezas preguntó:

—¿Qué es ese ruido?

Tov respondió:

—Es risa. Yo río porque vosotros sois tontos. Yo digo en mi corazón: «Mirad a Dos Cabezas. Él tiene este lugar. No conoce otro. Llega un desconocido. Él conoce muchos lugares. Él sabe muchas historias. Dos Cabezas da comida y agua. El desconocido cuenta historias. Habla de muchos lugares. Ellos son felices juntos, Dos Cabezas y el desconocido. Ellos ríen.»

Dos Cabezas replicó:

—Nosotros no damos. Nosotros no reímos. Nosotros somos Dos Cabezas.

Tov dijo:

—Escuchad. Yo os hago reír. Entonces vosotros nos dais comida y agua. Yo no os hago reír, entonces yo me voy. ¿De acuerdo?

Dos Cabezas respondió:

—Está bien. Nosotros no reímos.

Tov dijo:

—Yo cuento una historia inaudita: Hay un hombre. Se llama Tov. Él ve a una mujer. Se llama Gata. Ella es hermosa, hermosa. Él habla con el padre de ella. Él dice: «Dame a Gata como compañera.»

Entonces el loro voló grácilmente desde la roca y se posó entre las cabezas de Dos Cabezas. Dos Cabezas no se dio cuenta. Tov continuó con el cuento.

—El padre de Gata dice: «Primero tú traes un regalo. Trae el diente de Fododo, el Padre de las Serpientes. Tráeme el diente venenoso.»Tov responde: «Por Gata yo hago eso...» ¿No es tonto ese Tov?

En ese momento el loro gritó entre las cabezas de Dos Cabezas. El grito fue risa. Después se marchó volando.

La cabeza izquierda miró a la cabeza derecha y dijo:

—Tú has reído.

La cabeza derecha replicó:

—Has sido tú.

Las dos cabezas se enfadaron. Pelearon. Se mordieron y se golpearon. La mano izquierda golpeó la cabeza derecha y la mano derecha golpeó la cabeza izquierda.

Se hicieron sangre. Tov corrió y la recogió con la calabaza antes de que cayera al suelo. Era amarilla como la miel, y dulce. Era comida, era agua, como el jugo de la piedra hierba.

Tov llenó la calabaza y continuó el viaje. El loro fue con él.

Cuando oscureció, Tov dijo:

—Loro, éste es un lugar de demonios. Uno de nosotros vigila toda la noche. Durante el día tú duermes sobre mi cabeza. Ahora yo duermo y tú vigilas.

Tov se acostó y durmió. En la oscuridad, el loro se convirtió en Falu. Toda la noche ella vigiló.

Tov se despertó en la oscuridad. A la luz de las estrellas vio la forma de una persona que vigilaba. Dijo en su corazón: «Ésta es Gata.» Y la llamó. Falu respondió:

—Tov, tú sueñas. Gata está lejos y lejos. Duerme.

Tov volvió a dormirse. Por la mañana despertó. Falu había vuelto a ser loro.

5

Ko permaneció despierto hasta el amanecer, muerto de miedo. En la vida había tenido tanto miedo a nada como en ese momento al cocodrilo. Todo el mundo lo temía, incluso Tun y Suth; pero para éstos era sólo un animal grande y peligroso. Para Ko era otra cosa. Lo había reconocido en el momento de verlo. El cocodrilo era un demonio, vivo y real durante el día, que también aparecía en sus pesadillas.

¿Con quién podía hablar de esto? ¿Quién le escucharía y no se limitaría a consolarle diciendo: «No tengas miedo, no es un demonio de verdad. Es sólo una pesadilla»? Ni siquiera Suth. Noli, quizá; además, Ko podía preguntarle qué había querido decir al señalarlo. O qué había querido decir Halcón Luna. Eso si Noli recordaba, pues no siempre lo hacía. De todos modos, hablaría con ella. Al menos, Noli no se reiría de él.

 · Pero cuando los demás se despertaron y empezaron a prepararse para los menesteres del día, Noli estaba con Tor. Éste estaba preocupado por los Puercoespines, a quienes habían visto por última vez cuando se separaron y unos y otros siguieron por distinta margen del río. ¿Qué estarían haciendo? ¿Habrían encontrado comida y agua? De no ser así, ya estarían todos muertos. Como Tor y Noli no podían comunicarse con palabras, pasaban mucho más tiempo juntos que la mayoría de las parejas; se sentaban muy cerca el uno del otro, se abrazaban y acariciaban. Noli parecía entender lo que Tor pensaba, sin necesidad de palabras, y decía que Tor la comprendía de la misma manera. Pero todo era mucho más lento, y tenía mucho que ver con los sentimientos y cosas parecidas.

Ella trataba de consolarlo asegurándole que sus amigos estaban bien, así que Ko se sentó a poca distancia de ellos y esperó a que terminaran. Al cabo de un rato Mana fue a sentarse a su lado, y le ofreció un trozo de raíz azul asada que había quedado de la noche anterior. Ko movió la cabeza en señal de rechazo.

—Ko, tú no comes —dijo la niña—. ¿Por qué?

—Yo no tengo hambre —murmuró Ko.

—Ko, tú estás triste —dijo Mana—. ¿Por qué? Cuéntame.

Él suspiró y, en voz baja y sin mirarla, le contó el sueño y lo que pasó al despertar. Mana no respondió inmediatamente, pero le cogió la mano y se sentó a pensar. Después, sin soltarlo, se levantó.

—Ven —dijo—. Ahora tú se lo cuentas a Tinu.

—No —respondió Ko, sin moverse—. Yo no quiero.

—Ven —repitió con firmeza la niña—. Es bueno para Tinu.

Mana tiró de él. Remiso y aliviado al mismo tiempo, Ko la siguió hasta donde Tinu estaba moliendo semillas: las esparcía sobre una roca plana y pasaba una piedra redonda sobre ellas, una y otra vez. Desde la fiesta en que Chogi sugirió que ella y Nar debían elegirse como compañeros, Tinu había estado más callada y retraída que de costumbre. Parecía no escuchar cuando Ko volvió a murmurar la historia, y cuando éste terminó, Tinu, sin decir nada, continuó moviendo la piedra de un lado a otro y juntando las semillas que se desparramaban.

—Tinu —dijo Mana—. ¿Cómo matamos este cocodrilo?

Tinu dejó de trabajar y miró directamente a Ko. Hacía días que Ko no veía aquella sonrisa torcida.

—Ko... Esto es... difícil —tartamudeó—. Yo pienso.

Ko le dio las gracias, y ella siguió con su trabajo.

Y Tinu pensó. Ko reparó en ello, pues varias veces, mientras buscaban comida en el brazo del pantano, advirtió que estaba quieta, inmóvil, sin prestar atención a la nube de insectos que la rodeaba y le cubría el cuerpo. Entonces sus manos empezaban a tejer formas invisibles; Tinu fruncía el entrecejo, negaba con la cabeza y con gesto irritado ahuyentaba los insectos y se ponía a recolectar de nuevo.

Por tanto, Ko supuso que ya no debía preocuparse por el problema, así que empezó a tener un sueño nuevo, en el que él encontraba un camino secreto a través del pantano y guiaba a todos hasta los maravillosos Lugares Buenos del otro lado. Ko llegaba muy lejos, y disfrutaba del festín imaginario celebrado después de la caza de su primer ciervo; y de todos los alardes y elogios que se escuchaban alrededor del fuego, el mejor era el de Ko, que había encontrado el camino para cruzar el pantano.

De repente, el suelo cedió bajo sus pies. Ko cayó con estrépito y gritó muy fuerte debido al susto. Suth, que iba justo delante de él, se volvió y se echó a reír.

—Ko —le dijo—, el cazador vigila donde pone el pie.

Otros que recolectaban y habían visto lo que había sucedido también reían. Nar era uno de ellos. Ko salió a duras penas del hoyo en el que había caído, que sólo le llegaba hasta la cintura y, enfadado, dio un puntapié al montón de hierba que lo cubría disimulándolo.

—Yo vigilo —gruñó—. Mirad, esta hierba tapa el agujero.

Suth volvió a reírse y siguió caminando. Ko siguió tratando de pensar en vano en algo que decir, cuando Tinu se acercó y se arrodilló junto al hoyo.

Volvió a arreglar con cuidado la hierba para cubrir el agujero y, después, esparció unos puñados de tierra por encima.

—Tinu, ¿qué haces? —preguntó Ko.

—Ko... Nosotros matamos... cocodrilo... —respondió—. Tú enseñas... cómo.

Durante el descanso del mediodía, Ko vio que Tinu cavaba un hoyo pequeño y redondo, que después tapaba con ramas y tallos, y finalmente cubría con una capa de tierra fina. Cuando estuvo listo, Ko fue en busca de Suth, y Tinu le enseñó cómo podían atraer al cocodrilo hasta la trampa y hacerlo caer en el agujero. Utilizó una rama gruesa para representar al monstruo y otra más pequeña para la persona que sería el cebo vivo, la que haría salir al monstruo del agua.

—¿Igual que cuando nosotros matamos al león demonio? —preguntó Suth. Entonces, con una sonrisa, añadió—: Ko, ¿tú eres el cebo otra vez?

Ko frunció el entrecejo. Era una broma que no le gustaba, porque era de la época en que él era bobo; además, hacía tanto tiempo que ya casi lo había olvidado. Pero siempre le recordaban cómo había corrido a un lugar peligroso, y Noli le había seguido. Entonces, aquel león demonio casi los había atrapado, pero Noli corrió con Ko hasta la trampa que los hombres habían construido para que alguien, desde arriba, pudiera lanzar una roca al león y matarlo.

Después de que Tinu reconstruyera el modelo, Suth lo llevó al resto de los hombres y les expuso la idea. Aquella tarde la discutieron alrededor del fuego, pero no se mostraron muy interesados.

—Esto es mucho, mucho trabajo —dijo Kern.

Los demás rieron, pues Kern evitaba el trabajo excesivo siempre que podía, pero Var señaló:

—Kern tiene razón. Aquí hay comida para cinco días, seis días, yo no sé. No hay carne. Nosotros partimos pronto. ¿Gastamos fuerzas para cavar el pozo? Yo digo que no.

Net opinó:

—Yo digo que nosotros traemos sal. Algunos traen sal. Otros van al oeste. Ellos buscan un nuevo Lugar Bueno.

Discutieron un rato, pero finalmente decidieron pasar el día siguiente reuniendo provisiones para las dos expediciones y partir el día después. Si el grupo que exploraba el borde del pantano regresaba sin haber encontrado una nueva fuente de comida, volverían a considerar la posibilidad de matar al cocodrilo.

Aquella noche Ko volvió a tener la pesadilla, tan angustiosa como la vez anterior, sólo que en esta ocasión él estaba junto al agua y el cocodrilo lo perseguía y él corría astutamente hacia la trampa que los hombres habían preparado... pero no lo habían hecho, habían ido a buscar sal, y Ko estaba solo, solo en el desierto oscuro, perdido, y sus piernas se negaban a correr, y la horrible masa se acercaba cada vez más...

Cuando Ko despertó, Noli no se movió. Lo mismo sucedió la noche siguiente. Ko estaba demasiado aterrorizado para intentar dormirse de nuevo, así que se alejó del campamento en la oscuridad, subió al risco y se sentó a mirar los pantanos.

Durante la noche, la calina debida al calor se disipó y se formaron franjas de niebla pálida, muy hermosas bajo la luz de la luna. Después, cuando salió el sol, éstas también se disiparon, y durante un rato contempló toda la extensión del pantano, las cañas, los bancos de arena y agua, con islas bastante grandes aquí y allí, algunas con árboles. A Ko le habría gustado quedarse para buscar rastros de algún camino, pero ya el campamento se levantaba, y no quería responder preguntas sobre dónde había estado, así que regresó con los demás.

También de día tenía miedo al cocodrilo, pero era un miedo diferente: igual que el de los demás. Cuando no veían que el monstruo tomaba el sol en alguna de las islas, todos permanecían alejados del agua, pero la mayoría de las veces eso no pasaba de ser un simple fastidio. En cuanto se oía la llamada de alguno de los vigías para advertir que el cocodrilo había abandonado la isla, Ko percibía una sombra del miedo nocturno. Entonces miraba al otro lado de la pacífica superficie del brazo del pantano, y sabía que el monstruo estaba oculto en algún lugar, que seguramente se estaba acercando más y más, otra vez tratando de atrapar a algún descuidado...

En cuanto los hombres iniciaron las expediciones, Chogi reunió a las mujeres.

—Escuchad —dijo, con tono solemne y angustiado—. Yo, Chogi, digo esto. Los hombres han partido. Ahora nosotras, las mujeres, cavamos el pozo. Los hombres vuelven. El pozo está hecho. Los hombres matan al cocodrilo. Nosotros tenemos carne. Recogemos más plantas para comer. Nos quedamos aquí diez días y diez más. Nace el hijo de Noli. Guardamos comida. Después seguimos el viaje, lejos y lejos. ¿De acuerdo?

Todas estuvieron de acuerdo: primero recogieron suficiente comida para el día; después eligieron una de las zonas despejadas que bajaban al agua, a unos veinte pasos de la orilla, fabricaron palos de cavar como los de los hombres, y empezaron a remover la tierra.

Mientras tanto, los niños mayores, Ko, Mana y Nar, rompieron ramas de los arbustos y construyeron una barrera baja entre la orilla y el hoyo, para poder vigilar sin que el cocodrilo advirtiera que estaban tan peligrosamente cerca del agua. Cuando la barrera estuvo terminada, los tres se repartieron a lo largo de ella, se agacharon y miraron con atención las aguas quietas del pantano. Cada uno disponía de un montón de piedras y estaba listo para lanzarlas.

No pasó mucho tiempo antes de que Mana avisara en voz baja y señalara. Ko miró. ¡Sí! ¡Allí! Una forma oscura parecida a un trozo de madera empapada de agua acababa de salir a la superficie, pero se movía muy despacio, cerca, cada vez más cerca...

Nar estaba en un extremo de la barrera. Mana y Ko corrieron hacia él. En cuanto el cocodrilo estuvo a tiro, se pusieron en pie y empezaron a lanzar las piedras. Todos lanzaban piedras a un blanco desde que eran prácticamente recién nacidos, pues era una habilidad de suma importancia. Si no había impedimentos, un buen cazador podía darle a un pájaro posado en un árbol por lo menos en uno de cada tres intentos. Una lluvia de piedras cayó de repente alrededor del hocico de la bestia. Por lo menos una dio en el blanco. Se produjo un violento remolino en el agua y, cuando la superficie se hubo calmado de nuevo, el cocodrilo había desaparecido.

Ko volvió a su sitio y se agachó; el corazón le latía con fuerza. Al cabo de un rato, él y Mana vieron la misma mancha oscura a poca distancia, que otra vez se acercaba lentamente. En esa ocasión desapareció bajo la superficie antes de ponerse a tiro, pero el agua estaba tan quieta que Ko acertó a ver la ligera onda producida por algo grande que se movía justo bajo la superficie, dirigiéndose hacia el extremo de la barrera donde él estaba. Ko avisó, y los demás acudieron en su ayuda. Cuando la onda estuvo lo suficientemente cerca, inundaron el lugar de piedras, y otra vez se produjo el fuerte remolino repentino en el agua mientras el cocodrilo se daba la vuelta y se alejaba.

Aquella mañana aún lo intentó una vez más, hasta que se dio por vencido y regresó a la isla, en la que se quedó a tomar el sol durante las horas más calurosas de la tarde. Así que Ko y Nar ayudaron a sacar tierra del hoyo, mientras Mana vigilaba sola.

Fue una tarea pesada. Tinu había tejido esteras con cañas. Dos de las mujeres ablandaban la tierra con los palos de cavar. Otras cuatro la sacaban y la ponían en las esteras con las manos, y el resto cogía las esteras y tiraba la tierra a un lado. Al cabo de un rato, las esteras se estropeaban, pero había muchas cañas, así que Tinu tejió otras nuevas. Apartaban las piedras que encontraban bajo tierra: las más pequeñas eran para lanzarlas al cocodrilo, y las más grandes para que los hombres las usaran después, cuando lo hubieran atrapado.

Momentos después, Mana avisó que el cocodrilo había abandonado la isla, por lo que Ko y Nar corrieron para ayudar a ahuyentarlo. Aquella tarde el enemigo se acercó en cuatro ocasiones más; cada vez parecía más osado, se acercaba más y durante más tiempo. La última de ellas, en lugar de ponerse fuera de su alcance, se quedó nadando a lo largo de la orilla, como si buscara un camino para pasar, mientras ellos lo seguían, gritando y lanzando piedras, hasta que desapareció más allá del matorral.

Comenzó a oscurecer, de modo que ya no podían seguir vigilando. Las mujeres que cavaban también estaban exhaustas, así que dejaron la tarea y regresaron al campamento. Al pasar junto al agujero, Ko saltó dentro y comprobó que ya le llegaba hasta la cintura.

Aquella noche Ko se acostó alegre y satisfecho. Con un poco de ayuda de Mana y Nar, él, Ko, había mantenido a raya al cocodrilo demonio todo el día. Lo había vencido. Si lo había hecho una vez, podía volver a hacerlo. Podía hacerlo en sueños. Pero no. El triunfo del día no alteró el terror nocturno. Ko estaba agachado detrás de la barrera, vigilando igual que sus compañeros, pero de repente se encontraba solo, estaba oscuro y contemplaba el pantano bañado por la luna, esperando el ataque; las piedras que había preparado habían desaparecido, y el monstruo ya estaba en la orilla, detrás de él, en la oscuridad... y en ese momento empezaba el ruido sordo del ataque de terror...

Entonces se despertó como de costumbre, salió del campamento y se dirigió al puesto de vigilancia, donde se quedó sentado, contemplando los pantanos oscuros, esperando el amanecer.

Los dos días siguientes fueron muy parecidos. En una ocasión los niños debieron de golpear con fuerza al cocodrilo, logrando herirlo a pesar de su gruesa piel. Al menos se mostró cauteloso durante un rato, dándose la vuelta en cuanto caían los primeros proyectiles. Pero no se dio por vencido.

Mientras tanto, las mujeres seguían cavando. A medida que el hoyo era más profundo, el trabajo se hacía más difícil. Cuando la segunda tarde los hombres volvieron con la sal, las paredes del agujero tenían que reforzarse con ramas para impedir que se derrumbaran. Los hombres elogiaron a las mujeres medio en broma, pero no se quedaron a ayudar. La excusa fue que, cuando regresaban, ya cargados con la sal, habían encontrado un lugar con buenas piedras para hacer cortadores, así que a la mañana siguiente partieron para recogerlas y dejaron a las mujeres trabajar solas.

El cuarto día hubo un cambio. El cocodrilo no estaba en la isla, y cuando llegaron al brazo del pantano, descubrieron, alarmados, que había pasado la noche en la orilla. La barrera había sido derribada en dos puntos, y vieron las enormes huellas de la bestia y el surco de la cola por todas partes alrededor del hoyo. Reconstruyeron la barrera, y Ko y Nar, tensos, se agacharon para vigilar, mientras Mana iba a coger más piedras.

El cocodrilo atacó casi enseguida. Salió del agua de repente, inesperadamente, azotando la superficie hasta convertirla en espuma y tomando impulso para dar un imponente salto por encima de la barrera; el agua le chorreaba por los oscuros flancos escamosos. Si Mana hubiera estado en su sitio, sin duda la habría atrapado.

Ko tenía una piedra en la mano. El niño gritó, la lanzó y corrió colina arriba. Las mujeres se ayudaron unas a otras a salir del hoyo, y acto seguido todos escaparon del ataque. En lo alto de la colina se dieron la vuelta y vieron cómo el monstruo bufaba de frustración alrededor del agujero, mientras olía la carne buena y fresca que tanto anhelaba.

Ko, temblando, lo examinó. A veces, cuando pensaba en el monstruo, se preguntaba si lo estaría imaginando mayor de lo que realmente era. Pero había acertado. Era enorme y espantoso. Se preguntó si el hoyo sería lo bastante grande para contenerlo, suponiendo que los hombres pudieran atraerlo hasta él. Por fin el monstruo se dio por vencido, volvió a arrastrarse hasta el agua y desapareció. Cuando lo vieron subirse a la isla más cercana regresaron a su tarea, y uno de los niños lo vigiló.

Aquella mañana el cocodrilo atacó dos veces más; no parecía darse cuenta de que el que vigilaba advertía cuándo abandonaba la isla, de modo que todos se habían puesto a salvo antes de que llegara a la orilla. Las interrupciones eran desesperantes, pues las mujeres estaban decididas a terminar aquella tarde, antes de que volvieran los hombres. Así que continuaron trabajando en medio del fuerte y húmedo calor del mediodía; estaban cubiertas de sudor y las acosaba una nube de insectos tan espesa como la niebla del pantano.

A primera hora de la tarde el pozo era bastante profundo, y empezaron a ponerle un techo de cañas que apoyaron en el centro sobre ramas más finas. Para hacerlo tardaron mucho tiempo. Cuando el sol había recorrido más de la mitad del camino en su descenso en el cielo, Ko estaba arrastrando un manojo de cañas cortadas colina arriba y oyó que Nar avisaba desde la barrera. El cocodrilo había vuelto a dejar la isla. Ko dejó caer las cañas y se alejaba para ponerse a salvo cuando Chogi lo llamó desde el hoyo.

—Ko, trae las cañas. Ve a vigilar. Que Mana vaya también. Manteneos lejos del agua. Nosotros casi terminamos. Vigilad el cocodrilo. Gritad, corred. Y nosotras corremos. Dile esto a Nar.

Así pues, los tres vigías ocuparon sus puestos en la parte superior de la barrera para darse suficiente ventaja si el cocodrilo atacaba de nuevo. Ko esperó, tenso como siempre. Ya sabía calcular casi con exactitud cuánto tardaría el cocodrilo en llegar desde la isla... Sólo un poco más...

—Está allí —gritó Mana señalando.

Ko lo vio casi al mismo tiempo: la ligera agitación de la superficie quieta, a diez y diez pasos de distancia; en esa ocasión llegaba más rápido...

—¡Peligro!

Los tres vigilantes gritaron al mismo tiempo. Ko ya corría. Las mujeres salían a duras penas del pozo, justo delante de él. Ko miró a la derecha. Mana se apresuraba colina arriba...

¿Dónde estaba Nar?

Miró hacia atrás. Nar también corría. Pero parecía que le pasaba algo en la pierna. El cocodrilo ya salía del agua, saltaba la barrera, se abría paso... Nar cojeaba delante de la bestia, y ésta lo vio y se dirigió hacia él. Nar era demasiado lento...

De repente, su pierna pareció mejorar y empezó a correr, pero no colina arriba, sino hacia el lado, justo en el camino del cocodrilo. Éste ya estaba a punto de alcanzarlo y se preparaba para el salto final.

Nar se lanzó violentamente a la izquierda, casi al borde del hoyo. Se levantó al instante y siguió corriendo. Tras él se oyó un crujido estrepitoso cuando el cocodrilo pasó sobre el techo a medio terminar y cayó dentro del pozo.

Las mujeres empezaron a gritar y a correr colina abajo. Cuando llegaron al pozo, el cocodrilo ya se disponía a salir, forcejeando con las patas delanteras para agarrarse al borde. Zara lo golpeó con todas sus fuerzas en la cabeza con el palo de cavar. Yova cogió una de las piedras grandes que tenían preparadas, la levantó con las dos manos por encima de la cabeza y la tiró. La piedra cayó con un ruido sordo en el cuello del monstruo, que bramó y se desplomó hacia atrás.

Pero el animal era enorme. Tal como Ko había supuesto, el hoyo no era lo bastante grande para contenerlo. Si lo hubieran dejado solo, habría podido trepar sin dificultad, pero cada vez que lo intentaba, las mujeres lo obligaban a retroceder. Ko intervenía cuando tenía oportunidad y le tiraba cualquier cosa que encontraba. De pronto, el borde del agujero cedió en un lado, justo bajo los pies de Tinu, pero Yova la cogió del brazo, la arrastró y la puso a salvo. El monstruo empezó a reptar hacia arriba, pero Moru se adelantó y lo golpeó en el ojo.

La bestia aulló de dolor y retrocedió, deslizándose de nuevo hacia el fondo, con la enorme cola dando inútiles latigazos, y acabó abajo, de medio lado, entre un amasijo de cañas y ramas. Chogi y Yova estaban cogiendo un pedrusco tan grande que entre las dos apenas podían levantar. Calcularon el momento, lo acercaron al borde y lo dejaron caer. La roca golpeó al cocodrilo en la pata delantera, debajo del hombro. Hubo otro aullido de dolor. El cocodrilo forcejeó con violencia y logró enderezarse, pero era evidente que tenía la pata rota; cuando intentó subir de nuevo, no pudo hacerlo y cayó hacia atrás, en medio de una lluvia de piedras, que no cesó hasta que no quedó ninguna por lanzar.

Las mujeres y los niños, jadeantes, se quedaron alrededor del agujero y esperaron a que el monstruo muriera. Éste aún hizo algunos esfuerzos débiles por salir, pero por fin dio una última sacudida y se quedó quieto.

—Nosotras hemos matado al cocodrilo —dijo Chogi con solemnidad—. Nosotras, las mujeres, hemos hecho esto.

Los hombres volvieron cuando el sol se ponía; los dos grupos juntos. Ko había ido hasta el campamento a esperarlos, y desde su puesto de vigía vio que caminaban con desgana por la árida pendiente que conducía al pantano. Por su modo de andar, comprendió que no habían encontrado ningún Lugar Bueno.

Corrió alegre a su encuentro y cogió la mano de Suth.

—No vayáis al campamento —dijo—. Venid a la ensenada. Allí hay una cosa.

—¿Qué cosa, Ko? —quiso saber Suth, con una sonrisa cansada.

—Las mujeres acaban el pozo —adivinó Var, que era de los que lo habían visto a medio terminar.

—No —respondió Ko—. Hay algo más, más. Venid.

Suth lo acompañó, y los demás los siguieron. Ko se adelantó corriendo y gritó desde lo alto de la colina:

—¡Los hombres vienen! ¡Yo no digo: «El cocodrilo está muerto»!

Las mujeres estaban sentadas en la parte superior del claro, agitando ramas con hojas para mantener alejados a los insectos. Se levantaron y esperaron para saludar a los hombres; después los llevaron hasta el pozo.

Los hombres miraron hacia abajo, atónitos.

—Chogi, esto es bueno, bueno —logró decir Tun finalmente—. Esta noche hacemos una fiesta.

Ya estaba oscureciendo, pero Tun envió a Nar por brasas calientes del campamento; hicieron una hoguera pequeña y encendieron cañas secas, una tras otra, para tener luz suficiente y así ver lo que hacían. Con un esfuerzo enorme arrastraron el cuerpo fuera del pozo y midieron su longitud. Desde el hocico hasta la punta de la cola medía siete pasos largos.

A continuación, cortaron un pedazo de cola del cocodrilo, que llevaron arriba, al campamento, y pusieron a asar, mientras los demás amontonaban piedras encima del resto del cuerpo para mantenerlo protegido.

Después lo celebraron. Por primera vez en muchas lunas había carne suficiente para todos; después de tantos días de comer plantas era algo maravilloso.

Cuando todos hubieron comido, Tun se puso en pie y alzó la mano para pedir silencio.

—Escuchad —dijo—. Yo, Tun, hablo: Nosotros, los hombres, vamos al horizonte. Vamos lejos y lejos. Nosotros encontramos lugares malos, Lugares del Demonio, sin comida, con agua sucia, agua de pantano. Nosotros volvemos. Teníamos hambre y estábamos tristes. Teníamos el miedo en el estómago. Nosotros volvemos con las mujeres. Ellas dicen palabras felices. Ellas matan al cocodrilo. A vosotros, hombres, yo os digo: «Ésta es una hazaña de héroes.» Chogi habla. Ella hace su alarde.

Todo el mundo se puso a gritar. Chogi se levantó, alzó una mano y esperó. No parecía distinta, pensó Ko, pese a que él nunca había oído que un cabecilla invitara a una de las mujeres a hacer un alarde.

—Escuchad —dijo ella cuando todos se callaron—. Yo, Chogi, hablo. Yo hablo por las mujeres. Elogio a todas las mujeres. Primero elogio a Tinu. Ella vio que Ko cayó en un hoyo. Ella dijo en su corazón: «Así nosotros matamos al cocodrilo.» Fue idea de Tinu. Ella es ingeniosa. Después yo elogio a las mujeres. Elogio a Yova, Zara, Dipu, Galo, Bodu, Runa, Moru, Noli, Shuja. Nosotras cavamos el pozo. El trabajo fue difícil, difícil. Yo elogio a Tinu otra vez. Ella hizo esteras útiles. Ellas llevaron tierra, mucha y mucha. Yo elogio a los niños que vigilaron al cocodrilo. Ellos vigilaron bien. Ellos lanzaron piedras. Lo espantaron. Yo elogio al niño Nar. Nar es hábil. Es valiente. El cocodrilo salió del agua. Nosotros corrimos. Corrimos rápido. Nar corrió despacio. Corrió como un niño con la pierna herida. El cocodrilo lo vio. Él dijo en su corazón: «Este niño tiene la pierna herida. Yo lo atrapo.» Nar corrió hasta el pozo. El cocodrilo estaba cerca, cerca. Nar saltó a un lado. El cocodrilo no vio el pozo. Cayó dentro. Nosotras, las mujeres, llegamos. Nosotras peleamos con el cocodrilo. Lo golpeamos con palos de cavar. Nosotras lanzamos piedras grandes...

Ko ya no escuchaba. Sentía que el corazón iba a explotarle de vergüenza e ira. Quizá lo habría soportado si Chogi sólo hubiese nombrado y elogiado a Nar; pero le fastidió que le nombrara también a él, no por ningún acto de valentía que hubiera cometido, sino para recordar a todo el mundo su estúpida caída en aquel agujero. Y ni siquiera se había molestado en nombrarlo en el resto del elogio. Él fue solamente uno de los niños que vigilaron y ahuyentaron al cocodrilo con piedras. Ko estaba seguro de que algunos de los pedruscos que había lanzado no sólo habían dado en el blanco sino que habían herido al monstruo, y lo habían asustado, de modo que no había atacado más en aquellos tres primeros días. Además, él había participado en la pelea alrededor del pozo... ¡Pero lo único que todo el mundo recordaría sobre su papel en aquella aventura era que se había caído en un maldito agujero! Y Tinu ni siquiera habría pensado en matar al cocodrilo si Ko no se lo hubiese pedido...

Después, para empeorar las cosas, dejaron que Nar se pusiera en pie e hiciera un alarde por su cuenta; y lo hizo bien, sin tartamudear ni balbucear como había hecho Ko cuando, por accidente, alejó a la leona y salvó la vida de Kern, sino eligiendo palabras acertadas y diciéndolas con facilidad.

Ko se acostó, todavía herido y furioso. Curiosamente, la pesadilla no se repitió. Sin embargo, se despertó al amanecer con dos ideas fijas en la mente. De algún modo, él, Ko, iba a encontrar un camino para atravesar los pantanos. Y, después, encontraría un compañero para Tinu. Para demostrarse a sí mismo que sus intenciones eran serias, cuando nadie miraba robó un pequeño terrón de la sal nueva y la puso en la calabaza; así la tendría a mano para dársela a Tinu y a su compañero, quienquiera que fuese, cuando se eligieran el uno al otro.

LEYENDA

Gusano de Bolsa

Tov viajó hacia el oeste. El loro lo acompañó, el pequeño loro gris con plumas amarillas en la cola. Todo el día estuvo posado en su cabeza y durmió. El sol estaba detrás de él, y por encima de él, y le brilló en los ojos, y la calabaza estaba vacía. Llegó al lugar de Gusano de Bolsa.

Gusano de Bolsa vivía en el desierto. Era un gusano grande, y su vientre era una bolsa que estaba llena de agua. Él apoyó el oído contra el suelo, y oyó pasos. Él dijo en su corazón: «Alguien viene. Él no encuentra agua. Él muere. Yo me lo como.»

El gusano arrojó agua al suelo y se fue reptando. Tov vio el agua y corrió hacia ella. Gusano de Bolsa chupó, y el agua volvió a su vientre y desapareció.

Tov volvió a ver agua y corrió, y el agua no estaba. Él dijo en su corazón: «Esto es cosa de magia. Pero yo soy Tov.»

Por tercera vez vio agua, pero esa vez no corrió. Dijo:

—Despierta, pequeño loro. Vuela alto. Mira el agua. Pronto desaparece. Síguela.

El loro voló alto. Entonces Tov corrió. Gusano de Bolsa lo oyó, y chupó y se tragó el agua. El loro lo siguió.

Entonces Tov se acercó despacio, siguiendo al loro, hasta que llegó al lugar donde estaba Gusano de Bolsa. Tov se acercó a él por detrás, saltó y cayó en su enorme vientre, de modo que toda el agua se salió de él.

Acto seguido, Tov cogió a Gusano de Bolsa del cuello y le llenó la boca con tierra. Con la punta del palo de cavar la apretó con fuerza. Gusano de Bolsa no pudo volver a chupar el agua.

Tov bebió y llenó la calabaza. Vio criaturas en el agua, que se llamaban peces. Eran alimentos para personas. Los cogió, y prosiguió el viaje hacia el oeste.

Al caer la noche acampó, comió pescado hasta que estuvo satisfecho. El loro no comió. El pescado no es alimento de loros.

Tov dijo:

—Pequeño loro, yo estoy cansado. Todo el día tú has dormido sobre mi cabeza. Ahora tú vigilas y yo duermo.

Tov durmió. El loro se posó sobre una roca a sus pies. En la oscuridad se convirtió en Falu. Ella tenía hambre; se comió el pescado y escupió las espinas. Después vigiló.

Tov se despertó. A la luz de las estrellas vio a Falu, sentada en la roca a sus pies. La llamó:

—¿Gata?

Falu respondió:

—Yo no soy Gata. Ella está lejos, lejos. Tov, tú sueñas. Ahora duerme.

Tov durmió. Cuando se hizo de día se despertó, vio al loro posado sobre la roca a sus pies. Junto a la roca vio las espinas del pescado.

Él dijo en su corazón:

—Yo no sueño estas espinas. Este loro es hábil, hábil. Pero yo soy Tov.

6

A la mañana siguiente, con gran dificultad, los hombres cortaron la cabeza del cocodrilo y la colgaron de un palo junto al campamento, para enseñar lo que las mujeres habían hecho. Con el monstruo muerto, podrían recolectar mucho más cerca del agua, caminando dentro de ésta si necesitaban llegar a determinados matorrales densos que crecían a lo largo de la orilla. Además, había suficiente carne de cocodrilo para varios días, aunque empezó a ponerse fea muy pronto debido al calor y la humedad. Pero tenían el estómago fuerte, e incluso cuando estuvo realmente apestosa la comieron sin caer enfermos.

La comida suplementaria significaba que podían quedarse hasta que naciera el hijo de Noli, así que decidieron esperar.

Ko se sintió pronto muy inquieto. Si tenía la ocasión, se escabulliría hasta la orilla y buscaría lugares donde el barro pareciera más seco y firme. Una vez se aventuró a alejarse varios pasos sobre un banco de lodo seco, pero que después se hacía más blando; recordó con qué velocidad Net había caído y lo difícil que había sido sacarlo, así que, temblando de miedo, volvió a tierra firme.

A pesar de todo, encontró sitios donde montones de cañas habían quedado aplastadas en el barro y cuyos tallos parecían repartirse el peso de Ko, de tal modo que éste podía caminar sin miedo. Aquellos lugares no conducían a ninguna parte, por supuesto, pero si cortaba muchas cañas y las apoyaba en el barro a medida que avanzaba...

Una tarde estaba pensando en eso cuando recordó las esteras que Tinu había tejido para sacar la tierra, cuando las mujeres cavaron la trampa para el cocodrilo. Al día siguiente encontró varias, no demasiado estropeadas, junto al hoyo. En la primera ocasión que tuvo las llevó al pantano principal y las probó. No se sentía seguro con una sola estera de espesor, así que las puso de dos en dos, formó un camino bueno y firme de tres esteras de longitud y gateó sobre ellas con sumo cuidado. Cuando llegó al final, reparó en que podía arrastrar el primer par de esteras y colocarlas delante de él, y así sucesivamente, una y otra vez.

Estaba a más de diez pasos de distancia sobre el barro cuando se acobardó; dio la vuelta y retrocedió hasta que por fin, temblando de alivio, pudo pararse sobre tierra firme y quitarse la mayor parte del barro de los brazos y las piernas.

«Yo camino en el pantano —pensó mientras volvía a hurtadillas con los demás—. Yo, Ko, encuentro el camino. Pero es lento, lento.»

Suth se dio cuenta de su regreso.

—Ko, ¿dónde estabas? —le preguntó.

—Suth, es un secreto —respondió el niño.

Suth sonrió. Ko adivinó lo que estaba pensando: «Son cosas de niños. Los niños siempre están con pequeños secretos.» Pero aquél no era un secreto pequeño, sino grande, grande. Ko decidió no contárselo a nadie hasta no haber llegado a la primera isla, algo al oeste del brazo del pantano.

Para ello necesitaba más esteras. Con sólo tres pares avanzaba muy despacio. Si tuviera cinco, podría formar un camino más largo y mover tres pares a la vez. Así iría mucho más rápido.

Cuando los hombres no buscaban comida, hacían cortadores nuevos con las piedras que habían encontrado. Kern estaba enseñando a Nar a hacerlo, pero las manos de Ko todavía no eran lo bastante fuertes, así que éste le pidió a Suth que le fabricara un cortador pequeño. Era bueno, con el filo cortante y fuerte, le duraría mucho tiempo. El interés de Ko no levantó las sospechas de nadie, pues todos los niños eran así con los cortadores. Era evidente que iba a salir a cortar algunas cañas, así que no tuvo dificultades para llevar a cabo el plan.

Sin embargo, tejer esteras era mucho más difícil de lo que suponía. Ko copió las de Tinu lo mejor posible, pero no le salieron tan bien. Tejer otro par le ocupó el tiempo libre de dos días, al cabo de los cuales decidió que era suficiente. Al tercer día cogió las ocho esteras y emprendió la aventura. Tenía miedo, al peligro y a lo que Suth diría al respecto, pero no iba a darse por vencido.

Justo después del amanecer, cuando la niebla se había despejado y antes de que la bruma volviera a ocultar los pantanos, desde su puesto de vigía en lo alto del campamento había estudiado la isla a la que quería llegar. Si pasaba por un tramo uniforme de barro, no quedaba muy lejos de la costa. Y había en ella árboles de verdad.

Así que no siguió la orilla, sino que se alejó un poco a lo largo de la colina, pues desde ella distinguía las copas de los árboles que sobresalían por encima de la bruma. Cuando se encontró ante éstos y estaba a punto de descender al pantano, se levantó una pequeña tormenta de polvo en las colinas, justo en dirección a él. Tiró inmediatamente las esteras al suelo y se arrodilló sobre ellas para que no salieran volando. Luego se agachó y se tapó la cara con las manos, pues una lluvia de arena y pequeñas ramas impulsadas por la ráfaga le azotaba la piel.

Momentos después la tormenta amainó. Ko se puso en pie y vio cómo el remolino se alejaba colina abajo, hacia el pantano, rasgando la bruma y dejando a su paso un sendero claro que se desplazaba por el banco de lodo y se disipaba a medida que avanzaba. Se desvaneció justo antes de llegar a la isla, de modo de Ko apenas pudo vislumbrar el extremo oriental. En aquel instante vio un hombre.

El hombre estaba en la orilla, aguantándose sobre una pierna, inmóvil como una garza. La otra estaba doblada, con la planta del pie apoyada en la rodilla de la pierna recta. Tenía el brazo derecho levantado hasta el hombro, y sostenía un palo largo y delgado. La cabeza estaba inclinada, contemplando el agua. Ko comprendió inmediatamente que el hombre estaba haciendo lo mismo que las garzas: pescar.

Entonces la bruma se cerró y lo ocultó.

Naturalmente, Ko sabía cuál era su deber: correr enseguida a contarle a Suth y a Tun lo que había visto. Pero no iba a hacerlo. Se dijo que en ese instante el hombre estaba allí. Cuando hubiera vuelto con los demás, el hombre se habría ido. Y sólo había ocho esteras. No eran lo bastante resistentes para soportar el peso de un adulto. Pero si Ko podía alcanzar la isla, vigilar al desconocido sin ser visto, y quizá seguirlo cuando se fuera...

¿Por qué?

Porque el hombre debía de haber llegado a la isla de algún modo. ¡Eso significaba que él conocía un camino a través de los pantanos!

Antes de poder cambiar de opinión, Ko corrió hasta la orilla, eligió un lugar y extendió el primer par de esteras sobre el barro. Gateó sobre ellas, y se volvió para coger el siguiente par y, luego, el siguiente, y el siguiente. Cuando fue a por los primeros dos pares, con lo que ya se separaba de tierra firme, vaciló, mordiéndose el labio. Todavía no era demasiado tarde para ir en busca de Suth.

No. Él, Ko, iba a hacerlo.

Así que partió, como lo había hecho el día anterior, avanzando a través del barro. Pronto adquirió ritmo. El barro de la superficie estaba seco y duro, y casi no se movía cuando gateaba hacia delante, hasta el siguiente par de esteras. Ya veía la isla como una masa vaga y pardusca en medio de la densa bruma. Si miraba hacia atrás, ya no divisaba la orilla. Debía de estar por lo menos a medio camino.

De repente, la superficie cambió y se volvió más blanda y pegajosa. Las esteras se llenaron de barro, y cuando Ko las colocaba delante se deshacían por el peso de éste. Procuró ir con cuidado, pero cada vez que movía una de las esteras ésta se aflojaba, y de ella se desprendían pedazos. Las dos que había tejido él se desarmaron casi inmediatamente...

Miró hacia atrás, y no vio nada salvo el barro y el cieno pegajoso que acababa de cruzar. Miró hacia delante: el cañaveral que bordeaba la isla parecía muy cercano. Ya distinguía los tallos por separado. Tenía que llegar allí. Las esteras no durarían el tiempo suficiente para regresar a la orilla. Quizá podría tejer otras nuevas en la isla.

Cuando faltaban pocos metros abandonó las esteras estropeadas, se apoyó sobre el estómago y avanzó sobre el fango hediondo y viscoso, hasta que logró agarrarse a un manojo de tallos de caña caídos.

Se puso en pie con gran alivio y caminó con cautela junto a la densa maraña de cañas, en busca de un claro. Pero, al cabo de un rato, el banco de lodo terminaba en una extensión de agua, así que se vio obligado a regresar. Eligió un sitio donde el cañaveral no parecía tan impenetrable, y empezó a abrirse paso a través de él.

Fue horrible. Pronto apenas pudo moverse. Con gran esfuerzo se metió por un hueco, se encontró atrapado, forcejeó un poco más y quedó inmovilizado otra vez. Sudaba a chorros. Nubes de insectos, molestos por la presencia de Ko, se reunían ávidos a su alrededor. Ko ya no sabía hacia dónde iba. Se sintió impotente, desesperado, aterrorizado, completamente solo.

Aunque lograra liberarse de las cañas, nunca podría cruzar el barro. Los demás nunca descubrirían dónde estaba. Iba a morir, atrapado en aquel lugar espantoso, en aquel Lugar del Demonio: ¡ah, Ko, qué estúpido, qué estúpido!

Con gran vergüenza, empezó a sollozar. Al tratar de sofocar los hipidos, le salió un gemido de la garganta. Las lágrimas lo cegaron. Buscó a tientas.

Y algo le cogió de la muñeca.

Aulló sorprendido y, al instante, se dio cuenta de que aquello era una mano que lo arrastraba hacia delante para llevarlo a un pedazo de terreno despejado. Oyó un siseo, como el de una serpiente enfadada, y alzó los ojos mientras levantaba el brazo para evitar un golpe.

A través de las lágrimas distinguió un rostro. El rostro de un demonio.

Ko abrió la boca, pero el grito quedó ahogado en la garganta. La forma de la cara era la de un hombre, pero tenía rayas de color amarillo brillante, como la cola de un loro, y manchas moradas alrededor de los ojos.

El demonio resopló. Ko se encogió; de repente, algún rincón de su mente que no se había quedado paralizado de terror reconoció el sonido. Era casi el mismo resoplido que utilizaba Tor cuando estaba sorprendido o confundido por algo nuevo. Tor no tenía palabras. No podía decir: «¿Qué es esto?» En cambio, bufaba, gruñía.

Ko recuperó la voz.

—Yo... yo... yo... Ko...

Lo único que se le ocurrió fue ofrecerle un regalo al demonio. Sabía que, antaño, cuando un Clan llegaba a un Lugar Bueno perteneciente a otro Clan, se hacía eso. Buscó en la calabaza y encontró algo duro. Sí, era el pedazo de sal que había robado. La sal era un verdadero regalo. La cogió con ambas manos y se la dio al demonio.

El demonio volvió a resoplar con sorpresa y la aceptó. La mano no poseía garras grandes y ganchudas como las de los demonios de las Leyendas, sino dedos comunes, como los de las personas. Apareció un círculo amarillo en el dorso de la mano, pero al mirar de cerca, Ko reparó en que no era el color de la piel, sino una especie de sustancia amarilla aplicada a propósito. La verdadera piel era morena, no tan oscura como la de Ko, sino más bien como la de Tor.

El demonio era un hombre. Se había untado algo de color para parecer un demonio.

Con un suspiro de alivio Ko vio que el hombre se llevaba la sal a la boca, la lamía y lanzaba un gruñido. Ko reconoció el sonido otra vez. No era igual, pero se parecía al que usaba Tor para expresar que estaba satisfecho. Sintiéndose mucho mejor, Ko se levantó y él y el hombre se miraron. Tras superar el estado de estupor causado por el miedo, Ko comprendió que el hombre podía muy bien pertenecer al Clan de Tor, los Puercoespines. Era más alto y más delgado que Tor, pero tenía el mismo rostro fino y anguloso, la nariz ganchuda y los dientes salidos. Al cabo de un rato, el hombre miró el terrón de sal que tenía en la palma y se la devolvió a Ko con un gruñido interrogativo, como si no estuviera seguro de que la intención de Ko fuera que se lo quedara.

Cada vez más confiado, Ko levantó ambas manos, con las palmas hacia delante y los dedos extendidos, y las acercó al hombre. Al mismo tiempo, emitió un doble murmullo gutural, la segunda parte más baja que la primera. Así se comunicaban los Puercoespines. Siempre se estaban haciendo regalos. Era una de las cosas que hacían en lugar de hablar. En una ocasión Ko había visto durante un período de descanso que tres de ellos se pasaban todo el rato la misma piedra de color y, después, cuando volvieron a trabajar, la dejaron tirada. Lo importante para ellos era el acto de dar, no el regalo en sí mismo.

El hombre repitió el sonido de satisfacción, todavía más fuerte. Llevaba puesto alrededor de la cintura lo que parecía una tira de hojas de caña. De ella colgaban varios tubos cortos de madera, de una clase que Ko no conocía; parecían tallos de caña muy gruesos. Algunos estaban tapados con un montón de hojas. El hombre abrió uno, puso la sal en él y lo tapó. Recogió el palo largo, se dio la vuelta y le indicó a Ko que lo siguiera. Después se abrió camino por el angosto sendero en el que habían permanecido hasta ese momento.

El sendero llegaba hasta el espacio abierto que había en el extremo de la isla, donde Ko había visto al hombre por primera vez. Allí, éste se arrodilló, apartó unas cañas caídas y puso al descubierto tres peces. Eligió uno, le dio un mordisco en la parte de atrás, se quitó el pedazo de la boca y se lo ofreció a Ko.

Ko conocía los peces. Había algunos en el río que recorría los nuevos Lugares Buenos. Los Puercoespines a veces habían logrado atrapar alguno con las manos, pero el Clan no se había molestado en pescarlos hasta que el río empezó a secarse y encontraron los peces inmovilizados en charcas. Ko hizo el ruido que significaba: «Yo doy las gracias» y masticó el bocado. Era muy bueno.

El hombre volvió a lo que estaba haciendo antes: de pie, apoyado en una pierna, inmóvil, contemplando el agua. Ko esperó. Un insecto se le posó en el cuello y le picó. Le dio una palmada, y el hombre volvió inmediatamente la cabeza, siseó pidiendo silencio, y continuó con la pesca. Ko retrocedió en el sendero lo más lejos que pudo sin perder de vista al hombre, cogió un trozo roto de caña para aplastar insectos, y siguió esperando.

El tiempo pasaba. Parecía que el hombre no movía ni un músculo, que no respiraba siquiera. «Esto es buena caza», pensó Ko. En el Clan había un dicho: «El cazador es fuerte: bueno. El cazador es rápido: mejor. El cazador está quieto: mejor todavía.» A Ko siempre le decían esto, pues nunca se estaba quieto.

Sin embargo, en ese momento hizo todo lo que pudo para quedarse tan quieto como el hombre. No era simplemente porque no quería quedarse solo en aquella isla horrible, sin saber cómo regresar al Clan. Además, habiendo llegado tan lejos, y habiendo hecho un amigo, Ko no iba a darse por vencido tan fácilmente. El hombre tenía que conocer el camino que unía los pantanos. Nunca tendría mejor oportunidad para encontrarlo.

La quietud terminó en un movimiento tan repentino y definido como el ataque de una serpiente. El brazo izquierdo se extendió; la pierna doblada se enderezó y dio un enorme paso. El cuerpo se extendió hacia delante y el brazo, recto, lanzó el palo largo, que se hundió en el agua limpiamente. Un instante después, el hombre fue a buscarlo y desapareció bajo la espuma.

Cuando salió, sujetaba un pez con ambas manos. Ko nunca había visto uno tan grande. Era tan largo como su brazo, y tenía la mandíbula abierta y los dientes finos y curvos. El palo del hombre lo atravesaba, pero el animal estaba vivo, y se agitaba en el agua mientras el hombre luchaba por sujetarlo. Por fin logró dominarlo, con ambas manos sobre el palo, una a cada lado del cuerpo del pez, y lo arrastró hasta la orilla. Ko corrió, cogió el pez de la cola y tiró de él lejos del agua, mientras el hombre salía. Riendo de alegría, el hombre apoyó el pie cerca de la cabeza del pez, cogió el palo y lo atravesó, esta vez clavándolo en el suelo. El pez se agitó bruscamente, y finalmente se quedó quieto.

Mientras esperaban que el pez muriera, Ko miró el palo. Era más alto que el hombre, grueso como el pulgar de Ko y muy recto, con nudos cada poca distancia. Ko supuso que sería alguna clase de caña. Le impresionó lo puntiagudo que debía de ser para perforar un pez grande como aquél, y lo bueno que era para lanzar. Ko había tenido suerte de que el hombre no lo confundiera con algún animal cuando luchaba por abrirse paso entre las cañas, pues había hecho mucho ruido. O quizá Ko había tenido suerte por haber llorado en voz alta, haciendo la clase de ruidos que sólo hace la gente.

El hombre pareció creer que aquel día ya había pescado suficiente. En cuanto el pez estuvo muerto, lo levantó, y con la vara todavía clavada, pinchó los tres peces más pequeños en la punta. Se echó el palo con la carga al hombro, hizo un gesto de asentimiento a Ko y emitió un doble gruñido. Otra vez, fue algo diferente al de los Puercoespines, pero bastante parecido para que Ko se diera cuenta de que significaba: «Yo me voy» y «Adiós».

—Yo voy también —dijo Ko, con firmeza. No tenía ganas de que lo dejaran atrás.

El hombre pareció confundido, pero Ko no perdió el tiempo en tratar de explicarle con señas lo que quería decirle. Conociendo tan bien a Tor y a los Puercoespines, sabía que no era la clase de cosa que se podía hacer entender con facilidad a aquel hombre.

—Tor no es como Tinu —le había explicado Noli una vez—. La boca de Tinu está dañada. No puede hacer buenas palabras. Pero Tinu tiene palabras en la cabeza. Tor no tiene palabras en la cabeza. No hay lugar para ellas. Yo hago señales con las manos. Estas señales son palabras de manos. Tú comprendes mis señales. Para ti es fácil. Para Tor es difícil, difícil.

Así que Ko supuso que golpearse el pecho y señalar en dirección a los pantanos para decir: «Yo quiero que tú me lleves allí», no iba a servirle de nada. En lugar de ello, simplemente cogió la mano libre del hombre y empezó a caminar por el sendero. El desconocido todavía parecía desconcertado, pero también empezó a caminar. El sendero no era lo bastante ancho para los dos, por lo que Ko soltó la mano de su nuevo amigo, esperó a que él pasara y lo siguió. El hombre se volvió para mirarlo, se encogió de hombros y siguió caminando.

LEYENDA

Mandíbula de Piedra

Tov siguió viajando hacia el oeste. El loro se posó sobre su cabeza y durmió. El sol estuvo a sus espaldas, sobre él y brilló en su rostro, y su calabaza estaba vacía. Llegó al lugar de Mandíbula de Piedra.

Allí vio una gran roca. Era la cabeza de Mandíbula de Piedra. No había cuerpo ni brazos ni piernas, sólo la cabeza. En la roca había una cueva. Era la boca de Mandíbula de Piedra. De ella salía una canción.

> *Entra en mi cueva.*
> *En ella hay agua.*
> *Escucha la melodiosa agua.*
> *Es fresca, fresca.*

La canción era mágica. Cuando Tov la oyó, olvidó las habilidades del cazador. Corrió hasta la cueva sin mirar, sin ver.

El loro se despertó y chilló en el oído de Tov, para que no pudiera escuchar la canción de Mandíbula de Piedra. Entonces Tov miró y vio. Dijo en su corazón: «Éste es Mandíbula de Piedra. La cueva es su boca.»

Junto a la cueva, Tov vio una gran roca. La hizo rodar hasta la boca de ésta, entre las fauces de Mandíbula de Piedra. Entonces entró.

Las mandíbulas se cerraron sobre la piedra, pero no del todo. Tov fue hasta el agua y bebió, y llenó la calabaza. Junto al agua vio una gacela muerta, una gacela del desierto. Mandíbula de Piedra la había atrapado. Tov la cogió y la sacó de la cueva.

Y dijo:

—Ven, pequeño loro. Nosotros tenemos comida, nosotros tenemos agua. Mandíbula de Piedra, adiós.

Tov acampó y comió de la gacela. El loro no comió. La gacela no es alimento de loros.

Tov dijo:

—Pequeño loro, todo el día tú has dormido sobre mi cabeza. Ahora yo duermo. Tú vigilas.

Cuando se acostó, se puso una espina puntiaguda debajo de las costillas. No durmió.

En la oscuridad, el loro se convirtió en Falu. Estaba hambrienta, y comió de la gacela, y chupó el tuétano de los huesos. Hizo mucho ruido. Tov lo oyó, abrió los ojos y la vio sentada, chupando los huesos. Se acercó sigilosamente a ella y la cogió de la muñeca.

Falu gritó, y dijo:

—Tov, déjame ir.

Tov dijo:

—Yo no te dejo ir. Pronto es de día. Yo veo quien eres.

Falu lloró, e imploró:

—Tov, no hagas esto. Tú me retienes, tú me ves. Entonces tu loro muere, el pequeño loro gris con las plumas amarillas en la cola.

Tov dijo de corazón: «Yo no puedo hacer esto. Yo necesito mi pequeño loro. Ella es ingeniosa, ingeniosa.»

Tov soltó la muñeca de Falu, se acostó y durmió. Por la mañana, Falu había vuelto a ser un loro.

7

El sendero terminaba al otro lado de la isla. Ko miró delante del hombre y vio una extensión de barro, y más allá otra isla. El hombre se metió en el barro seguro de sí mismo y, enseguida, empezó a hundirse. El fango le cubría el pie, pero de repente dejó de hundirse y dio otro paso, y otro más, atento siempre al lugar en el que ponía el pie.

Ko siguió al hombre, pisando exactamente en las huellas que éste dejaba; y descubrió que bajo la superficie había algo sólido. Al rato, se detuvo movido por la curiosidad; se sostuvo sobre una pierna y, con cuidado, tanteó con el otro pie junto a la línea de huellas. Allí no había nada, ni tampoco en el otro lado: sólo aquel sendero angosto.

Se inclinó y buscó en el barro con los dedos. Lo sólido parecía ser una capa gruesa de cañas, dispuestas todas en la misma dirección. No podía haber ocurrido por accidente. Cayó en la cuenta de que alguien tuvo que haberlas puesto.

Se apresuró tras el hombre, antes de que el barro pudiera cubrir las huellas de éste. Al mirar atrás vio que las dejadas al salir de la isla ya habían desaparecido. De modo que, si no se sabía con exactitud dónde estaba el camino, no podía utilizarse.

En el extremo opuesto de la siguiente isla, la orilla estaba más despejada. A poca distancia, dos mujeres pescaban con varas como las del hombre. Éste las llamó. Ellas se dieron la vuelta, miraron un momento y se acercaron corriendo.

El hombre les enseñó lo que había pescado; las mujeres aplaudieron y emitieron el cloqueo, *wo-wo-wo-wo*, que Tor utilizaba cuando quería elogiar a alguien. Lo abrazaron, lo adularon y lo acariciaron, mientras él se reía, triunfante. Las mujeres no llevaban la cara pintada como él, pero lucían la misma clase de cinturón, con los tubos de madera. Una tenía un niño en el vientre. Ko supuso que sería la compañera del hombre, pero la otra mujer lo desconcertaba, pues se comportaba exactamente igual que la primera. Parecía un poco más joven que Noli, pero el hombre no parecía tener edad suficiente para ser su padre.

Cuando terminaron de hacerle saber lo maravilloso que era, vieron a Ko y emitieron sonidos de asombro. Se inclinaron, lo olieron y lo tocaron; la más joven le lamió la piel y, después, se la frotó con fuerza con los dedos mientras Ko trataba de soltarse. Los otros dos miraban, riendo, hasta que la mujer se dio cuenta de que la piel de Ko no cambiaría de color, y se dio por vencida.

Partieron en fila india, cruzando de una isla a otra, casi siempre utilizando los caminos ocultos entre los bancos de arena, aunque a veces caminaron con el agua hasta la cintura. Al cabo de un rato llegaron a otro canal abierto, y Ko vio a un grupo de gente que estaba de pie en la orilla de la otra isla. Los tres que estaban con Ko se detuvieron, se agacharon para mirar y emitieron murmullos de entusiasmo, si bien, por lo que él veía, el otro grupo no hacía nada especial. Entonces se dio cuenta de que uno de aquellos hombres estaba agazapado sujetando un extremo de una vara de pesca, mientras movía suavemente el otro, que permanecía bajo el agua.

Pasó un rato y no ocurrió nada. Los insoportables insectos de siempre se agrupaban, se posaban y picaban. Ko los atacaba con un pedazo de caña. A la gente del pantano no parecían molestarles los insectos. El aire era denso, caluroso y húmedo. Ko no podía ver el sol, pero ya debía de estar muy alto. El Clan estaría en el descanso del mediodía. No, ya se habrían dado cuenta de que Ko había desaparecido. Estarían enfadados, preocupados y tristes, y lo estarían buscando pese al calor. Encontrarían el rastro que había dejado con las esteras sobre el barro seco cerca de la orilla. Quizá verían pedazos de estera rota a lo lejos, en el pantano. Creerían que se habría hundido en el barro, y ahogado. «Ah, Ko, estúpido, estúpido», dirían. En ese momento se lo dijo a sí mismo: «Ah, Ko, estúpido, estúpido.» ¿Por qué no había corrido a contarle a Suth que había visto un hombre en la isla? Se sintió muy triste, solo y lejos de sus amigos.

De repente, el hombre con quien estaba cogió el pez grande y empezó a morder la parte de atrás. Le costó empezar, pues no podía abrir tanto la boca, así que Ko buscó en la calabaza y le ofreció el cortador. Después de cortar tantas cañas para las esteras ya estaba un poco desafilado, pero todavía conservaba algunos puntos cortantes. Al verlo, el hombre frunció el entrecejo, confundido, hasta que Ko se arrodilló junto al pez, cortó un trozo y se lo dio y, luego, hizo lo mismo para cada una de las mujeres. Aunque no tenía hambre, cortó un pedazo pequeño también para él. El hombre cogió el cortador y pasó el pulgar por el filo, gruñó con aprobación y se lo devolvió.

Después abrió uno de los tubos del cinturón, sacó el terrón de sal que Ko le había dado, y desmenuzó algunos cristales sobre el pedazo de comida. Enseguida las mujeres intentaron engatusarlo para que les diera un poco. A regañadientes, el hombre rompió algunos granos para cada una, pero cuando pidieron más, bufó enfadado y negó con la cabeza.

Ko buscó otra vez en el fondo de la calabaza y encontró varios cristales que se habían desprendido del terrón grande. Los juntó y se los dio a las mujeres, que al recibirlos gritaron de placer.

De repente se oyó un grito procedente de la otra orilla. Los tres guías de Ko se levantaron y saltaron entusiasmados. Ko fue corriendo a mirar. El hombre que tenía la vara estaba de pie y forcejeaba para no ser arrastrado al agua. Otras dos personas lo ayudaban. Varias más saltaron al pantano. Hubo un chapoteo, y brazos y cuerpos brillantes lucharon con algo bajo la superficie. La vara cedió, y los tres que la sujetaban cayeron hacia atrás. Los que estaban en el agua trataban a duras penas de subir un animal grande, pues éste se agitaba con fuerza. Ko advirtió que se trataba de un cocodrilo, pequeño, no mucho más largo que su propio cuerpo. A pesar de ello, se necesitaron seis personas para sujetarlo, uno por cada pata, otro por la cola y aún otro que mantenía cerradas las fauces del animal.

Lo arrastraron a la orilla y lo inmovilizaron; mientras, uno de los hombres le perforaba una y otra vez las cuencas de los ojos hasta que lo mató.

El grupo de Ko recogió los peces, caminó por el agua y cruzó chapoteando, gritando y cantando. Ko estaba muy asustado. Supuso que aquélla debía de ser una zona infestada de cocodrilos. A nadie en el Clan se le habría ocurrido, ni siquiera en sueños, caminar por el agua de aquella manera. Pero no quería que lo dejaran atrás, así que los siguió, lo más cerca que pudo, gritando y chapoteando como los demás, y subió a la otra orilla lanzando un suspiro de alivio.

Se reunieron alrededor del cocodrilo muerto. La mayoría eran hombres, cada uno con la cara de diferente color, y también había algunas mujeres que abrazaban y acariciaban a algunos de ellos y hacían ruidos de elogio. El hombre que tenía aspecto de ser el jefe estaba de pie, arrogante, con el pie sobre el cocodrilo, y tenía tres mujeres, mientras los demás no tenían ninguna.

Ko observó la escena perplejo. De pronto, se le ocurrió una idea extraordinaria. Quizá aquellos hombres tenían más de una compañera cada uno. Su amigo tenía dos, y el jefe tres. ¡Eso significaba que algunos no tenían ninguna! Ko no podía imaginar cómo alguien podía vivir así. Era muy raro.

Al principio, la gente estaba demasiado excitada por la presa cobrada para advertir la presencia de Ko; no obstante, cuando todo pasó, no se mostraron muy amistosos. Emitieron sonidos de sorpresa, y algunos se abalanzaron sobre él y le frotaron la piel; cuando querían mirarlo lo agarraban, y una vez satisfechos, lo empujaban con violencia.

En cierto momento, un hombre intentó coger a Ko antes de que otro hubiera terminado, y ninguno de los dos quiso soltarlo. Ko gritó mientras tiraban de él, hasta que intervino el hombre que lo había encontrado. Hubo un intercambio de gruñidos, cosa que Ko había visto con frecuencia entre los Puercoespines, pues ellos no tenían palabras con las que discutir. En medio de la pugna, uno de los hombres hizo un movimiento brusco y arrastró a Ko hacia sí, pero después lo empujó a un lado mientras seguía discutiendo.

Ko chocó con las piernas de alguien y cayó, medio aturdido. Mientras forcejeaba para ponerse en pie, decidido a que nadie viera las lágrimas que empezaban a brotarle, una mano lo cogió del brazo y, con mucha más delicadeza, lo alejó de los hombres. Era la más joven de las mujeres con las que había venido. Lo acarició para consolarlo y lo protegió con el cuerpo hasta que la riña terminó.

Cuando el hombre se reunió con ellos, ella y la otra mujer lo acariciaron y le hicieron mimos durante un rato, como si hubiese hecho algo casi tan maravilloso como atrapar el pez grande. Luego dejaron al grupo de caza con las celebraciones y prosiguieron su camino.

Pronto el viaje se hizo más fácil. Los caminos ocultos entre los bancos de arena se volvieron más firmes y corrían más cerca de la superficie, y los senderos que atravesaban los cañaverales y las islas eran más anchos. De vez en cuando, Ko veía gente que pescaba en las diferentes islas, tanto hombres como mujeres, de pie en la posición de la garza, apoyados en una sola pierna, esperando totalmente quietos. Aunque Ko sabía que aquello era una especie de caza, parecía muy distinta a la que él estaba acostumbrado. Aumentó la sensación de soledad. No comprendía en absoluto a aquella gente de los pantanos. Se sintió impotente como un recién nacido. Además, en medio de aquella confusión informe de cañas e islas, sin modo de saber dónde estaba el sol por encima de la espesa bruma, estaba completamente perdido, como nunca lo había estado. Por fin llegaron a un lugar diferente, una superficie mucho más extensa de agua, con un grupo de islas pequeñas en medio, apenas montículos por encima de la superficie, casi despejados de cañas o árboles; y había en ellas gente que se movía de un lado a otro.

Ko no veía ningún camino que llevara a las islas, pero el hombre siguió guiándolos por la orilla hasta que llegaron a lo que parecía un banco de lodo largo y estrecho, que comenzaba en los cañaverales y se extendía hasta la isla más cercana, y por cuya parte superior corría un sendero de cañas. Cuando llegaron al lugar, cada uno de los guías de Ko cogió un puñado de barro; cuando cruzaron a la isla eligieron un sitio, pusieron el barro en el suelo y lo pisotearon cuidadosamente para fortalecer el sendero.

Aquellas personas eran ingeniosas, pensó Ko. No tenían palabras, ni conocían los cortadores, pero sabían muchas cosas que el Clan no conocía. Seguramente habían construido los senderos ocultos entre los pantanos, habían elegido aquellas islas como refugio, y habían logrado que fueran seguras.

Donde el sendero llegaba a la primera isla había un muro extraño y bajo, con un hueco en medio, y una hilera de palos detrás, con objetos en lo alto. A medida que se acercaba, Ko vio que eran cabezas de cocodrilo: después, el corazón le dio un vuelco al darse cuenta de que también la pared estaba hecha de aquellas cabezas. Algunas eran tan antiguas que ya no tenían carne ni piel: sólo quedaban las calaveras blancas y sonrientes. Ninguna era ni la mitad de grande que la del cocodrilo que el Clan había matado, pero había decenas y decenas y decenas de ellas.

A Ko le parecieron realmente tenebrosas. Otorgaban a la entrada el aspecto de un lugar demoníaco. Sin embargo, el hombre se limitó a pararse en el hueco, tocó con la mano el hocico de la calavera más grande y siguió caminando. Las mujeres lo siguieron sin hacer ruido, así que Ko hizo lo mismo.

En la isla había varias mujeres y muchos niños, que en cuanto vieron a Ko se pusieron a gritar y se arremolinaron alrededor de él para olerlo, tocarlo y murmurar sorprendidos. Después llegó un hombre, dando grandes pasos, y los apartó con violencia. También llevaba el rostro coloreado como el de un demonio. Se quedó mirando a Ko, bufó de ira, lo cogió del hombro y lo empujó hacia la entrada.

Inmediatamente, se produjo un feroz enfrentamiento de gruñidos entre los dos hombres, pero cuando Ko se levantó tuvo claro quién sería el vencedor. El hombre nuevo era más anciano y más importante que el guía de Ko. Éste ya retrocedía cuando las dos mujeres cogieron a Ko cada una de un brazo y lo llevaron a toda prisa por el agua, a lo largo de la isla hasta otro sendero. Éste conducía a una isla más pequeña, que también cruzaron por la orilla, y así sucesivamente a través de dos islas más, hasta que llegaron a una que estaba apartada de las demás, donde lo soltaron y dejaron las cosas. Ko supuso que aquélla debía de ser su casa. Momentos después llegó el hombre, con aspecto angustiado e irritado.

Los tres habitantes del pantano realizaron el acostumbrado ritual de caricias y elogios, luego el hombre dejó los peces en el suelo, señaló la calabaza de Ko e hizo el sonido de «dar». Ko entendió lo que quería, sacó el cortador y se lo dio. Con torpeza, pues no estaba acostumbrado a la herramienta, el hombre cortó trozos de pescado para todos. Ko raspó el fondo de la calabaza y encontró suficientes granos de sal para él y las dos mujeres.

Toda la superficie de la isla estaba cubierta de trozos y astillas de cañas; cuando hubieron comido lo suficiente, las mujeres hicieron un hoyo en el suelo, depositaron en él las sobras del pescado y lo taparon. El hombre se dispuso a afilar la vara de pescar, para lo cual la frotó con un palo pequeño empapado de barro arenoso. Con trozos de caña, las mujeres se pusieron a hacer tubos para almacenar comida. Cortaban los extremos astillados con los dientes. Los tres parecían inquietos, y no dejaban de mirar angustiados hacia la isla grande.

Al cabo de un rato, Ko oyó gritos rítmicos que flotaban sobre el agua, mezclados con un extraño ruido, como si muchos pájaros carpinteros estuvieran picoteando un árbol hueco. Los tres habitantes del pantano se levantaron asustados y miraron. Ko siguió las miradas y vio una procesión que se abría camino a través de los cañaverales, en el otro extremo de la isla. El hombre cogió a Ko de los hombros y lo agitó violentamente para indicarle que se quedara donde estaba. Después, él y las dos mujeres corrieron hacia la entrada.

Ko esperó y observó. La procesión estaba en su mayor parte tapada por las cañas, hasta que llegó al sendero que cruzaba el agua. Entonces Ko se dio cuenta de que los hombres que iban delante marchaban en fila india con los brazos extendidos, llevando algo encima de las cabezas. Era el cuerpo del cocodrilo que habían cazado. La gente salía a su encuentro y danzaba ante él. El ruido extraño aumentó, pero Ko todavía no veía de dónde procedía. Reparó en que, para aquella gente, matar un cocodrilo debía de ser una hazaña. Ojalá hubiera podido enseñarles el monstruo que el Clan había matado.

Esperó largo rato, hasta que la bruma gris empezó a tornarse dorada, y cayó en la cuenta de que el sol iba a ponerse pronto. El color era más profundo en el lado más alejado de la entrada, así que supuso que por allí debía de estar el oeste. Apoyó la barbilla sobre las rodillas y contempló el lento cambio, que lo llenó de tristeza. Aunque por el momento parecía encontrarse en un lugar seguro, se sentía muy, muy solo. Era la hora del día en que los cansados recolectores y cazadores estarían volviendo al campamento, asarían la carne que habían cazado, y molerían las raíces y las semillas. Después comerían, la luz del fuego iluminaría los rostros oscuros y las chispas se reflejarían en los ojos; y conversarían, bromearían y se jactarían: la gente de Ko, del mundo de Ko, un mundo que él comprendía: su hogar. No ese denso y brumoso pantano, con esos desconocidos de costumbres inquietantes...

De repente se oyeron nuevos gritos, diferentes, irritados. Los gritos se acercaban.

Ko se levantó, se dio la vuelta y vio que las dos mujeres cruzaban corriendo la isla más cercana seguidas por el hombre. Muy de cerca los perseguían varios hombres más, que chillaban furiosamente. Las mujeres escaparon por el sendero que enlazaba ambas islas, pero el hombre se detuvo a medio camino; se dio la vuelta y se enfrentó a los atacantes. No tenía armas, pero adoptó una posición beligerante, se le encrespó el pelo y empezó a gritarles.

Ko miró aterrorizado. Aquella pelea tenía que ver con él. Tras regresar los hombres de la caza del cocodrilo, el jefe les había ordenado que capturaran a Ko. No querían a aquel niño desconocido en su tierra. Iban a matarlo, o por lo menos a expulsarlo de las islas y abandonarlo en los horribles pantanos, solo en la noche. Eso era casi tan espantoso como que lo mataran. El grupo se detuvo en la orilla, sin dejar de gritar. El jefe se abrió paso a empujones por el sendero y se encaró con el anfitrión de Ko. Éste creyó que su guía retrocedería, pues lo había hecho cuando habían discutido en la isla principal; sin embargo, se quedó en su sitio, gruñendo. «Ésta es mi isla —parecía estar diciendo—. En ella yo soy el jefe, tú no.» Las mujeres miraban y murmuraban inquietas. La mayor cogió a Ko del brazo y lo arrastró detrás de ella, donde no pudiera ser visto.

Instantes después, el hombre más anciano bufó y se volvió, y los atacantes se alejaron, refunfuñando. El anfitrión de Ko regresó, pavoneándose, a la isla, y las mujeres lo acariciaron y elogiaron. Sin embargo, el hombre miró a Ko y frunció el entrecejo, hasta que éste se arrodilló ante él y golpeó los nudillos entre sí, tres veces, como habría hecho si hubiera querido pedirle un favor a su propio jefe, Tun.

—Yo, Ko, te doy las gracias —dijo—. Yo, Ko, también te pido. Mañana yo parto. Tú me indicas el camino.

Se volvió y señaló hacia el sur para aclararle lo que quería decir. El hombre gruñó inseguro, pero acarició un instante el pelo de Ko, y éste interpretó que el hombre intentaría cuidar de él.

Ya había oscurecido. Las mujeres cavaron un hoyo grande en el suelo de cañas, y los tres habitantes del pantano se tumbaron en él, muy juntos, con el hombre en medio. Ko se hizo también un hoyo y se acostó en aquel lugar extraño, que le daba miedo, deseando con toda el alma estar lejos de allí, dormir entre su gente, cerca de las buenas brasas del fuego. Se puso a llorar en silencio en la oscuridad, y se durmió llorando.

Lo despertaron con una sacudida; no sabía dónde estaba. Tenía todo el costado izquierdo cubierto de picaduras de insectos. Una voz de mujer gruñó suavemente y Ko recordó. Se levantó y miró a su alrededor.

Todavía estaba oscuro. La bruma del calor se había disipado, y las familiares estrellas brillaban con claridad en lo alto. Hacia el este, el cielo exhibía un leve tinte gris. Otra vez la mujer, con voz suave, hizo el sonido de «venir». Ko se levantó, buscó a tientas la calabaza y se la echó al hombro. Siguió a los otros tres por el sendero y cruzaron la primera isla. La bordearon, chapoteando por la orilla, hasta la entrada principal, sin pisar nunca la isla de nadie. Cuando llegaron a los cañaverales ya era de día. Ko advirtió que la mujer más joven llevaba el pescado a medio comer del día anterior.

El hombre los guió en silencio, sin detenerse, hasta que cruzaron varias islas más. Hicieron una pausa; pero sólo el tiempo suficiente para cortar cuatro trozos de pescado, y prosiguieron su camino, masticando mientras andaban. Cuando salió el sol, se formó la bruma de calor, y pronto Ko perdió de nuevo la orientación. En todo aquel rato, el hombre apenas lo había mirado, y Ko tuvo un mal presentimiento: que lo estaban llevando a los pantanos para deshacerse de él, y que lo abandonarían para que encontrara el camino por su cuenta. Sin embargo, las mujeres seguían mostrándose amistosas, en especial la más joven. Momentos después, Ko reconoció el lugar donde habían matado al cocodrilo, así que empezó a sentirse mucho mejor. Iba a casa.

Más superficies de barro, islas, cañaverales, cruces de agua. De repente, en otro sendero que cruzaba otra isla más, el hombre se detuvo. Los tres guías de Ko se volvieron y lo miraron. El hombre gruñó para decir: «¿De acuerdo?» Ko frunció el entrecejo y miró a su alrededor; vio que era el lugar donde se había encontrado con el hombre por primera vez, mientras forcejeaba por abrirse paso entre las cañas.

Pero ¿cómo iba a salir de la isla, cómo iba a cruzar aquel fatal trecho de barro? Quizá el hombre conocía otro camino.

«Ven», gruñó, procurando imitar en lo posible el modo en que la gente del pantano hacía ese sonido. Los condujo a lo largo del sendero, hasta el extremo de la isla donde el hombre había estado pescando. La bruma todavía no estaba lo bastante espesa para ocultar la tierra firme desde donde Ko había partido. Éste la señaló y emitió el gemido, leve y nervioso, que significaba: «Yo suplico.»

El hombre frunció el entrecejo, resopló inseguro y volvió sobre sus pasos en el sendero. A medio camino se paró y examinó las cañas que había a la izquierda; negó con la cabeza, se alejó un poco, gruñó y avanzó más. Mientras los seguía, Ko supuso que estaban utilizando un antiguo sendero que había acabado cubierto por la maleza, pero que no se parecía en nada a la insufrible maraña de cañas que había en el otro lado.

Salieron en dirección contraria a la tierra, con sólo unas decenas de pasos de barro por cruzar. El hombre probó alrededor con la punta de la caña de pesca, asintió y pisó el fango. Se hundió más que de costumbre, hasta la mitad de la pantorrilla, pero al final encontró donde pisar. Dio un par de pasos más, pero en esa ocasión las mujeres no lo siguieron, y él se volvió y regresó. Una vez más los tres miraron a Ko. Era un antiguo sendero oculto que cruzaba el barro, parecían decirle. Si iba con cuidado, podría utilizarlo por su cuenta. El hombre cogió a Ko del hombro y lo empujó hacia el sendero.

Ko gruñó: «Yo doy las gracias», y buscó en la calabaza algún regalo. No le quedaba nada excepto el cortador, así que, un poco a regañadientes, se lo ofreció al hombre, que lo aceptó sin vacilar, visiblemente satisfecho. Las mujeres miraban, expectantes. No parecían tener ninguna esperanza; sin embargo, Ko sentía que también debía darles algo. Ellas lo habían defendido tanto como el hombre, y habían sido muy amables.

Por lo menos podía demostrarles que no tenía nada más para dar, así que puso la calabaza del revés sobre la palma de la mano. Varios granos de sal brillaron en ella. No era suficiente para considerarse un regalo, pero las mujeres se adelantaron impacientes, cogieron los granos, se los pusieron en la lengua y emitieron leves suspiros de placer.

De repente, Ko tuvo una idea. En el campamento había mucha sal; podía intentar persuadirlos de que lo acompañaran. Así Tun, Suth y los demás conocerían a su amigo. Y lo maravilloso sería que, entonces, podría enseñarles el camino que cruzaba los pantanos.

Y todo sería obra de Ko.

Antes de que las mujeres pudieran coger los últimos granos de sal, Ko cerró los dedos y los mantuvo apretados. Con la otra mano golpeó los nudillos y, después, señaló hacia el otro lado del barro.

Las mujeres trataron de abrirle los dedos, mientras se reían por la broma. Ko apartó el puño, volvió a señalar y emitió los sonidos de «comida» que los padres Puercoespines utilizaban para llamar a comer a sus hijos.

Dejaron de reír y miraron cuando Ko abrió la mano, les enseñó la sal y señaló de nuevo. Contemplaron la colina difusa, visible más allá del banco de lodo, y Ko supo que habían comprendido.

También el hombre comprendió, y fue evidente que la idea no le gustó. Las mujeres lo cogieron de las manos y suplicaron, pero él las apartó, gruñendo irritado. Ellas cayeron de rodillas, lo acariciaron y elogiaron, hasta que el hombre dio un suspiro exasperado y abrió la marcha por el último sendero oculto.

LEYENDA

El Padre de las Serpientes

Tov viajó hacia el norte. El loro iba sentado en su cabeza, durmiendo. El sol brilló a su derecha, estuvo por encima de ellos, y llegaron a un gran hoyo. Junto a éste había un árbol, un árbol del desierto que no muere. Era el lugar de Fododo, el Padre de las Serpientes.

Tov dijo:

—Tú te escondes, pequeño loro. Los pájaros son comida de serpiente.

El loro voló hasta el árbol y se ocultó.

Tov se llevó las manos a la boca y llamó, fuerte, fuerte:

—Fododo, sal de tu agujero.

Fododo oyó y salió. Su cuerpo era diez y diez pasos de largo, y diez y diez y diez pasos más. Su grosor era el del cuerpo de un hombre, y su color era blanco, como el del hueso, un hueso viejo en el desierto.

La serpiente miró a Tov, y la mirada fue mágica. Tov no se pudo mover.

Fododo dijo:

—Tov, tú eres un gran tonto.

Tov respondió:

—Tú sabes mi nombre. ¿Por qué?

Fododo respondió:

—Yo lo sé todo, todo.

Tov dijo:

—Yo, Tov, sé algo. Tú, Fododo, no lo sabes. Es esto: hay un ser. Llega el día. Este ser tiene risa y no tiene palabras. El ser tiene alas y no tiene brazos. Llega la noche. Este ser tiene palabras, tiene risa. Tiene brazos y no tiene alas. Fododo, Padre de las Serpientes, ¿quién es? Tú no lo sabes.

Era verdad; por ello, Fododo perdió la magia. Encima de su cabeza, el loro gritó. Su grito fue risa. Fododo miró arriba, y Tov pudo moverse. Corrió detrás del árbol, rápido, rápido. El loro voló delante de la cabeza de Fododo. Éste quiso atraparlo, pero aquél voló detrás de la serpiente. Ésta lo siguió con la cabeza, cerca, cerca, pero el loro dio una vuelta y otra, y otra, y otra. En todo momento Fododo lo siguió con la cabeza.

Entonces el loro voló sobre un árbol, y la serpiente se estiró para atraparlo. Pero en su cuerpo se había formado un gran nudo. Al estirarse, lo apretó con más fuerza, de modo que no pudo moverse.

Tov salió de detrás del árbol, fue detrás de Fododo y lo cogió del cuello. Fododo abrió la boca para morderlo, pero Tov estaba preparado. Metió el palo de cavar entre las mandíbulas de Fododo, de lado, para que los colmillos venenosos quedaran delante del palo.

Tov cogió el colmillo izquierdo y tiró con fuerza, mucha fuerza. El colmillo se desprendió; Tov se apoderó de él y se alegró. Sacó el palo de las mandíbulas de Fododo. Éste aún no podía moverse.

Tov dijo:

—Ven, pequeño loro, terminamos.

Y partió.

Fododo le gritó:

—Tov, ten cuidado, mucho cuidado. Mi colmillo está lleno de muerte.

Tov respondió:

—Fododo, tú dices verdad. Pero no es la muerte de Tov, ni la de su loro.

8

Ya era media mañana. Ko supuso que todos estarían recolectando; sin embargo, mientras ascendía a lo alto de la colina oyó un grito a la izquierda y vio a Mana, que corría hacia él. Ko hizo un gesto que quería decir «esperad» a la gente del pantano y fue al encuentro de la niña. Se abrazaron con fuerza. Ko se sintió tan feliz al verla que tardó un momento en darse cuenta de que ella estaba sollozando.

Ko la cogió de los hombros y la miró.

—Tú lloras, Mana. ¿Por qué? Yo regreso. Yo soy feliz, feliz.

—Ah, Ko —sollozó la niña—. Yo te busco mucho, mucho tiempo. Yo digo para mí: «Ko está muerto.» Yo estaba triste, triste. —La niña lo cogió de la mano—. Ven. Vamos a ver a Suth, a Noli, a Tinu. ¡Ah, Ko, nosotros estábamos tristes!

—No —respondió Ko—. Primero tú saludas a esa gente. Ellos me traen aquí. Mana, ellos son como Tor. No tienen palabras. Después yo los llevo al campamento. Yo les doy sal. Es mi regalo de agradecimiento. Luego ve con Suth. Dile: «Ko regresa.»

La llevó a conocer a la gente del pantano. Mana se arrodilló y dio palmadas en el suelo ante ellos, como habría hecho para saludar a alguien importante del Clan. El hombre pareció confundido, pero más confiado. No había por qué tener miedo a Mana.

Ésta se levantó, rodeó con los brazos a Ko y emitió los sonidos de «gracias» a las mujeres. Después se fue corriendo, y Ko fue detrás encabezando el grupo. En cuanto llegaron al risco y vieron el campamento a sus pies, el hombre se detuvo y emitió un ladrido agudo. Los tres miraban hacia abajo con los ojos muy abiertos. Ko siguió la mirada, asombrado. En el campamento no había nadie, nada excepto las brasas del fuego, y la cabeza del cocodrilo en el palo...

¡Claro, la cabeza del cocodrilo! Ko recordó la fiesta que había organizado la gente del pantano tras atrapar al pequeño cocodrilo, y las cabezas sobre los postes que había alrededor de la entrada del refugio, ninguna del tamaño del monstruo.

El hombre se dio la vuelta y miró a Ko. Éste sonrió, lleno de confianza.

—Nosotros matamos al cocodrilo —dijo—. Lo hacen las mujeres. Yo, Ko, ayudo.

Ko se dio un golpe en el pecho. Después de tantos ruegos y súplicas en los pantanos, qué bien sentaba poder jactarse un poco ante aquel hombre. Hizo el sonido de «venid» y empezó a bajar la colina. El hombre y las dos mujeres lo siguieron murmurando, nada convencidos. Al rato empezaron a rezagarse, y finalmente se detuvieron por completo.

Ko esperó. No tenía prisa. Necesitaba que aquellas personas siguieran allí cuando llegara Suth, para postergar el momento en que Ko tuviera que enfrentarse a él a solas. De todas formas, pese a lo mal que Ko se había portado, seguramente Suth vería que todo había salido bien, y no sería duro con él; después de todo, había encontrado a la gente del pantano. ¿Acaso eso no contaba?

Entonces advirtió que el hombre indicaba a las mujeres que se quedaran donde estaban y, luego, se dirigía con pasos lentos y ceremoniosos hacia la cabeza de cocodrilo. A pocos pasos de distancia se detuvo y ladró tres veces, con largas pausas entre cada ladrido. Después se arrodilló, gateó hasta el poste y golpeó el suelo con la frente ante la cabeza del animal; finalmente, se levantó y se quedó justo delante del monstruo. Alzó el brazo derecho en una especie de saludo y permaneció en silencio durante un rato.

Muy lentamente, como quien realiza una prueba importante ante todo el Clan, movió la mano hacia delante y posó los dedos en el hocico del monstruo; esperó un momento y los retiró. Todavía a modo de saludo, retrocedió poco a poco varios pasos, se arrodilló, volvió a golpear el suelo con la frente, se levantó y volvió con las mujeres.

Ellas lo acariciaron como de costumbre, pero esta vez con movimientos más delicados que denotaban perplejidad, como si el hombre formara parte de algo mágico. Cada una le cogió una mano, y juntas lo llevaron hasta donde estaba Ko y, luego, al campamento, donde lo sentaron cuidadosamente, como si no fuera capaz de hacerlo por sí solo.

Ko no las interrumpió. Tenía una ligera idea de lo que sucedía. Muchas veces Noli necesitaba ayuda cuando Halcón Luna la visitaba. El hombre había estado tratando con Primeros. Así que Ko, en silencio, fue a buscar tres bloques pequeños de sal al pie de la roca donde estaba guardada. Después esperó hasta que el hombre experimentó un temblor violento, estornudó, movió la cabeza y miró alrededor, como si no tuviera ni idea de donde estaba, hasta que sus ojos se posaron en la cabeza del cocodrilo y recordó.

Gruñó y miró a Ko con gesto interrogativo. Éste se acercó y le entregó ceremoniosamente el trozo más grande de sal. El hombre lo cogió, le dio las gracias y, con la misma formalidad, entregó a Ko el cortador. Ko se lo agradeció como si nunca lo hubiera visto. Rápidamente Ko dio a las mujeres la sal. Ellas gritaron entusiasmadas, pero en lugar de darle las gracias, lo acariciaron como hacían con el hombre, mientras éste miraba la escena con buena cara.

No habían terminado cuando Ko vio que Suth corría colina arriba. Indicó al hombre que se quedara donde estaba y fue a su encuentro. Suth se detuvo y esperó a que Ko se acercara. Ko lo había visto muchas veces enfadado, pero nunca tan serio.

—Ah, Suth —murmuró Ko—. Yo soy malo, malo. Yo, Ko, sé esto. Pero escucha. Yo fui al pantano. Encontré gente. Suth, ellos viven en el pantano. Ellos conocen todos los senderos. Tres me traen hasta aquí: un hombre, dos mujeres. Suth, ellos vienen. Ven a saludarlos. Quizá ellos nos muestran el camino a través del pantano.

La voz de Ko se apagó. Suth no respondió. Detrás de él, Ko vio a Noli, a Tor, a Bodu con su hijo, a Tinu, a Mana y a Tan, que subían a la colina. Tor llevaba a Tan sobre los hombros.

—Ko, tú eres malo —dijo Suth—. Yo hablo después. Ven.

Mientras regresaban al campamento, Ko le explicó todo lo que pudo sobre la gente del pantano: que no tenían palabras, sino que utilizaban sonidos y gestos, como Tor y los Puercoespines; que los hombres se pintaban las caras como demonios; que casi siempre comían pescado crudo, pues no tenían fuego; que el cocodrilo era una especie de Primero, etcétera. Suth no respondió.

Los tres habitantes del pantano estaban de pie, muy juntos, con el hombre delante. Parecía muy tenso; sujetaba la vara de pescar con la punta hacia abajo, pero lista para alzarla y atacar. Moviéndose con calma y confianza, Suth dejó el palo de cavar en el suelo y avanzó con la mano derecha levantada, la palma hacia delante, los dedos extendidos. Cuando llegó hasta el hombre, emitió un murmullo gutural bajo. Así se saludaban los Puercoespines cuando se encontraban.

En lugar del murmullo, el hombre soltó un débil ladrido, pero la intención fue la misma que la de Suth, y los dos hombres se tocaron las palmas. Ko suspiró de alivio. De momento, todo iba bien.

A continuación, Suth rodeó con un brazo los hombros de Ko, lo atrajo hacia él e hizo ruidos de «yo doy las gracias». Después le entregó al hombre el cortador. El hombre le dio, a cambio, dos de los tubos de madera que llevaba en el cinturón. Suth los miró, confundido; el hombre volvió a cogerlos y los golpeó entre sí, indicando que producían una melodía dulce. Sonriendo, marcó un ritmo: tic-atic-tac, tic-atic-tac. Ko reconoció el extraño sonido de pájaro carpintero, que había oído al otro lado del agua cuando los cazadores llevaban a casa el cocodrilo. Suth sonrió, cogió los tubos y probó, mientras el hombre emitía murmullos de aliento.

Entonces ya habían llegado Noli y los demás. Mientras Tor saludaba al hombre, el resto abrazaba a Ko, riendo y llorando. Después se agacharon, agitaron los dedos delante del hombre y fueron a saludar a las mujeres. Enseguida Noli y la mujer de más edad se estuvieron acariciando recíprocamente los vientres redondos, entre arrullos de admiración y risas de los otros.

Después todos se sentaron; Mana pasó alrededor una calabaza pequeña llena de pasta de semilla y enseñó a los habitantes del pantano a introducir un dedo en ella y lamer el contenido. Poco después, el hombre del pantano empezó a mostrarse inquieto, y en cuanto Suth se levantó, lo imitó dando un salto y llamó a las mujeres.

Antes de abandonar el campamento, volvió a arrodillarse ante la cabeza del cocodrilo, alzó las puntas de los dedos y tocó el hocico del animal y su propia frente; luego retrocedió.

Suth y Ko acompañaron a los visitantes hasta el pantano. En el camino, Suth trató de hacerle entender al hombre que necesitaba un guía para cruzar hasta el otro lado. Pero fue en vano, así que hicieron ruidos de «adiós» en la orilla y los miembros del Clan vieron cómo los otros tres se alejaban por el sendero oculto, hasta desaparecer en la bruma.

—Ahora, Ko, yo hablo —dijo Suth, y le dijo en voz baja y tranquila, sin enfado ni desprecio, lo mal que se había portado. Realmente, muy mal. Ko lloró.

Subieron a la colina en silencio, pero antes de llegar al campamento, Suth le dijo:

—Escucha, Ko. Pronto vienen las personas a descansar. Tun te llama. Él dice: «Ko, cuenta lo que haces. Dime lo que ves.» Se lo cuentas todo. Piensa ahora en las palabras. Pero escucha, Ko. Tú tienes suerte, suerte. Quien tiene suerte no se jacta.

—Suth, yo escucho —dijo Ko. Se le ocurrió que Suth podía haber esperado a que todos estuvieran presentes para reprenderle por su conducta delante de ellos. Estuvo muy agradecido de que no lo hiciera. Sin embargo, no le resultó más fácil presentarse ante Tun y los demás y contar su historia. Hasta Kern pareció horrorizado cuando Ko explicó que había visto al hombre del pantano, que había avanzado por el peligroso barro para tratar de alcanzarlo, sin decírselo a nadie.

Pero a partir de entonces, les cambió el semblante y empezaron a hacer preguntas. Y cuando explicó cómo las mujeres habían tratado de lamerle y de quitarle la piel oscura, alguien se rió, y Ko empezó a sentirse mejor.

Hubo muchas más preguntas. El tiempo de descanso duró hasta la mitad de la tarde; entonces, Ko llevó a todos hasta el pantano y les enseñó el sendero oculto. Era fácil de encontrar, pues el barro seco que había cerca de la orilla todavía tenía las huellas de Ko y los habitantes del pantano. No obstante, más allá, el barro húmedo las había cubierto, y ya no quedaba rastro alguno.

Buscaron comida hasta el anochecer. Ko se sentía extraordinariamente feliz de estar de nuevo en el lugar al que pertenecía, entre amigos. Con gran sorpresa, Nar fue a hablar con él y le hizo varias preguntas. Después se echó a reír y dijo:

—Ko, yo creo que tú has encontrado el camino a través del pantano. Pronto yo te doy mi regalo.

Ko sonrió con orgullo, y Nar volvió a reírse.

Durante los dos días siguientes no ocurrió nada especial. Entonces, ya casi habían despojado de comida toda la zona; habrían querido continuar, pero no tenían ningún lugar donde ir. Var y Net exploraron el sendero que se adentraba en el pantano, y llevaron sal por si se encontraban con alguno de sus habitantes. Sólo llegaron hasta la primera isla; los amigos de Ko no habían estado allí. No pudieron encontrar el camino a la siguiente isla.

A la tercera mañana, Ko y Mana estaban en el interior de un matorral, cavando apresuradamente una madriguera que Mana había encontrado. Ya casi habían llegado al nido, y oían el desesperado chillido de las pequeñas criaturas atrapadas debajo, cuando Suth los llamó. Frustrado, Ko salió gateando y se encontró con Suth y Tan. Éste parecía confundido.

—El hijo de Noli llega —explicó Suth—. Los hombres y los niños se van.

Ko comprendió inmediatamente. Lo mismo había ocurrido cuando nació Ogad, pocas lunas antes. En aquella oportunidad era de noche, y todos dormían, pero Suth, Ko, Tan y todos los demás varones lo bastante mayores para caminar se fueron del campamento, en medio de la oscuridad, y esperaron hasta escuchar la canción del nacimiento desde la hoguera. Entonces regresaron, y Suth vio a su hijo por primera vez.

El nacimiento, más que ninguna otra cosa, era cuestión de mujeres. A los hombres y a los niños no se les permitía estar cerca. Sólo podían quedarse los niños pequeños como Ogad, pues todavía tomaban el pecho y necesitaban a sus madres. Así que todos los varones corrieron hasta el campamento a esperar bajo la sombra abigarrada de los árboles sin hojas. Los hombres empezaron el juego de siempre, que consistía en tirar guijarros a un círculo trazado en la tierra para expulsar del mismo el guijarro de otra persona.

Ko estaba muy inquieto. Después de la aventura en el pantano, había prometido que no se alejaría de Suth sin permiso. Pero allí, al pie de los árboles, no había nada que él quisiera hacer. Era demasiado joven para participar en el juego. No tenía a nadie con quien jugar; excepto Nar. Ko había empezado a sentir algo diferente por Nar desde la corta y extraña conversación de hacía algunos días, pero, después de haberse esforzado tanto en ser su enemigo, no sabía cómo empezar a trabar amistad.

Ko fue a ver el juego hasta que Suth terminó su turno. Después, se arrodilló junto a él y murmuró:

—Suth, yo subo a la colina. Yo miro el pantano. Me quedo allí. No bajo al pantano. Yo, Ko, lo pido.

Suth lo miró. Ko se dio cuenta de que se esforzaba por no sonreír.

—Ve, Ko —dijo, y siguió con el juego.

Entonces Ko subió hasta su puesto de vigilante, se sentó apoyando la espalda contra una roca y contempló con anhelo los pantanos. Apenas distinguía las copas de los árboles en la isla donde había encontrado al hombre. Tan cerca... Quizá estaba allí otra vez, en ese mismo momento... Si Ko pedía prestados los palos de sonido que el hombre le había regalado a Suth, y bajaba a la costa y los hacía entrechocar...

En cuanto empezó a soñar, Nar se acercó y se agachó junto a él.

—¿Qué haces, Ko? —le preguntó.

—Yo espero —respondió Ko—. Quizá veo algo. Quizá oigo algo.

—¿Yo espero contigo? —pidió Nar.

—De acuerdo —respondió Ko, y le hizo sitio para que apoyara la espalda contra la roca. Debajo de ellos, los pantanos despedían vapor en silencio.

Al cabo de un rato, Nar dijo:

—Mi madre Zara está triste, triste. Todo nuestro Clan ha desaparecido. Está muerto. Perdido. Nosotros vivíamos en la montaña. Éramos felices. La montaña explotó. Lanzó grandes rocas. Una golpeó a mi padre, Beg. Él murió. Nosotros huimos. Llegamos al desierto. No había comida ni agua. Muchos murieron allí. Mi hermana Illa murió. Otros se perdieron. Ahora mi madre me dice: «Nosotros dos somos todo nuestro Clan. Aquí hay poca comida. Pronto no hay más. Entonces nosotros morimos. Tú mueres, hijo mío, Nar. Entonces nuestro Clan está muerto.» Ko, mi madre está triste, triste.

Ko murmuró unas palabras compasivas. Recordaba la extraña sensación que había tenido cuando el cocodrilo mató a Cal. Todo su Clan, el de Puerco Gordo, había muerto con él. Hasta aquel momento siempre había habido un Clan de Puerco Gordo, desde que los Primeros criaron a los hijos de An y Ammu en el Primer Lugar Bueno. Ko imaginaba cómo se sentiría él si fuera el último del Clan de Halcón Luna y, después, no hubiera nadie más. Era peor que su propia muerte.

No le sorprendía que Nar estuviera tan interesado en encontrar un camino a través de los pantanos.

A Ko no se le ocurrió nada que decir, así que permaneció sentado en silencio. Aunque no había viento, la bruma sobre los pantanos parecía moverse continuamente, con unos fragmentos espesos y otros más finos que iban de un lado a otro. A veces, Ko apreciaba los tenues contornos de varias islas; pero momentos después, éstos desaparecían.

Estaba empezando a inquietarse otra vez cuando Nar se enderezó, miró y señaló.

—Viene una cosa —murmuró—. ¿Personas? ¿Animales?

Ko miró, y él también distinguió una forma vaga y oscura que se acercaba lentamente hacia la orilla a través de la bruma. Avanzaba aproximadamente por donde estaba el sendero oculto. Era demasiado grande para ser un animal. Sólo podía tratarse de varias personas que se desplazaban juntas. Los dos niños se levantaron. Ko dio un par de pasos colina abajo. Pero enseguida recordó la promesa que le había hecho a Suth. Se volvió, y juntos corrieron hasta donde estaban los hombres, se arrodillaron y se golpearon los nudillos. Los hombres levantaron la mirada y fruncieron el entrecejo ante la interrupción.

—Tun, yo, Nar, hablo —dijo Nar, y sin esperar que se lo permitieran, prosiguió—: Viene gente desde el pantano. Ko también lo ha visto.

Los hombres soplaron de sorpresa, dejaron el juego y corrieron hasta la cima. Cuando llegaron, la forma vaga que Nar y Ko habían visto ya había llegado a la orilla y era claramente visible. Eran personas. Siete u ocho hombres del pantano. Formaban una fila y subían a la colina empuñando amenazadoramente las varas de pescar, que apoyaban en el hombro.

LEYENDA

Tov y Falu

Tov llegó a Mandíbula de Piedra. El loro estaba con él. La roca todavía obstruía la boca de Mandíbula de Piedra, de modo que no podía cerrarse. Tov entró en la boca y encontró agua. Bebió, llenó la calabaza y abandonó la cueva. Junto a Mandíbula de Piedra acampó y comió carne de la gacela. Llegó la noche.

Tov dijo:

—Ahora yo duermo, pequeño loro. Tú vigilas.

Tov se acostó y durmió.

Estaba oscuro, y el loro volvió a transformarse en Falu. Entonces ella cantó con su propia voz. Éstas eran las palabras de su canción:

> *Loro, Primero.*
> *Yo soy tu pichón.*
> *Tú me cuidas.*
> *Tú me traes frutas dulces.*
> *Es de día, yo soy loro.*
> *Es de noche, yo soy niña.*
> *Haz que no vuelva a ser ninguno de los dos.*
> *Haz que sea una mujer.*

Entonces Falu entró en la cueva, en la boca de Mandíbula de Piedra. Lavó las plumas amarillas de la cola, y el polvo gris del cuerpo, y se limpió. Cuando abandonó la cueva, se había transformado en mujer.

Tov dormía. Toda la noche Falu veló por él.

Por la mañana Tov se despertó y vio a Falu. Él no la reconoció.

Dijo:

—Ahora, mujer, yo te veo. Dime cómo te llamas.

Ella respondió:

—Yo soy Falu, hija de Dat. Yo era niña. Ella desapareció. Yo era un loro, un loro pequeño y gris con plumas amarillas en la cola. Él desapareció. Yo estoy aquí. Tov, yo te elijo como compañero. ¿Tú me eliges?

Tov dijo en su corazón: «Gata es más hermosa, pero Falu es ingeniosa, ingeniosa. Ella es valiente. Ella me ayuda.» Tov respondió:

—Falu, yo te elijo como compañera. Ahora nos frotamos sal en la frente.

Falu dijo:

—No, Tov, nosotros esperamos. Mi padre Dat tiene mi promesa. Él elige por mí. Ahora nosotros vamos con él. Tú le entregas tu regalo, el colmillo de Fododo, Padre de las Serpientes, el diente venenoso. Tú le dices: «Dame a Falu como compañera.»

Tov respondió:

—Yo hago esto. Está bien.

Tov y Falu viajaron juntos. El sol les daba en el rostro. Eran felices, felices.

9

Los hombres del pantano subían la colina con paso decidido. Llevaban todo el cuerpo, no sólo el rostro y las manos, manchado y pintado con rayas de colores demoníacos.

Los hombres del Clan se agruparon para enfrentarse a ellos. Soltaron un gruñido gutural bajo, y empezó a encrespárseles el pelo.

En respuesta a ello, también se les encrespó el pelo a los hombres del pantano. No gruñeron, pero emitieron un ladrido extraño, agudo, igualmente aterrador.

Ko, a medio camino entre ambos grupos, miraba atónito. Los hombres del pantano pasaban sólo a unos pasos de él, pero no lo miraban. Como si no estuviera presente.

De repente, Net gritó y corrió colina abajo. Tun le gritó que se detuviera, pero aquél continuó con el ataque. Los hombres del pantano se detuvieron y se dispusieron a lanzar las varas de pescar.

Ko había visto lo que podían hacer aquellas varas, lo puntiagudas que eran, a qué distancia eran capaces de lanzarlas los hombres del pantano. Sin pensarlo, se adelantó corriendo, gritando una advertencia.

—¡Peligro! ¡Las cañas son puntiagudas, Net, puntiagudas!

Se interpuso en el camino de Net, gritando y agitando los brazos. Una locura. ¿Cómo podía un niño detener a un adulto poseído por la ira del combate, la ira de un héroe? Net lo atropelló y siguió embistiendo.

Ko salió despedido y cayó despatarrado en la ladera. Le costaba respirar. Estaba aturdido, herido, jadeando. Le parecía que un extraño alarido sonaba en su cabeza.

Mientras trataba de levantarse, se dio cuenta de que aquel sonido llegaba desde fuera. Confuso, miró a su alrededor. Net yacía boca abajo en la colina, justo debajo de él. ¿Muerto? No. También intentaba levantarse, pero resollaba y tosía; su estado era aún peor que el de Ko. Justo detrás de él estaban los hombres del pantano. Habían bajado las varas, y ya no tenían el pelo encrespado. Con la mano libre señalaban a Net y reían a carcajadas. Les caían las lágrimas por el rostro de colores brillantes. Algunos golpeaban el suelo con los pies, y otros se tronchaban de risa. Estaban indefensos. Si los hombres del Clan hubiesen atacado en ese momento, los otros no habrían podido defenderse.

Perplejo, Ko se dio la vuelta. Los hombres del Clan habían bajado los palos de cavar, y el pelo también recuperaba su estado natural. Kern sonreía y movía la cabeza. Ko advirtió que Tun hablaba con Var y señalaba a Tor, luego descendía lentamente la colina acompañado por éste. Herido, lleno de rasguños y todavía muy confundido, Ko ayudó a Net a ponerse en pie y le acercó el palo de cavar. Parecía que Net ya no tenía ganas de pelear. Esperaron a ver qué hacía Tun.

A pocos pasos de los hombres del pantano, Tun se paró y le hizo una seña a Tor para que lo imitara. Dejaron los palos de cavar en el suelo y siguieron caminando, con la mano derecha levantada y la palma hacia delante en señal de paz. Se detuvieron otra vez y esperaron a que los otros terminaran de reírse. A Ko le pareció que Tor estaba inquieto; Tun parecía más confiado. En cuanto logró hacerse oír sin gritar, se dio la vuelta y habló con Net.

—Vuelve, Net. Llévate a Ko. Yo, Tun, hablo.

Obediente, Net subió la colina, cojeando, sin mirar a Ko. Éste percibía la vergüenza que sentía Net por haber permitido que aquellos desconocidos se rieran de él. No imaginaba nada más atroz. Ko temía que Net estuviera enfadado con él, por haber interceptado su heroico ataque colina abajo. ¿Qué era Ko, un niño estúpido que se metía en asuntos de hombres?

Kern se adelantó, rodeó con el brazo a Net y lo consoló, mientras éste continuaba cojeando y se dirigía hacia sus amigos. Ko, que iba detrás, preocupado, vio que Suth le indicaba que se acercara. Cuando Ko llegó a él, Suth miraba atento cómo Tun y Tor trataban con los hombres del pantano.

—Suth, ¿qué ocurre? —murmuró Ko—. ¿Nosotros peleamos con los hombres del pantano?

—No. Tú, Ko, has evitado la pelea.

—Yo creo que Net está enfadado conmigo. ¿Yo soy malo, Suth?

Suth resopló, divertido.

—No, Ko. Esta vez tú no eres malo.

Ko se sintió más tranquilo, pero todavía estaba confuso. Unos minutos antes todo parecía aterrador e irremediable y, en ese momento...

—¿Por qué ríen los hombres del pantano, Suth? —preguntó—. ¿Por qué sonríes tú?

—Ko, yo no sé. Es cosa de risa, nada más. Net ataca. Es un ataque de héroe. ¿Quién puede detenerlo? Un niño se interpone en su camino. El niño agita los brazos, grita. El héroe no ve al niño. Choca con él, cae, no puede respirar. El héroe desaparece... Veo eso y río. Es cosa de risa... Mira, nosotros no peleamos. Ya vienen. Ahora Tun les da sal.

Ko miró y vio que Tun los conducía colina arriba, mientras indicaba a los hombres del pantano que lo siguieran. Éstos así lo hicieron, manteniéndose juntos, en silencio y decididos; no parecían amistosos, pero tampoco mantenían la actitud guerrera con la que habían llegado. Ko reconoció en el jefe a su amigo de los pantanos, pero el hombre no pareció reparar en él.

Al cruzar el risco, éste soltó un ladrido fuerte y se paró en seco. Los demás se pusieron en fila a su lado. Tun se volvió y miró. Los hombres del pantano no le prestaron atención; un gemido bajo, perplejo, surgió de sus labios. Ko se dio cuenta de lo que estaba ocurriendo. Era la primera vez que veían la gran cabeza del cocodrilo.

—Suth —murmuró Ko—. Ellos no vienen por la sal. Ellos vienen por nuestro cocodrilo.

—Ko, tienes razón —musitó Suth—. Yo se lo digo a Tun.

Suth atrajo la atención de Tun, y los dos hombres se apartaron y hablaron en voz baja. Tun asintió y continuó bajando hacia el campamento.

Con pasos lentos y ceremoniosos, los hombres del pantano se acercaron a la gran cabeza y se detuvieron a pocos pasos de ella. Se arrodillaron uno a uno, gatearon hacia ella, golpearon el suelo con la frente al pie del poste y, luego, se levantaron y tocaron con las puntas de los dedos el perverso hocico y la frente. Permanecieron de pie un momento, respirando profundamente, y luego retrocedieron hasta su sitio en la fila. Al igual que Ko, los hombres del Clan relacionaron aquellas actitudes con el Primero y observaron en silencio.

El jefe fue el último en acercarse. Él también retrocedió algunos pasos, pero en lugar de regresar a la fila, se paró y volvió a adelantarse, con las manos extendidas, con el propósito evidente de levantar la cabeza del poste. Ko oyó murmullos de enfado entre los hombres del Clan. Aquello no estaba bien. No eran los hombres del pantano quienes habían matado al cocodrilo, sino Chogi y las demás mujeres. La cabeza pertenecía a los Clanes. Ko empezó a sentir angustia de nuevo. ¿Iba a haber pelea después de todo?

Sin embargo, Tun había tenido otra idea. Cuando el hombre del pantano había retrocedido, Tun se había parado junto al poste. Y cuando el otro volvió a adelantarse, Tun cogió la cabeza del cocodrilo y la llevó hasta él. Perplejo, el hombre del pantano se detuvo.

Tun le entregó la cabeza mientras emitía el doble murmullo gutural que significaba: «Yo doy.» El hombre lo miró, todavía más confuso y, después, con una reverencia, aceptó la cabeza e hizo en voz alta, tres veces, el sonido de «yo estoy satisfecho».

Toda la hilera de hombres del pantano hizo ruidos de admiración y placer cuando el jefe les llevó la cabeza. Éste la depositó con cuidado en el suelo, vaciló, alzó la vara de pescar y miró a Tun. De repente pareció inseguro. Ko adivinó qué estaba pensando. Él no tenía un regalo tan magnífico que ofrecerle a cambio de la cabeza de cocodrilo. ¿Aceptaría Tun la vara de pescar, o se sentiría ofendido?

Pero Tun estaba preparado. Hizo un ruido de «ven», indicó a Tor que le siguiera y se dirigió hacia el risco.

—Nar, Ko —dijo Suth—. Id, buscad a las mujeres. Decid a Chogi: «Esperad al hijo de Noli. Después venid rápido, rápido. Traed comida.»

—¿Qué ocurre? —preguntó Ko mientras él y Nar corrían hacia el pantano.

—Tun habla con Suth —explicó Nar—. Yo escucho sus palabras. Tun entrega la cabeza de cocodrilo. Éste es su regalo. El hombre del pantano enseña el camino a través de los pantanos. Éste es su regalo. Ahora Tor le dice esto.

Ko comprendió inmediatamente. A pesar de que tanto él como los demás Clanes conocían bien a los Puercoespines y eran expertos en utilizar sus sonidos, a veces les resultaba imposible hacerles entender algo que el Clan podía explicar con pocas palabras. Pero los Puercoespines tenían modos de comunicarse entre ellos, tocándose mucho, gruñendo, con gestos, hasta que se ponían de acuerdo sobre lo que fuese. El amigo de Ko seguramente había hecho algo así para persuadir a los demás hombres del pantano para que lo acompañaran en su expedición en busca de la cabeza del cocodrilo. Y en ese momento Tor era el más indicado para explicarle lo que Tun quería.

Cuando estaban cerca del pantano, Ko oyó voces de mujeres que cantaban felices y con fuerza; primero tres o cuatro voces juntas; después, otras que se entremezclaban y se imponían. Al final, una sola voz, la de la cabecilla, Chogi, llena de alegría; las primeras volvieron a responderle, una y otra vez: la Canción de la Recién Nacida, que las hijas de An y Ammu, en las Leyendas, habían inventado para cantar juntas cuando nació la primera hija de Turka.

Todos se detuvieron y esperaron. Por muy insistente que fuera el mensaje, era demasiado pronto para que los hombres o los niños pudieran estar cerca del lugar del nacimiento. Cuando se apagaron las últimas notas, Mana llegó corriendo hacia ellos.

—¡Ha nacido el hijo de Noli! —exclamó—. Es una niña. Es hermosa, hermosa. Nar, Ko, ¿por qué estáis aquí? ¿Qué sucede?

—Sucede algo grande, Mana —respondió Nar—. Ve y busca a Chogi. Dile: «Ven rápido.»

Mana vaciló un instante, pero vio que no se trataba de cosas de niños. Nar tenía el semblante serio. Volvió a escabullirse entre los matorrales. Poco después apareció Chogi, con el entrecejo más fruncido que de costumbre, visiblemente molesta porque se interrumpieran asuntos importantes de mujeres. Escuchó las explicaciones de Nar, al principio con impaciencia, pero después asintió y dijo:

—Esto es bueno. El nacimiento ha sido fácil. Noli es fuerte. Nosotras vamos rápido. Decidle esto a Tun. Ahora, id.

Cuando los niños volvieron al campamento, Tun y Tor habían logrado convencer a los hombres del pantano de que los guiaran a través de éste. Mientras esperaban a las mujeres, estaban todos sentados a la sombra de los árboles tras dejar la cabeza del cocodrilo encima de una roca cercana. Los hombres del pantano estaban aprendiendo el juego de los guijarros.

Poco tiempo después llegaron las mujeres. Noli, cansada pero riendo de felicidad, enseñó la niña a Tor. Éste la abrazó y la acarició, después se la enseñó a los hombres, y a Ko en último lugar. Por lo que a éste se refería, la niña era sólo un recién nacido más, arrugado y blando como todos los recién nacidos. Su piel era más pálida que la de Noli, recordaba mucho más al color tostado de Tor y los Puercoespines. Ko emitió los sonidos correctos de «elogiar», mientras Tor sonreía de orgullo y felicidad.

Después, los Clanes compartieron la comida con los visitantes. Nadie comió más de uno o dos bocados, pues apenas tenían provisiones, y aquella mañana no habían recolectado mucho rato antes de que naciera la hija de Noli. Pero era importante hacer todo lo posible por transmitirles a los hombres del pantano que querían ser sus amigos y aliados. Para compensar la escasa comida, Tun dio a cada uno de los visitantes un puñado de sal, y todos parecieron encantados.

Ya era hora de partir. Mientras los Clanes metían en las calabazas todo lo que tenían, y Ko ayudaba a Tinu a llenar y sellar el palo de fuego, los visitantes depositaron en el suelo dos varas de pescar, pusieron la cabeza de cocodrilo sobre ellas y la sujetaron con hojas de caña. Cuando estuvieron listos, el jefe los formó en una sola fila dándoles órdenes a su antojo hasta tenerlos donde él quería.

Ko observó, fascinado. Sólo cinco días antes, aquel hombre no había podido impedir que los demás hombres del pantano lo empujaran a su isla; sin embargo, había logrado imponerse y nadie le contradecía. Se debía a la cabeza de cocodrilo, supuso Ko. Él la había descubierto, y Tun se la había entregado. Eso le convertía en un hombre grande, importante.

Cuando estuvo satisfecho, el jefe ladró una vez. Los dos hombres del principio de la fila se inclinaron, cogieron las cañas de pescar y se las pusieron sobre los hombros, con la cabeza de cocodrilo balanceándose entre ellos. El jefe cogió dos de los tubos de madera que le colgaban de la cintura, y los cuatro hombres de atrás lo imitaron. Se situó en cabeza del grupo y empezó a marchar con resolución, golpeando los tubos mientras avanzaba. Los cuatro de atrás se le unieron y toda la fila fue tras él colina arriba. Los Clanes, hombres, mujeres y niños, los siguieron.

Cuando avistaron el pantano, oculto por la bruma, el jefe dio un alarido triunfante, y los otros seis respondieron con gritos de elogio.

Pocos pasos más adelante lo repitieron, y una y otra vez al descender de la colina.

A Ko, aquellos ruidos le parecieron extrañamente estimulantes. El sonido de pájaro carpintero de los tubos poseía cierto ritmo, y los gritos formaban parte de éste. También allí había un significado, casi tan claro como el que tenían los gruñidos y ladridos de los Puercoespines. El significado era felicidad. Y gloria.

LEYENDA

El regalo de Tov

Tov y Falu viajaron todo el día, y llegaron a Gusano de Bolsa. El agua yacía junto a él. Tenía la boca llena de tierra y no podía quitársela. Había peces en el agua. Tov y Falu los cogieron, comieron, bebieron y llenaron la calabaza. Gusano de Bolsa vio todo aquello. Estaba muy enfadado.

Llegó la noche. Tov y Falu montaron guardia por turnos, cada uno mientras el otro dormía. Cuando despertaron, prosiguieron el viaje y llegaron a Dos Cabezas. Las cabezas seguían peleando y la sangre amarilla brotaba de ellas. Tov y Falu la bebieron y llenaron la calabaza. Llegó la noche, y durmieron y montaron guardia como antes.

Se despertaron, caminaron y llegaron a Roca Tarutu. Allí acampaba Tejedor, el Clan de Tov. Tov dijo:

—Decidme, gente de mi Clan, ¿dónde está Dat?

Ellos respondieron:

—Loro acampa en el Valle de los Árboles Muertos. Él está allí.

Tov y Falu se dirigieron al Valle de los Árboles Muertos. Cuando Gata los vio llegar se ocultó entre los pastos altos.

Tov se paró ante Dat y dijo:

—Dat, yo traigo el regalo que tú pediste. Yo traigo el colmillo de Fododo, el Padre de las Serpientes. Traigo el diente venenoso. Aquí está Falu, tu hija. Ella es una mujer. Yo la elijo como compañera. Ella me elige. Dat, ¿tú dices sí a esto?

Dat respondió:

—Dame el colmillo de Fododo, Padre de las Serpientes. Dame el diente venenoso. —Tov le entregó el colmillo. Dat lo cogió. Respondió—: Mi promesa no era para Falu. Era para Gata. Yo digo: no a esto.

Tov se enfadó mucho. Dijo:

—Devuélveme mi regalo.

Dat respondió:

—El regalo está dado. Es mío.

Y cerró la mano sobre el diente, con fuerza, mucha fuerza, tanta que el diente le cortó la piel y el veneno entró en su sangre. Dat murió.

Entonces Tov y Falu se frotaron sal en la frente, y se eligieron.

Gata vio y oyó todo esto, oculta entre la hierba alta.

10

La comitiva avanzó lentamente por el sendero oculto. Cuando llegaron a la primera isla, las cañas enterradas empezaron a ceder por haber cruzado tanta gente a la vez. El cruce a la segunda isla fue peor. Tuvieron que cogerse de las manos y formar una cadena humana para que los últimos pudieran llegar.

Los hombres del pantano no les prestaban atención; seguían avanzando y pavoneándose. Los Clanes ya los habían perdido de vista, aunque la extraña música seguía flotando misteriosamente en la marisma. Se apresuraron tras el sonido y los vieron desaparecer al otro lado de un banco de lodo, entre la bruma. Pero las dos compañeras del hombre del pantano los estaban esperando para ayudarlos. Se mostraron muy sorprendidas al ver a tantas personas que salían de entre los árboles; la más joven reconoció a Ko y corrió a saludarlo, a la manera del pantano, con abrazos y caricias.

Al ver a la hija de Noli, chilló de alegría y llamó a la otra mujer para que se acercara a verla. Después organizaron el siguiente paso. Hicieron avanzar a los Clanes de modo que se desplazaran pocas personas cada vez; cada grupo llevaba un manojo de cañas para colocarlas donde el sendero estuviera más blando. Al ser muchos trabajando y cortando para reunir las cañas, no tardaron mucho tiempo; aun así, el sonido procedente de la procesión de los hombres del pantano se hacía cada vez más débil, pues se iban alejando.

Entonces empezó a oírse más fuerte otra vez, y los Clanes los alcanzaron en el otro extremo de la quinta isla, donde varias personas pescaban a lo largo de un canal de agua, y los hombres del pantano se detuvieron para que los habitantes de aquella isla pudieran reverenciar la cabeza del cocodrilo. Acababan de terminar cuando los Clanes los alcanzaron.

Las mujeres corrieron a mirar a los desconocidos; gritaron y arrullaron a la recién nacida, aunque algunas hicieron sonidos de tristeza, miraron a Noli a los ojos y suspiraron compasivamente.

—¿Por qué están tristes, Ko? —preguntó Mana.

—Mana, yo no sé —respondió—. Creo que ellas dicen: «Es sólo una niña. Un niño es mejor.» Para ellas, los hombres son grandes, grandes. Las mujeres son pequeñas. Mira esas personas nuevas. Tres hombres. Cinco, seis mujeres. Yo te digo esto. Las mujeres son las compañeras de los hombres. Un hombre tiene dos compañeras, o tres. Es raro, raro.

Mana lo miró con los ojos abiertos como platos. Quizá no lo había comprendido, o no se lo había creído.

—Ko, esto no es bueno —murmuró la niña.

Ko oyó murmullos de asentimiento a su alrededor, y reparó en que varias personas habían estado escuchando: Yova, Var, y también su familia. Suth asintió con la cabeza para darle ánimos. A Ko, ser escuchado como si lo que decía fuera algo que los demás quisieran oír le produjo una sensación curiosa. Le gustó, pero al mismo tiempo se sintió incómodo. Era como si, de algún modo, después de su aventura él hubiera cambiado pero todavía no estuviera listo para asumir ese cambio.

La comitiva se abrió camino por el pantano durante toda la tarde; marchaba con paso cada vez más lento a medida que se incorporaban más personas. Los hombres iban a la parte delantera y participaban en el ruido rítmico, mientras que las mujeres y los niños los seguían detrás, riendo. Cuando llegaron al campamento central, la línea serpenteaba a lo largo de dos islas y del canal que las unía.

El sol ya era una mancha confusa y baja a la izquierda, la bruma envolvente estaba teñida de dorado, y el lago que rodeaba la isla brillaba con la luz. Al otro lado de la superficie brillante, Ko contempló cómo los hombres que encabezaban la procesión avanzaban por el sendero elevado que conducía a las islas. Sus reflejos se movían con ellos, rizando apenas el agua sedosa. Los ecos de la música se alejaban sobre los cañaverales. Cinco de ellos llevaban la cabeza del cocodrilo sosteniéndola con los brazos levantados. Incluso visto desde aquella distancia, a través de la bruma del pantano, parecía algo horrible y tenebroso. Ko se estremeció al recordar las pesadillas. Comprendió por qué para los habitantes del pantano aquello concernía a los Primeros.

Un séquito más pequeño salió al encuentro del principal, y sus integrantes saludaron en mitad del sendero. Después dieron la vuelta para llevar el trofeo a casa, y la larga fila de personas siguió detrás. La música, formada por decenas y decenas y decenas de hombres del pantano que golpeaban los palos de sonido y gritaban, no cesó ni un instante. Cuando los Clanes llegaron al sendero, ya se ponía el sol.

La zona que rodeaba la entrada a la primera isla estaba abarrotada de gente presa de la excitación. Por tanto, los Clanes se abrieron camino hasta un extremo y se pusieron donde podían hablar.

—Nosotros somos ocho Clanes en Odutu —oyó Ko que decía Chogi—. Pero estas personas del pantano son más que todos los Clanes, hombres y mujeres y niños.

—Chogi, tú tienes razón —admitió Kern—. Pero nosotros, ¿qué comemos? Aquí hay poca comida.

—Nosotros comemos pescado —dijo Suth—. Ven, Kern. Ven, Zara. Venid, Mana y Ko. Traed sal. Ko, tú conoces a estas personas. Diles a las mujeres: «Tú dame pescado. Yo te doy sal.»

Apenas había suficiente luz para verse. Las mujeres estaban sentadas en grupos; los peces que habían cogido estaban amontonados entre ellas. Suth eligió un grupo que parecía tener muchos, entregó a Ko un terrón de sal y le dio una palmada alentadora en el hombro.

Vacilante, Ko se acercó. Las mujeres lo miraban, dándose codazos y sofocando risas divertidas e interesadas. Ko rompió algunos granos de sal sobre la mano y los ofreció. Las mujeres los cogieron, se los pusieron en la lengua y pidieron más. Ko cogió un pescado y emitió el gruñido que significaba «yo pido». Todas las mujeres cogieron pescados y se los tiraron, con vehementes ruidos de «yo doy». Ko cogió los pescados uno a uno, se los pasó a Suth y entregó a las mujeres otro trozo de sal.

La tarea no resultó fácil, pues las mujeres que ya tenían su ración empezaron a pellizcarlo y a frotarle la piel, o a rascársela con la uña, para comprobar si el color era real. Ko oía a Suth y a los demás, que se reían mientras él, sin soltar la preciosa sal, trataba de apartar las manos y de darles el viscoso pescado.

Siguieron intentándolo en un grupo y en otro. A veces un hombre del pantano llegaba corriendo y ladraba a las mujeres, que le daban un pescado y lo acariciaban mientras se lo comía. Éste no prestaba atención ni a Ko ni al resto, y en cuanto terminaba de comer se iba corriendo a reunirse con los que armaban más alboroto.

Ya había oscurecido, pero cuando Ko y su grupo volvieron con los demás encontraron un fuego ardiendo; todo el mundo recogía a lo largo de la orilla cañas rotas o inservibles, que ardían enseguida pero daban poco calor. Por fortuna había muchas, y al cabo de un rato pudieron enterrar pescado entre las brasas; esperaron a que se cocinara y cuando estuvo listo lo sacaron con palos para que se enfriara. Estaba delicioso, sabroso como la cola de cocodrilo que habían comido unas noches antes.

Los habitantes del pantano no parecían tener fuego, pero lo debían de conocer, pues pronto buscaron cañas secas y las echaron a la hoguera; después corrieron hacia los montones que ellos habían hecho y encendieron las suyas. Cuando los Clanes terminaron de comer, la isla estaba repleta de zonas de luz, con siluetas oscuras moviéndose entre ellas. La zona más brillante de todas estaba en la entrada, donde se encontraba el grupo principal y de donde provenía la mayor parte del ruido.

Ko estaba intrigado.

—Suth, ¿vamos a mirar? —suplicó.

Suth se levantó y dijo:

—Ven, Tinu. Venid, Mana y Tan. Esto es algo para ver. Nosotros no lo vemos otra vez. Noli, ¿tú vienes?

Finalmente todos fueron a ver a la multitud de la entrada. Ninguno de los habitantes del pantano les prestó atención. Ko no veía nada por encima de aquellos cuerpos, pero consiguió escabullirse hasta la parte delantera. Allí encontró un espacio despejado alrededor de la pared de cráneos de cocodrilo y la fila de calaveras más grandes colocadas en los postes. La cabeza del monstruo estaba en el mástil central. Ante éste ardía una hoguera enorme, cuya luz se reflejaba en los colmillos desiguales y proyectaba sombras titilantes sobre el pelaje escamoso. Los hombres del pantano golpeaban los palos de sonido y gritaban delante de la pared. Las mujeres y los niños formaban un círculo alrededor. En el interior del círculo, un hombre correteaba de un lado a otro, conducía los gritos y agitaba el palo por encima de la cabeza cada vez que emitía un chillido.

Ko no lo reconoció hasta que una mujer embarazada se acercó desde el sendero, alimentó el fuego con cañas nuevas y acarició al hombre brevemente. Era la mayor de las dos mujeres que había conocido la primera vez que había estado allí. Sin embargo, poco después apareció una joven desconocida que llevaba más cañas, e hizo lo mismo que la anterior. Antes de terminar, la menor de las mujeres que Ko conocía llegó con más cañas y se reunió con la otra. No parecía importarles que ésta estuviera allí.

Ko lo miraba todo con la boca abierta; cuando la mujer que él conocía lo vio, corrió hacia él y, riendo, lo arrastró hasta situarlo delante del hombre. En ese momento, Ko, a la luz del fuego, comprobó que se trataba de su amigo, el hombre que había conocido cinco días atrás. Debía de ser él, aunque con aquella mirada furiosa y orgullosa era difícil reconocerlo. Tenía los ojos tan abiertos que se le veía toda la parte blanca alrededor del iris, y el brillo de las llamas contribuía a la fiereza de su mirada.

Desde el mediodía el hombre había estado guiando la comitiva y, luego, bailando ante la cabeza de cocodrilo, gritando en todo momento exclamaciones de triunfo. Tenía la voz ronca; el cuerpo coloreado le brillaba de sudor y se estremecía por el esfuerzo; sin embargo, todavía estaba lleno de la fuerza de un héroe. Apenas hizo una pausa cuando vio a Ko, pero se echó a reír, lo levantó en el aire sin esfuerzo y lo sentó sobre los hombros mientras desfilaba alrededor del círculo.

Ko se vio invadido de frenesí, mientras se balanceaba por encima de las cabezas de la multitud y miraba desde la isla iluminada por el fuego hacia las aguas brumosas y las oscuras lejanías del pantano. Se cogió al pelo del hombre con la mano izquierda, alzó el puño derecho sobre la cabeza y lo agitó al ritmo de los palos de sonido. Cuando el hombre emitió un grito, él lo imitó con toda la fuerza de su voz.

Fue un alarde emocionante, maravilloso, sin palabras, un alarde como ningún otro, que recordaría el resto de su vida y en el que no cabía la vergüenza.

Cuando por fin el hombre lo dejó en el suelo, a Ko le dolía la garganta; la multitud lo dejó pasar y le palmeó la espalda mientras corría, riendo, hacia sus amigos. Éstos también se reían, con él, no de él. Miraron el espectáculo un rato más y volvieron a la hoguera.

Cuando se disponían a acostarse, Ko oyó que Var decía:

—Este hombre hace una promesa. Él nos conduce a través del pantano. ¿Él recuerda la promesa?

—Var, yo no sé —respondió Tun—. Él es como un bebedor de piedra hierba. Quizá él no recuerda nada.

«Están equivocados —pensó Ko—. En mitad de su triunfo, el hombre me reconoció. Él sabe lo que me debe, aunque yo no hice nada por recordárselo. Él recuerda la promesa.»

Ko tenía razón. El hombre recordó la promesa. Al día siguiente llegó con sus compañeras, dos hombres y otras tres mujeres: las compañeras de los hombres, supuso Ko, aunque no podía saber con quién estaba cada uno. Todos llevaban varas de pescar, y las mujeres tenían varios peces ensartados en las suyas.

El amigo de Ko parecía completamente exhausto y, cuando trataba de gruñir o de ladrar, emitía débiles graznidos; sin embargo, parecía muy seguro de sí mismo, y saludó a Tun como de jefe a jefe. Dejó que su compañera mayor hiciera el sonido de «venid», pero él fue el encargado de guiarlos hacia la salida de la isla.

La mayor parte de la multitud de la noche anterior había desaparecido, pero la gran cabeza de cocodrilo todavía miraba hacia el norte, con las cabezas menores a uno y otro lado. Al partir, los hombres del pantano tocaron con reverencia el hocico. Ko miró la cabeza por última vez. Era sólo una cabeza de cocodrilo. Muerta. Ya no le asustaba.

Tras cruzar unas cuantas islas, el amigo de Ko se detuvo y empezó a gruñir sonidos de «adiós». Tras un momento de confusión, Ko se dio cuenta, por el comportamiento de todos, de que los hombres iban a regresar, mientras las cinco mujeres seguirían guiándolos. El hombre le entregó a Tun la vara de pescar que llevaba una de sus compañeras con varios peces en ella, y Tun le dio a cambio una calabaza y sal, y más sal para las mujeres; después, con un gran coro de diferentes tonos de «adiós», partieron.

A partir de ese momento, la marcha fue diferente; ya no había islas y lechos de caña que formaban senderos ocultos, sino un vasto e interminable sendero, donde no pisaban sobre barro sino sobre una sólida trama de raíces, justo por debajo del agua. De aquél salía un laberinto de pequeños senderos. A veces, una de los guías se iba por uno de ellos, y poco después volvía corriendo con otro pez que añadir a la colección.

Ko sintió curiosidad. Las costumbres de la gente del pantano le parecían extrañas pero fascinantes. Así que en la siguiente oportunidad que una mujer se alejó, él la siguió. Ella lo oyó y se volvió para mirar, pero sólo sonrió y siguió adelante. Pronto el sendero lateral terminaba. La mujer se llevó un dedo a los labios, continuó avanzando en silencio y se arrodilló junto a un hoyo que había entre las raíces de caña. De uno de los tubos del cinturón sacó unas migas que esparció en el agua; luego esperó, inmóvil, con la vara de pescar levantada. Ko vio que la mujer estaba en tensión. Lanzó la vara, y con un movimiento experto de muñeca la giró para que el pez no se escapara mientras lo sacaba.

Ko aplaudió. La mujer se rió, y le hizo llevar el pez mientras iban corriendo para alcanzar al resto.

Al mediodía no descansaron, sino que continuaron vadeando el terreno, pasándose peces para comer. Ko nunca había experimentado aquella clase de calor húmedo. La niebla era tan densa que resultaba difícil respirar. Estaba llena de insectos, y ellos sudaban a chorros. Había una especie de zumbido en el aire. Parecía que la bruma se estirase más y más, cada vez más tensa, y que en cualquier momento iba a partirse en el horizonte dejando libre el cielo claro.

La hija de Noli lloriqueaba desconsoladamente.

—Le duele la cabeza —explicó Noli—. Pronto llueve.

—Tienes razón, Noli —dijo Suth.

De repente, sin venir a cuento, el grupo se detuvo. Ko estaba cerca del final de la fila y no veía lo que ocurría, pero un instante después, Tun y Chogi aparecieron con las guías. Ko observó, confundido, mientras éstas hacían ruidos de «adiós» e intercambiaban todavía más regalos. Era evidente que la gente del pantano estaba inquieta, y no dejaba de añadir sonidos de «peligro» a las despedidas. Finalmente, regresaron por el mismo camino.

—Ellas no avanzan más —explicó Tun—. Tienen miedo. Hay un sendero. No es bueno. Es viejo.

—Tun, ¿qué es ese peligro? —preguntó Bodu.

—Yo no lo sé, Bodu —respondió—. Nosotros seguimos. Nosotros vemos. Vamos con cuidado.

A continuación avanzaron lentamente por lo que había sido un sendero bueno, pero que estaba bloqueado con cañas nuevas. Más tarde, tras una curva, Ko vio que, delante de él, la fila de personas parecía evaporarse en el aire, y un momento después se dio cuenta de que estaban subiendo a una colina sólida. La bruma se disipó. También Ko había salido del cañaveral y ascendía. Delante de él distinguía una colina entera, cubierta de piedras y rocas. Era el extremo norte del pantano. Lo habían atravesado.

Los Clanes se detuvieron y miraron alrededor. El sol ya estaba bajo. Estaban en lo que parecía una estribación de la colina que se internaba en el pantano, de modo que tanto hacia el este como al oeste divisaban las mismas cañas ocultas por la bruma. Aunque la colina misma parecía árida, a lo largo de la costa había matorrales. Sin embargo, antes de permitirles recolectar, Tun envió exploradores colina arriba y a lo largo de las orillas del pantano. Éstos regresaron diciendo que el promontorio parecía extenderse un largo trecho hacia el norte, pero que no habían detectado ninguna señal de peligro.

—La gente del pantano tiene miedo —señaló Chogi—. ¿Por qué?

—Ellos conocen el lugar —dijo Var con su tono más pesimista—. Es peligroso. Nosotros no vemos este peligro. Pero está aquí.

—Var ha hablado —dijo Kern, y todos rieron, como de costumbre, aunque nerviosos. Por sí solos, la quietud y el vacío de la colina ya parecían algo amenazadores—. Yo digo esto —prosiguió Kern—. Ellos son gente del pantano. No les gusta la tierra firme. No es su Lugar.

Hubo murmullos de asentimiento; de todos modos, Tun envió a Shuja y a Nar a vigilar mientras los demás buscaban comida a lo largo de la orilla hasta que fue casi de noche.

Suth y su familia recogieron leña, subieron a la colina y eligieron un sitio para acampar en un hueco entre dos riscos, para que ningún desconocido pudiera ver la hoguera a lo lejos. Tinu abrió con impaciencia el palo de fuego. Las cañas que habían quemado la noche anterior se habían transformado en cenizas; sin embargo, Tinu había guardado hasta el final los pocos trozos de madera que habían encontrado. Cuando vació el palo de fuego y sopló en el montón ennegrecido, se produjeron algunas chispas, y con ellas pudo alimentar una llama.

Se reunieron alrededor del fuego y cantaron la canción que los Clanes entonaban cada vez que levantaban un nuevo campamento y volvían a encender fuego. Después, asaron la comida y la compartieron. En cuanto terminaron, Tun se puso en pie y levantó una mano para pedir silencio.

—Escuchadme a mí, Tun —dijo—. Yo elogio al niño Ko. A veces Ko es tonto. A veces es malo. Así son los niños. Pero nosotros cruzamos los pantanos. Ko encontró el camino. Eso fue obra de él. Ahora Ko habla. Él alardea.

Ko vaciló, estupefacto, después se levantó. Esa vez no estuvo nervioso ni le faltaron las palabras. Ya había tenido su gran alarde la noche anterior, sentado sobre los hombros del hombre del pantano, y eso le bastaba. Recordó lo que Suth le había dicho poco tiempo antes.

—Yo, Ko, hablo —empezó—. Escuchad. Tun tiene razón. Yo era tonto. Yo era malo. Pero yo tuve suerte, suerte. El que tiene suerte no alardea.

Se sentó. Tuvo la sensación de haberlo hecho bien. Parecía que los demás también pensaban lo mismo, pues lo alentaron en voz baja y se rieron sin burlarse. Incluso vio que Chogi le sonreía y asentía. Se sintió satisfecho.

Nar se acercó a Ko, se puso en cuclillas a su lado y dijo:

—Ko, tú mantienes tu promesa. Encuentras el camino a través del pantano. Ahora tú dices qué regalo quieres.

Ko sonrió, divertido.

—Yo lo digo el día que viene —respondió.

LEYENDA

Gata y Nal

Gata dijo en su corazón: «Mi padre, Dat, está muerto. Mi hermana, Falu, es una mujer. Ella elige compañero. Ahora yo, Gata, no tengo ninguno.»
Hombres de Pequeño Murciélago y de Hormiga Madre se acercaban a Gata. Ellos decían:
—Gata, tú eres hermosa, hermosa. Yo te elijo como compañera. ¿Tú me eliges?
Pero a cada uno de ellos Gata respondía:
—Yo no te elijo.
En su corazón, ella decía: «Yo elijo sólo a Nal.»
Gata abandonó el Clan y viajó sola hasta Llanura Ragala. Serpiente acampaba en aquel lugar. Ella esperó y vigiló hasta que Nal fue a cazar solo. Entonces ella se paró ante él y le dijo:
—Nal, yo te elijo como compañero. ¿Tú me eliges?
Nal respondió:
—Gata, tú eres Loro. Yo soy Serpiente. Eso no está bien. Es malo, malo.
Gata respondió:
—*Bueno* es una palabra. *Malo* es una palabra. Yo no las conozco. Yo sé sólo esto: yo te elijo a ti, Nal, como compañero. Yo no elijo a ningún otro hombre, nunca.
Nal la miró. Ella era hermosa, hermosa.
Él dijo:
—Gata, ¿cómo vivimos nosotros? ¿Cuál es nuestro Clan? Ninguno. ¿Dónde están nuestros Lugares Buenos? Nosotros no tenemos ninguno. ¿Dónde cazamos? ¿Dónde buscamos comida?
Ella respondió:

—Nosotros vamos lejos y lejos. Quizá nosotros encontramos Lugares Buenos. Quizá morimos. Yo te elijo a ti, Nal. Yo elijo también esto.

Nal dijo:

—Entonces yo te elijo a ti, Gata, como compañera.

Y se frotaron sal en la frente, y fueron elegidos. Sus Clanes les dijeron:

—Esto es malo, malo. Id lejos y lejos.

Gata y Nal fueron a los Lugares Secos, los Lugares de demonios. No encontraron comida ni agua. Se acostaron juntos y dijeron:

—El día que viene nosotros morimos.

Durmieron, y Gata soñó.

Loro visitó a Gata en sueños, y cantó. Ésta fue su canción:

Gata, hija mía, pichón mío.
Yo no me preocupo por ti.
Yo no te llevo frutas dulces.
El día que viene tú mueres.
Pero yo te digo esto:
Hay Clanes, hombres y mujeres,
Ellos tienen hijos, crecen y son viejos, ellos mueren.
Y sus hijos, y los hijos de sus hijos.
Ellos se sientan alrededor de fuegos, cuentan Leyendas.
Ellos pronuncian tu nombre, Gata.
Ellos dicen: Hermosa, como Gata.
Ellos están tristes, tristes.

Los Primeros también se entristecieron por Gata y Nal. Ellos los transformaron.

Hay dos rocas en los Lugares Secos, a un día de viaje y otro día más, después de Llanura Ragala. Ninguna otra roca se les parece.

Una roca es lisa y negra. Cuando el sol brilla, se llena de estrellas luminosas. Es hermosa. Ésa es Gata.

La otra roca es alta y fuerte. Ésa es Nal.

11

Tras el largo día de viaje a través del pantano, todos estaban exhaustos. Como no parecía haber amenaza inmediata de peligro, Tun no apostó vigilancia, y se acostaron agradecidos junto al fuego.

En mitad de la noche, con una colosal explosión de truenos, comenzó a llover. Se despertaron de golpe, se pusieron en pie, levantaron los brazos al cielo y dejaron que el chaparrón cálido y denso lavara sus cuerpos. Tinu guardó enseguida el palo de fuego, antes de que las preciosas brasas se empaparan. Después salieron corriendo de la hondonada a contemplar los relámpagos, pequeñas patas que danzaban sobre los pantanos, mientras los truenos rugían una y otra vez.

La tormenta terminó tan repentinamente como había empezado. Los torrentes de agua hacían tintinear la colina oscura, y el olor a lluvia sobre la tierra seca llenó la noche de una dulce fragancia. Ko se acostó para volver a dormir sobre el suelo empapado y pensó: «Ah, esto es bueno, bueno.»

A la mañana siguiente consiguió despertarse temprano, con la primera luz grisácea. Sabía muy bien qué iba a hacer. Se deslizó hasta donde yacía Tinu y le tocó ligeramente el hombro.

La niña se despertó al instante. Ko se llevó un dedo a los labios para que ella guardara silencio; le hizo una señal y subió la corta colina hasta la cima, fuera del campo visual de los demás. Mientras esperaba que Tinu lo alcanzara, Ko examinó la colina para detectar alguna señal de peligro, pero parecía tan desierta como siempre. Después buscó algún lugar oculto y reservado, para que no hubiese interrupciones. La lluvia había limpiado el aire, y lo había dejado tan claro que se divisaba el otro lado de los pantanos, los nuevos Lugares Buenos, y hasta una tenue línea azul que debía de ser Colinas Secas, la cadena montañosa que había en el otro extremo del desierto del sur, a muchos días de viaje.

Entre los arbustos que había junto al pantano, a la izquierda, vio algunos lugares que podían servir, de modo que cuando llegó Tinu, la cogió de la muñeca y le dijo con firmeza:

—Ven.

Tinu lo miró, pero Ko tiró de su brazo y ella lo siguió, obediente, colina abajo.

Ko encontró un rincón escondido, pequeño y despejado situado entre unos arbustos y el pantano, que desde lo alto de la colina no se veía. Estudió el terreno en busca de huellas de animales y olió el aire, que transportaba abundantes aromas después de la lluvia. Nada sugería la presencia de bestias peligrosas al acecho.

—Espera aquí, Tinu —le dijo—. Yo te enseño una cosa.

Antes de que pudiera negarse, Ko volvió corriendo colina arriba. Ya había actividad en el campamento. Miró a Nar y le indicó que lo siguiera. Inmediatamente Zara llamó a su hijo para preguntarle dónde iba.

—Yo voy con Ko —respondió Nar con tono alegre, como si se tratara de cosas de niños—. Nosotros tenemos una cosa que hacer.

Ko lo condujo un par de pasos colina abajo. Metió la mano en la calabaza y la sacó formando un puño para ocultar lo que contenía.

—Ahora yo te digo el regalo que tú me das —dijo. Señaló hacia el pantano con la mano libre—. Tinu espera allí. Ve con ella. Toma esto. —Abrió la mano y le enseñó a Nar el puñado de sal que había preparado, la más blanca que pudo encontrar, muy pulverizada y mezclada con un poco de saliva y pasta de semilla para que se pegara—. Éste, Nar, es el regalo que tú me das. Tú eliges a Tinu como compañera.

Nar se quedó mirando la sal.

—Ko, yo no puedo hacer esto —replicó.

—Tú hiciste una promesa —respondió Ko con firmeza—. En Odutu tú la hiciste, Odutu bajo la Montaña.

Nar empezó a sonreír, como si aquello fuera un juego de niños para el que ya era mayor. El rostro de Ko seguía serio. Lo que pedía era perfectamente justo. Un regalo no tenía que ser a la fuerza un objeto. También podía ser una acción, un favor. La sonrisa de Nar se desvaneció. Sabía que había hecho una promesa en Odutu bajo la Montaña; y era algo de lo que no podía retractarse.

Durante un instante se dio la vuelta y miró hacia el campamento. Desde donde estaban, sólo podían distinguir las cabezas que se movían en la hondonada; Ko supuso que Nar quería saber si su madre lo estaba mirando. Recordó lo furiosa que se había puesto Zara cuando Chogi sugirió una vez que Nar y Tinu se eligieran el uno al otro. ¡Cómo su hermoso hijo, el último de su Clan, iba a juntarse con esa niña que tenía la cara torcida, y que ni siquiera hablaba bien! ¡No! Él podía esperar a que Mana o Sibi crecieran.

Nar siempre había sido un hijo muy bueno, y siempre obedecía a su madre. A Zara eso no iba a gustarle nada.

Nar miró a Ko y asintió.

—Yo lo hago —dijo lentamente—. Dame la sal. Vamos.

Caminaron juntos colina abajo, pero Ko se paró antes de llegar a los arbustos.

—Yo me quedo —murmuró—. Vas tú solo.

Nar parecía estar sumido en sus pensamientos; no miraba dónde apoyaba el pie en la pedregosa ladera, pero asintió. Evidentemente, para Tinu era mejor pensar que se lo pedía por voluntad propia. Ko esperó a que Nar desapareciera de su vista y se agachó hasta que pudo ver a ambos a través de las ramas. En aquel preciso instante Nar extendía la mano y le ofrecía a Tinu la sal.

Ella la miró. Movió la mandíbula de un lado al otro, como hacía cuando estaba nerviosa, o triste, para forzar la boca a pronunciar palabras. Retrocedió medio paso. Su rostro quedó tapado por una rama. Ko se movió un poco para poder verla de nuevo y entonces una pequeña rama crujió bajo su pie.

Tinu giró la cabeza al instante. Ko se quedó paralizado, y se maldijo a sí mismo. Ko, estúpido, siempre haciendo las cosas mal en el peor momento. Ah, ¿por qué no había mirado, como un cazador, dónde ponía el pie?

Tinu lo estaba mirando fijamente a los ojos; a pesar de todo, Ko estaba seguro de que, oculto tras los arbustos, ella no podía verlo. Tinu tenía el rostro rígido. Miró a Nar y le hizo una pregunta: «¿Quién está ahí?», supuso Ko. Nar respondió. Después hubo una pregunta más larga. ¡Miente, Nar, miente! Dile a Tinu que tú me pediste que la llevara a ese lugar para poder ofrecerle la sal sin que nadie mirara. Pero, por supuesto, no iba a hacerlo. Aquélla era la salvación para él, una manera de darle el regalo a Ko sin enfurecer a su madre. Ko, estúpido, cuando todo había salido tan bien, tenía que echarlo a perder en el último momento.

Nar hablaba. Tinu escuchaba. Ko había visto una o dos veces caras de personas después de muertas; eran como la de Tinu en ese momento. Cuando Nar terminó de hablar, ella agachó la cabeza mientras rechazaba la mano que sostenía la sal. Nar miró la sal, se dio la vuelta y volvió al campamento. Tinu levantó la mirada mientras se iba. El rostro estaba tan torcido que no parecía humano. Las lágrimas brotaban de los ojos sin cesar. Ko no podía soportarlo, pero tampoco podía dejar de mirar.

A pocos pasos de Ko, pero todavía al otro lado de los arbustos, Nar se detuvo. La mano de la sal se movía pausadamente arriba y abajo, como si calculara su peso para lanzársela a Ko a la cara con todas sus fuerzas. Tenía la mirada de un hombre adulto, la misma de Suth al decirle lo malo que había sido por internarse solo en los pantanos.

—Escúchame, Ko —dijo, con la intensidad de voz justa para que éste comprendiera sus palabras—. Yo, Nar, hablo. Te doy mi regalo. Yo lo prometí en Odutu, Odutu bajo la Montaña. Ya está hecho. Ahora vete. Vuelve con los demás.

—Me voy —murmuró Ko con tristeza, y regresó colina arriba.

No quería estar con nadie, así que cruzó la colina y se dirigió al otro lado de la cresta. Bajó el risco, se sentó, apoyó la barbilla entre los puños y miró triste hacia el oeste.

Era un día maravilloso. No recordaba otro día tan claro, tan fresco. El pantano se extendía sin límites, primero el inmenso cañaveral, después el laberinto de islas, bancos de arena y canales. Los pájaros volaban en bandadas, formaban círculos y se posaban. Llenaban el aire con sus gritos. A lo lejos se estaba formando otra tormenta de lluvia, una masa negra de nubes que se acercaba lentamente hacia él, con su velo de lluvia debajo. A derecha e izquierda de ésta surgían los extremos de un arco iris, y entre ellos brillaban los repentinos relámpagos. Ya oía el rumor de los truenos.

Maravilloso, pero Ko apenas lo veía. Sólo podía pensar en que había echado a perder sus posibilidades, y mucho peor, la posibilidad de Tinu de ser feliz. Nada tenía sentido, todo era estúpido, y todo por culpa de Ko.

Advirtió vagamente voces de personas que murmuraban excitadas. Algo ocurría en el campamento, pero a él le daba igual. No le importaba. Nada le afectaba. Si no hubieran cruzado nunca los pantanos, si todos hubieran muerto en el desierto, las cosas no podrían haber ido peor.

Notó una mano en el hombro. Se volvió, listo para reaccionar enfadado. Era Mana, con una amplia sonrisa. Hasta Mana se reía de él por ser tan estúpido.

—¡Vamos! —gritó, moviendo la cabeza mientras seguía sonriendo—. Vamos, Ko. Suth dice esto. Vamos ahora.

Ella lo cogió de la muñeca, lo arrastró hasta que se levantó y empezó a tirar de él colina arriba. Él la siguió, refunfuñando a cada paso. Desde la cresta miraron hacia la hondonada.

Ko no veía bien qué sucedía. Todo el mundo estaba amontonado a un lado de la hoguera. Veía a Tun, a Chogi y a Suth cerca del centro, que hablaban con una mujer que estaba de espaldas. Chogi le hablaba con toda seriedad.

La mujer movía la cabeza, irritada. Por el modo de hacerlo, Ko supo que era Zara. Chogi siguió hablando hasta que Tun alzó la mano y habló brevemente con la madre de Nar.

Tun se echó a un lado para hacer sitio a alguien que estaba de pie detrás de él: Nar.

Nar y Tinu, uno junto al otro, cogidos de la mano. Tinu tenía la cabeza inclinada hacia un lado por timidez, pero Nar se encaraba con su madre. Empezó a hablarle con firmeza. Tenía la frente manchada de polvo blanco. También Tinu.

Ko observó, perplejo.

—¿Qué ocurre? ¿Qué ocurre? —murmuró.

Mana se echó a reír.

—Nar nos lo cuenta —explicó la niña—. Él va a ver a Tinu. La elige como compañera. Es su regalo para ti, Ko. Se parte una rama. Tinu lo oye. Ella es lista, Ko. Pregunta: «¿Ése es Ko? ¿Por qué mira?» Nar se lo explica. Ella responde: «Tinu no es regalo de Ko. Nar, yo no te elijo. Vete.» Nar se va. Él te dice: «Vete.» Vuelve y dice: «Mi regalo a Ko está dado. Ahora, Tinu, yo te elijo como compañera. Es mi elección. ¿Tú me eliges?» Entonces Tinu contesta: «Nar, yo te elijo.» ¡Ah, Ko, Tinu es feliz, feliz!

LA HISTORIA DE MANA

1

Mana estaba pescando entre los cañaverales, sola. Tenía su propio hoyo de pesca. Suth y Tor la ayudaron a construir un sendero hasta el cañaveral, colocando las cañas cortadas sobre la red de raíces para que pudiera caminar. A diez y diez pasos habían formado un pequeño claro, en medio del cual recortaron un hoyo circular entre las raíces, dejando un estanque pequeño de agua clara, de menos de un paso de ancho.

Supieron cómo hacerlo gracias a que Ko había visto pescar así a una de las mujeres del pantano. Pero después tuvieron que aprender los detalles por sí solos: cuál era el mejor cebo, o que un objetivo dentro del agua nunca estaba donde el ojo lo percibía, sino más arriba. Y lo más importante de todo: que había que tener paciencia y esperar completamente quietos y, después, utilizar toda la fuerza de cada músculo del brazo, del hombro y de la cintura para un lanzamiento rápido y repentino, como el movimiento de una serpiente cuando trata de morder. Cualquier duda o vacilación hacía que el pez se asustara y escapara. Mana tenía paciencia.

Tinu había sido la primera en descubrir el truco; y se lo había enseñado a los demás. Después Suth hizo que los niños practicaran una y otra vez. Ponía una hoja en la punta de una vara delgada y la movía por debajo del agua, imitando el movimiento de un pez; eso era el blanco. Cuando, tras varias pruebas, la vara de pescar de Mana perforó la hoja tres veces de cuatro intentos, Suth y Tor le abrieron el sendero.

Así que en ese momento Mana se agachaba por primera vez junto a su hoyo de pesca, con la vara, fuerte y puntiaguda, apoyada en el hombro, lista para lanzar. Aquella parte de los cañaverales estaba llena de peces. Era raro que ninguno

125

de los habitantes del pantano fuera allí para pescarlos; pero no querían acercarse tanto a la orilla, como si allí hubiese algo que los asustara.

Mana vio tres peces pequeños, plateados, con una franja verde en el costado, del tamaño de su dedo índice. Buena señal. Los peces eran muy pequeños para atravesarlos, pero sus movimientos harían saber a los peces más grandes que allí había comida. Con cuidado, la niña extendió la mano izquierda y esparció más huevos de libélula sobre la superficie. Cuando las partículas blancas empezaron a flotar en el agua, los peces pequeños se lanzaron sobre ellas y se las comieron. Dos más aparecieron desde la oscuridad, por debajo de las cañas: uno de la misma clase y el otro un poco mayor, de color marrón oscuro y morro achatado.

¿Era aquello un movimiento, una sombra que se agitaba en el límite de la oscuridad?

El corazón de Mana empezó a latir con fuerza. Más despacio que nunca, alargó la mano derecha y dejó caer más de aquellos valiosos huevos. La sombra se acercó a comerlos, era un pez largo como el pie de un hombre, de vientre grande, azul negruzco con una mancha roja detrás del ojo. Demasiado tarde: los peces pequeños llegaron antes.

Mana echó otro puñado de huevos. Los seis peces subieron a comérselos, compitiendo entre sí, y empezaron a seguirlos hacia abajo.

¡Ahora!

Cuando el dorso oscuro se dio la vuelta, Mana atacó. La punta de la vara golpeó algo duro, y acto seguido lo atravesó. Enseguida la lanza adquirió vida propia en sus manos, agitándose de un lado a otro mientras el pez forcejeaba por liberarse. Las manos y los brazos recordaron las interminables lecciones: Mana no hizo el movimiento instintivo de retirar la caña en la misma dirección en que la había lanzado, pues así se arriesgaba a que el pez se escapara. Por el contrario, cogió la vara con la mano izquierda, lo más adelante que pudo, y la alzó hacia arriba y al lado, echando el cuerpo hacia atrás a fin de sacar la vara de forma que la punta rozara la parte opuesta del hoyo. A medio palmo del extremo, atravesado de lado a lado, el pez se agitaba en el aire.

Con un suspiro de felicidad, Mana se levantó y, con aire distraído, espantó los insectos que tenía en el cuerpo. Éstos habían estado pululando alrededor de ella todo el tiempo que había estado pescando, pero Mana apenas había reparado en ellos. Le habían picado varios. Supuso que por la noche las picaduras le molestarían, pero no le importó. Había valido la pena. En el primer intento, en su propio hoyo de pesca, había atrapado aquel hermoso pez.

Mana atravesó el pez todavía más con la vara, para que no pudiera escaparse, y la dejó en el sendero. Cuando el agua estuvo quieta cogió de la calabaza un tipo de carnada diferente: no huevos de libélula, que eran difíciles de encontrar, sino restos de pasta de raíz azul, y los esparció sobre el hoyo. Quedaron flotando en la superficie, para que los peces que se habían asustado los encontraran al volver, y creyeran que aquél era un buen lugar para buscar comida en otra ocasión. El pez atrapado era suficiente para Mana, suficiente felicidad, suficiente comida para ella y alguien más. Se puso la caña en el hombro, con el pez colgando tras ella, y se marchó.

Al subir la colina, se dio cuenta de lo bien que se estaba sin insectos alrededor. Eso sucedía siempre que alguien se internaba en el pantano. Nubes de horribles criaturas se arremolinaban sobre la persona en medio del calor vaporoso: la mayoría de ellos sólo se posaban y lamían el sudor, pero algunos picaban y chupaban sangre. Todos habían aprendido a soportarlos, a olvidarse de ellos mientras se concentraban en lo que tenían que hacer en el pantano. Pero en cuanto podían, volvían a subir a la colina, al calor más fresco, más seco, donde los insectos casi no iban.

Cuando llegó a una altura suficiente, se sentó a esperar. En aquel momento, lo que más deseaba era enseñarle a alguien el hermoso pez; pero todos estaban ocupados pescando en diferentes hoyos, en el inmenso cañaveral que se extendía a lo largo de la orilla, a los pies de Mana, que para sentarse había elegido un sitio desde donde podía ver a cualquiera que saliera del cañaveral, para ir corriendo a enseñarle su captura. Sin embargo, Mana no estaba impaciente por hacerlo. Se sentía feliz de esperar, contenta con su propia felicidad, sin necesidad de nadie para compartirla.

La colina en la que estaba se parecía a la cola de un cocodrilo enorme: un promontorio rocoso y empinado que se elevaba hasta una cresta central, donde habría estado la columna vertebral del animal. Para recorrerla de norte a sur era necesario un día entero de duro viaje.

Mana estaba sentada en la ladera este; el sol de la mañana le brillaba en el rostro. Ante ella y hacia la derecha, se extendían los pantanos velados por la bruma. En algún lugar de ellos, Var, Net, Yova y Kern ya debían de estar regresando del extremo más alejado, por los senderos que los hombres del pantano les habían enseñado.

Habían ido en busca de nuevas provisiones de sal. Ya casi habían agotado las anteriores en regalos. Tun había llegado a la conclusión de que, para trabar amistad con otras personas que pudieran conocer al viajar hacia el norte, en busca de lugares nuevos donde vivir, quizá necesitarían más. Eso los mantenía ocupados mientras esperaban que todos se recuperaran de la enfermedad del pantano.

Habían muerto dos: Runa y la hija pequeña de Moru, Taja. Casi todos los demás habían estado muy enfermos. Mana fue la primera, antes de empezar a cruzar. Chogi decía que era por dormir en los pantanos o muy cerca de ellos. No obstante, ya estaban bien otra vez, aunque algunos todavía un poco débiles. En cuanto regresara la expedición de la sal, estarían listos para continuar el viaje hacia el norte.

Mana estaba inquieta ante la idea de partir. Sabía que no podían quedarse allí para siempre. Las plantas comestibles ya escaseaban a lo largo de las orillas, y no podían alimentarse sólo de pescado. Además, no era la vida a la que estaban acostumbrados. Pero a Mana no le gustaban los cambios. Ella prefería las cosas que conocía y comprendía. Por eso estaba tan contenta de haber atrapado aquel pez: significaba que había algo útil que ella podía hacer. La pesca le proporcionaba un lugar entre el Clan, un sentido a su vida. Le ayudaba a saber para qué estaba allí. Y en el momento en que pensaba eso, sintió una repentina tristeza, pues pronto debería abandonar su hoyo de pesca. Iría a lugares donde, quizá, nunca tendría la oportunidad de pescar otra vez.

Mana se levantó y miró al norte, hacia el camino que debían recorrer. Tun había enviado exploradores a investigar. Éstos habían regresado e informado que, tras medio día de viaje, no habían alcanzado el final del promontorio, pues éste se hacía cada vez más escarpado, hasta convertirse casi en una pared, sin espacio ni terreno para que creciera nada entre la roca y el pantano.

En ese instante, Mana contemplaba la ladera de la colina: trataba de imaginarse el difícil viaje. Se preguntó qué encontrarían al final. ¿Sería un gran paisaje amplio y despejado, quizá con un río que lo atravesara, bosques con árboles umbrosos y zonas de matorral, como los Lugares Buenos que ella apenas recordaba antes de que las lluvias cesaran?

Su mente quedó absorbida por el paisaje imaginario, tanto que ni siquiera veía la vista real que tenía enfrente. Aun así, un movimiento rápido le llamó la atención. Se puso rígida, y miró. Sí, allí. Breve, furtivo, un movimiento oscuro entre dos rocas. Enseguida desapareció.

¿Un zorro o un chacal? Demasiado grande. Tampoco era el movimiento de un ciervo. De todas formas, por allí no habían visto criaturas de aquel tamaño. El promontorio era demasiado árido para que pastaran animales, y tampoco había suficientes presas para los animales carnívoros.

¡Otra vez, allí! Aunque en esa ocasión Mana lo vio con claridad, no pudo saber de qué se trataba. Una cabeza redonda, negra, una espalda de color pardo, movimientos rápidos pero torpes...

En cuanto hubo desaparecido, la niña se dio cuenta de lo que había visto. La criatura que se escabullía colina arriba era humana: una mujer, pensó Mana, una de las habitantes del pantano, a juzgar por el color de la piel. Se movía de aquel modo extraño porque estaba agachada y sujetaba algo con ambas manos, apretándolo contra el pecho...

Allí estaba otra vez. Pero en las manos no parecía llevar nada. Si acaso algo en el hueco que formaba con ellas. La mujer se detuvo, miró detrás de una roca, no en la dirección de Mana sino hacia el norte, como si se escondiera de un peligro que pudiera venir de esa dirección. Siguió escabulléndose, con el mismo paso torpe, pues trataba de no derramar lo que llevaba.

Sólo podía ser agua, pensó Mana. ¿Por qué una mujer del pantano llevaba agua hacia arriba, a las rocas desnudas? La gente del pantano nunca se acercaba al promontorio. Había allí algo que les causaba un miedo enorme. Sin duda, la conducta de la mujer indicaba que ella sentía también ese temor. ¿Y por qué llevaba agua en las manos, en lugar de hacerlo en los tubos de caña que aquella gente utilizaba para ese tipo de cosas?

Intrigada, Mana cogió la vara de pescar, con el pez todavía atravesado en ella, y se dispuso a cruzar la colina. No tenía miedo: las mujeres del pantano eran agradables y accesibles, y los hombres no eran peligrosos a pesar de sus maneras orgullosas. Pero como la mujer se movía con tanta cautela, Mana se deslizó detrás de una roca en cuanto volvió a aparecer, y esperó hasta que hubo descendido un buen trecho de la colina antes de seguirla.

Cuando ya estaba cerca del lugar del que había surgido la mujer, dejó la vara en el suelo y gateó en silencio hasta alcanzar el otro lado de una roca.

Vio abajo una hondonada pequeña y empinada. En el fondo yacía un hombre con los ojos cerrados. Tenía el rostro contraído en una expresión de dolor. La sangre manaba a borbotones de una herida horrible que se apreciaba bajo el hombro izquierdo. Apoyaba el brazo derecho en el suelo rocoso. Un niño pequeño, casi un recién nacido, estaba sentado y se retorcía los dedos, mientras miraba a su alrededor con terror, tristeza y asombro.

El herido no exhibía colores brillantes pintados en el rostro, como sucedía con los hombres de la región. Tampoco llevaba puesto el típico cinturón trenzado de hojas de caña, con tubos de madera colgando de él. Aquéllos no eran habitantes del pantano.

A Mana ni se le pasó por la cabeza que aquellas personas fueran desconocidas y que por eso no tenía por qué ayudarlas. Al contrario, la expresión de sus rostros le reveló que era preciso echar una mano. Miró colina abajo y vio que la mujer ya bajaba otra vez, con algo más de la valiosa agua para el hombre herido. Mejor esperarla.

Mana se alejó un poco y se escondió, pero en cuanto la mujer desapareció en la hondonada, quitó el pez de la vara y se acercó gateando con él hasta donde pudo volver a mirar.

La mujer se agachó junto al hombre y le vertió el agua en la boca. La mitad se perdió, pero el hombre sacó la lengua y lamió el resto. Cuando el agua casi se terminó, la mujer puso la palma de la mano ante el niño y le hizo bajar la cara para que sorbiera. Mana esperó a que la mujer terminara y emitió un suave siseo.

La mujer se volvió inmediatamente, cogió piedras con ambas manos y se agachó, gruñendo, ante al hombre.

Mana se incorporó sobre las rodillas y alzó la mano con la palma hacia delante, en señal de paz y saludo. La mujer permaneció donde estaba, enseñando los dientes, bufando como un chacal arrinconado. Mana enseñó el pez y emitió el doble murmullo que la gente que no tenía palabras usaba para decir: «Yo doy.»

La mujer frunció el entrecejo, insegura, y dejó de gruñir, pero siguió en la misma posición mientras movía los ojos de un lado a otro. Mana sonrió, se encogió de hombros y tiró el pescado a la hondonada, a los pies de la mujer.

Ésta vaciló, mientras miraba a Mana y al pez. Por fin se decidió, soltó la piedra de la mano izquierda y, sin quitarle el ojo de encima a Mana, cogió el pescado. Todavía en la misma postura, con la piedra en la mano derecha lista para golpear o lanzarla, mordió un bocado, lo masticó, escupió la comida triturada en la mano y la introdujo entre los labios del hombre. Éste masticó débilmente mientras la mujer repetía la operación para darle también un poco al niño.

Todavía con los ojos fijos en Mana, mordió un trozo para sí misma y, mientras comía, retrocedió hacia el otro lado de la hondonada hasta que pudo atisbar por encima de la cresta. Se dio la vuelta y contempló la ladera de la colina hacia el norte, sin dejar de mirar hacia atrás, a fin de asegurarse de que Mana no se movía. Después volvió y siguió con el pescado.

Era evidente que dicha tarea le ocuparía mucho tiempo, así que Mana vació el contenido de la calabaza sobre una roca plana y se apresuró colina abajo, escondiéndose como había visto hacer a la mujer. A juzgar por la herida del hombre, tenían razones para tener miedo. Llenó la calabaza en un estanque del pantano y la llevó hacia arriba.

Esta vez descendió hasta ellos. La mujer gruñó y se preparó para atacar, pero Mana le sonrió y le enseñó la calabaza, que rebosaba agua. La mujer vaciló, así que la niña dejó el agua en el suelo y volvió a alejarse de la hondonada. La mujer se relajó un poco, cogió la calabaza y ayudó al hombre a beber de ella.

Mana se dio la vuelta y miró hacia el sur, a lo largo de la orilla. Habían salido dos personas del cañaveral. A pesar de la distancia, Mana reconoció a Ko, el más pequeño. Nadie más se paraba de aquel modo para que lo miraran, anhelante e inseguro al mismo tiempo. La otra persona quizá fuera Moru. Ko le estaba enseñando algo. Parecía orgulloso y feliz; seguramente también había tenido suerte con la pesca.

Mana sintió pena al reparar en que no podría enseñarle a nadie su primer pez grande. Cuando aquellos desconocidos hubieran terminado con él, no quedarían más que espinas. Pero había tenido que dárselo. No podía hacer otra cosa. Y además debía avisar a los demás para que los ayudaran. Eso también era evidente.

Llamó a la mujer en voz baja, señaló, sonrió y emitió el sonido de «yo me voy». La mujer no reaccionó. Mana se preguntó si usaría los mismos sonidos que las otras personas sin palabras que ella conocía. Hasta el momento la mujer no había emitido ningún sonido, sólo gruñidos.

De hecho, mientras cruzaba la colina a toda prisa, Mana cayó en la cuenta de que no sabía nada de aquellas personas, nada en absoluto. De no haberse hallado en aquella situación cuando los encontró, ¿habrían sido amigos o enemigos? No lo sabía. Lo único que sabía era que estaban en un apuro y que corrían peligro. A juzgar por la herida del hombre, hasta podía adivinar qué clase de peligro. Aquello no era la mordedura ni la zarpa de ningún animal grande y feroz. El hombre había recibido un golpe profundo y violento con algo duro y afilado. Podía haber sido el cuerno de algún animal, pero parecía demasiado ancho para ser de un antílope de los que Mana conocía. Y de ser algo así, ¿por qué la mujer tenía tanto miedo y estaba tan dispuesta a pelear? Los antílopes no perseguían al cazador al que habían herido.

No, pensó Mana. Esas heridas las hacían las personas. Nunca había visto una herida provocada por un palo de cavar, pero seguro que tendría ese aspecto.

Aquello era malo, pensó la niña, malo. En ese momento, quizá ella y todos sus amigos corrían el mismo peligro que los tres que había dejado en la hondonada. Sin embargo, sintió que había hecho lo que tenía que hacer.

LEYENDA

La cacería dilli

Antílope Negro dormía. Su sueño duraba mucho, mucho. Puerco Gordo y Serpiente bebían piedra hierba. Eran felices.

Serpiente alardeó. Dijo:

—Mira mi hombre, Gul. Ningún cazador es más rápido. Ningún cazador tiene ojos más agudos. Él lanza una piedra. Ningún cazador tiene mejor puntería.

Puerco Gordo dijo:

—Serpiente, tú mientes. Mi hombre, Dop, es mejor. Él golpea una roca con el palo de cavar y la rompe. Él sigue el rastro del venado dilli. Él no lo pierde. Lo huele en la noche oscura.

Serpiente dijo:

—Puerco Gordo, tú mientes. Gul es mejor.

Empezaron a discutir a gritos.

Tejedor dijo:

—Vosotros dos, dejad de gritar. Mis esposas no pueden oír mis órdenes.

Puerco Gordo y Serpiente dijeron:

—Decide por nosotros, Tejedor. Mira a nuestros hombres, Gul y Dop. ¿Cuál es el mejor cazador?

Tejedor miró desde la cima de la Montaña, la Montaña sobre Odutu, y dijo:

—Mirad ese hermoso venado dilli. Tiene una mancha negra en el lomo. Id ahora. Convertidlo en dos. Ahora tenéis dos venados dilli. Poned uno delante de Dop, el otro delante de Gul. Haced que cada venado dilli corra a Manantial Amarillo. Un hombre llega allí primero. Él mata el venado. Ese hombre es el mejor cazador.

Puerco Gordo y Serpiente dijeron:

—Tejedor, esto es bueno. Nosotros lo hacemos.

Pero Tejedor dijo en su corazón: «No me importa cuál es mejor cazador. Manantial Amarillo está lejos y lejos. Ahora hay silencio aquí.»

Gul salió de caza. Dop salió de caza. Cada uno vio un hermoso venado dilli con una mancha negra en el lomo. Corrían delante de ellos. Eran hábiles. Giraban a un lado, corrían sobre las rocas, se ocultaban en matorrales espesos. Los cazadores no les perdían el rastro. Los venados llegaron cerca de Manantial Amarillo. Los dos hombres aparecieron juntos, pero Dop estaba más cerca.

Serpiente vio esto. No estaba contento. Él dijo en su corazón: «Mi hombre pierde. Nosotros convertimos un venado en dos. Ahora yo convierto dos venados en uno.»

Puso una piedra hierba en el camino de Puerco Gordo. Éste la encontró y bebió. No siguió la cacería. Serpiente hizo que el venado de Dop corriera detrás de un matorral. Entonces convirtió los dos venados en uno. El venado de Dop desapareció.

Dop fue detrás del matorral. El venado no estaba. El rastro terminaba allí. Buscó a un lado y a otro. No lo encontró.

Gul siguió al venado hasta Manantial Amarillo. Allí lo mató; y se alegró.

Dop tuvo sed. Fue hasta Manantial Amarillo. Vio a Gul. Vio el venado muerto, tenía una mancha negra en el lomo.

Dop dijo:

—Gul, tú matas mi venado. Lo persigo durante todo el día.

Gul respondió:

—Dop, tú mientes. El venado es mío. Lo persigo yo durante todo el día.

Dop cogió el venado de las patas traseras. Gul lo cogió de las patas delanteras. Ambos tiraron. Ninguno fue más fuerte.

Gul soltó una pata del venado. Cogió una piedra y la lanzó. Su puntería fue buena. La piedra golpeó a Dop en la mandíbula. Éste soltó el venado.

Todo ocurrió de repente. Gul no estaba preparado. Se fue hacia atrás, tropezó con unas matas y cayó.

Dop se abalanzó sobre Gul. Descargó un golpe con el palo de cavar, un golpe tremendo. Gul se movió a un lado. El palo de cavar de Dop quedó enterrado en el suelo.

Gul se echó a reír. Dijo:

—Dop, un oso hormiguero es más rápido, un oso hormiguero ciego.

Y asestó a Dop un golpe furioso. Dop lo esquivó y se echó a reír. Dijo:

—Gul, un pichón es más fuerte, un pichón sin plumas.

Se rieron uno del otro. Estaban llenos de ira, la ira de los héroes. Pelearon.

Serpiente y Puerco Gordo vieron aquello. Dijeron:

—Esto es bueno. Ahora nosotros vemos cuál es mejor.

Dop y Gul pelearon todo el día. Lanzaron golpes fortísimos. Tiraron piedras. Golpearon con los puños. Mordieron con la boca. Corrió la sangre.

El sol se ponía en el horizonte. Gul lo vio. Se dio la vuelta y corrió hacia él. Dop lo siguió.

Entonces Gul se dio la vuelta otra vez. Se enfrentó a Dop. Le asestó un fuerte golpe, un golpe de héroe. Fue de este tipo: Mirad este árbol, el padre de los árboles. Ningún árbol es más alto, ninguno más fuerte. Ahora es el tiempo de las lluvias. Mirad esta nube. Es negra, es lenta, está llena de truenos. Se detiene sobre el padre de los árboles y explota. De ella caen relámpagos. El sol no es más brillante. El rugido del león no es más fuerte. El padre de los árboles recibe el golpe, cae y yace en el suelo.

Así fue el golpe de Gul a Dop.

El sol le daba en los ojos a Dop. No vio llegar el golpe de Gul. Lo golpeó en la cabeza, en un lado, detrás del ojo. Se le nubló la vista. Las rodillas se le doblaron. Cayó al suelo. No se movió.

Gul cogió el venado dilli y se lo llevó. Era feliz.

2

El hombre no podía levantarse, y mucho menos caminar, así que Suth y Net entrelazaron las manos formando una especie de asiento, se pasaron los brazos del herido alrededor de los hombros y lo llevaron al campamento oyendo sus gemidos. La herida volvió a abrirse y sangró durante todo el trayecto. Al parecer, la mujer había llegado a la conclusión de que aquellos desconocidos eran amigos. Caminó anhelante junto al hombre, con el niño en brazos, y cada pocos pasos miraba hacia atrás.

Pusieron al hombre lo más cómodo posible sobre un lecho de cañas, y Mana llevó agua para que la mujer lavara la herida. Después, la niña puso sobre las brasas lo que quedaba del pez.

Ya era la hora de descanso del mediodía, pero antes Tun envió a Ko y a Nar a montar guardia hacia el norte, uno a cada lado de la colina. Los demás se sentaron a la sombra y comieron lo que habían cazado o encontrado, y hablaron en voz baja sobre los desconocidos. Mana no oía lo que decían los hombres al otro lado del fuego, pero las mujeres que había a su alrededor coincidían en que la herida del hombre había sido provocada por algo parecido a un palo de cavar, y en que la mujer estaba muy asustada. Seguramente porque temía que quienquiera que hubiera causado la herida podía estar siguiéndolos.

Nadie reprochó a Mana lo que había hecho. Al igual que ella, todos parecían creer que no había tenido elección.

Antes de que los demás terminaran, Mana subió a la colina con Shuja para reemplazar a los vigías. Permanecieron allí casi toda la tarde, hasta que Zara llegó con Dipu para sustituirlas. Mientras descendían, Shuja se detuvo y señaló hacia delante, hacia el extremo del promontorio.

—Mira —dijo—. Var vuelve. Y Net y Yova y Kern. Ellos traen sal. Esto es bueno.

Mana miró. La bruma que cubría los cañaverales durante el día empezaba a tornarse dorada a medida que el sol se desplazaba hacia el horizonte. Cuatro personas cansadas, cada una con dos pesadas calabazas colgadas de los hombros, acababan de surgir del horizonte y empezaban a ascender en dirección al campamento. Los demás también los habían visto. Mana oyó gritos abajo, a la izquierda, y todo el mundo salió corriendo de los hoyos de pesca para recibir a la expedición.

Ya habían pescado y recolectado suficiente para todos, y dado que en el pantano los insectos eran peores a la caída de la tarde, encendieron el fuego y prepararon la comida mientras se comunicaban las noticias. Ko había pescado tres peces, que compartió con Mana. Todos eran más pequeños que el que Mana había regalado, pero ella no se lo dijo.

Cuando se puso el sol, mientras todavía comían, la mujer desconocida soltó un fuerte gemido y empezó a arañarse el rostro y el pecho hasta hacerse sangre. Mana no tuvo necesidad de mirar para saber que el hombre estaba muerto.

Al principio la mujer no dejaba que nadie tocara a su hombre, pero al cabo de un rato ellos insistieron. De ningún modo iban a dormir con un hombre muerto al lado. Un cadáver podía atraer a los demonios, que se comerían el espíritu todavía unido al cuerpo. Algunos sujetaron a la mujer mientras los demás llevaban el cuerpo colina arriba. Pusieron piedras alrededor y encima del cadáver; después, con la última luz del día, las mujeres danzaron el baile de la muerte para el desconocido, a fin de liberar su espíritu, mientras la mujer gemía de rodillas al pie del montículo.

Mana era demasiado joven para participar de la danza. La desconocida le había permitido ocuparse del niño mientras lloraba por su hombre. En ese momento Mana estaba sentada detrás de la fila de mujeres, con el niño dormido en los brazos. De pronto, vio que Noli dejaba de marcar el ritmo con los pies, se ponía rígida y se tambaleaba. Bodu, que estaba junto a ella, la sujetó. Tinu cogió a la pequeña Amola. Las demás mujeres se detuvieron. Los hombres, en el otro extremo del montículo, interrumpieron los aplausos lentos y los gruñidos. Por último, la desconocida levantó la mirada y calló, mientras presenciaba, perpleja, cómo la voz de Halcón Luna salía lentamente de entre los labios de Noli, profunda y suave, impregnando la extensa ladera con su sonido.

—Cae sangre —dijo la voz—. Hombres siguen.

Noli agachó la cabeza y se le doblaron las rodillas, pero Bodu y Tinu la sujetaron con firmeza hasta que se estremeció, resopló y miró a alrededor. Murmuró algo a Tinu y volvió a coger a su hija. Todos se miraron con gesto interrogativo. Durante un rato nadie dijo nada.

Mana percibió el miedo y la incertidumbre. Sabía que todos pensaban lo mismo. El mensaje de Halcón Luna era muy claro. «Cae sangre.» La herida del desconocido derramaba sangre cuando Mana lo vio por primera vez. La herida debía de haber goteado todo el camino mientras escapaba de sus enemigos, y había vuelto a abrirse y dejado un rastro todavía más claro cuando lo llevaron al campamento. «Hombres siguen.» Entonces no se trataba de un solo enemigo. Por lo menos dos, quizá más.

—¿Ellos siguen este rastro en la oscuridad? —preguntó Var—. ¿Ellos lo huelen?

—Yo digo que no —respondió Kern, que era el mejor rastreador—. Yo digo que ellos esperan. En el día que viene hay luz. Entonces ellos llegan.

—¿Cuántos hombres? —quiso saber Chogi—. ¿Noli lo sabe?

—Yo no los veo —murmuró Noli—. Ellos son cazadores, feroces, feroces.

Se oyeron murmullos. Mana advirtió que Noli alzaba la mano, pero todavía parecía mareada por la visita de Halcón Luna para poder imponerse. Pero Bodu reparó en el movimiento, y dijo:

—Esperad. Noli habla más.

Todo el mundo volvió a quedar en silencio, esforzándose por escuchar. Esta vez la voz de Noli sonó lánguida, muy baja, y era la suya.

—Yo era muy pequeña —dijo—. Nosotros dormíamos en el Valle de Árboles Muertos. Yo soñaba. Vinieron hombres feroces, feroces. Ellos mataron a nuestros hombres. Se llevaron a nuestras mujeres. Éste fue mi sueño. Halcón Luna lo envió. Fue un sueño real. Aquellos hombres vinieron.

Todos sabían de qué hablaba, pero Mana era muy pequeña cuando ocurrió aquello. No lo recordaba; sólo a veces, entre las oscuras sombras de alguna pesadilla. Los ocho Clanes vivían en paz en los antiguos Lugares Buenos desde la época de las Leyendas, cuando una horda de asesinos desconocidos los atacaron, mataron a todos los hombres que pudieron y secuestraron a las mujeres.

Sólo el Clan de Halcón Luna recibió una advertencia a través del sueño de Noli, pero nadie la creyó. En ese momento sí la creyeron. Horrorizados, se quedaron en silencio antes de que Chogi hiciera la pregunta que todos tenían en la cabeza:

—¿Son éstos aquellos hombres?

Noli vaciló.

—Yo no sé... —murmuró—. Yo creo... creo que son otros.

Tun tomó la palabra.

—Escuchad —dijo—. Nosotros vigilamos esta noche, en grupos de tres. Escondemos el fuego. Despertamos en la oscuridad. Estamos preparados. Ponemos vigías, que ven quién viene y cuántos son. Son pocos hombres, entonces nosotros les hacemos frente. Ellos descubren que nosotros somos más, ellos escapan. Ellos son muchos hombres, entonces nosotros entramos en el pantano. Nosotros conocemos los caminos. Ellos no. ¿De acuerdo?

Hubo murmullos de aprobación, y todos volvieron al campamento. Mientras descendían la colina, decidieron quién haría cada cosa y cómo debían enfrentarse a los desconocidos si llegaba el momento.

Sólo la mujer del hombre muerto se quedó llorando junto al montículo. En mitad de la noche bajó al campamento en silencio. Su hijo ya estaba impaciente y lloriqueaba, y ella lo cogió y amamantó durante un rato. Después se acostó al lado de Mana y durmió.

Agazapada en su puesto de vigilancia, casi en la cresta que constituía la cima del promontorio, Mana esperaba la señal de Ko. Él estaba más lejos, en un lugar desde el cual avistaba una gran distancia hacia el norte. Los cazadores seguramente estarían siguiendo el rastro de sangre. Aquella mañana, muy temprano, Kern lo había seguido hasta el punto donde Ko vería aparecer a los hombres, así que éste sabía exactamente en qué dirección debía mirar. Mana todavía no le veía, pues estaba bajo la línea del horizonte, en el otro extremo de una estribación baja.

El tiempo pasaba, y las sombras de las rocas se movían poco a poco. Más o menos a media mañana, Mana vio aparecer a Ko, que gateaba entre dos rocas. En cuanto volvió a estar bajo la línea del horizonte, se puso en pie y alzó ambos brazos. Mana lo imitó, para indicarle que había visto la señal. Después Ko bajó el brazo derecho y volvió a levantarlo, una vez, dos, tres, cuatro veces...

Sólo cuatro cazadores. Mana suspiró de alivio mientras respondía a la señal, después se desplazó hasta un punto desde donde pudiera comunicar las noticias a los demás. Suth hizo un gesto en señal de respuesta, se dio la vuelta y habló con la gente del campamento, esperó la reacción y se volvió hacia Mana. Suth levantó ambas manos y las extendió hacia ella.

«Quédate ahí.»

Los cazadores no eran muchos, de modo que los adultos del Clan los esperarían en el campamento y se enfrentarían a ellos. Mana agitó el brazo y pasó la orden a Ko, que respondió y desapareció de su campo visual. A continuación Mana esperó, con la boca seca, el corazón latiéndole con fuerza, y los ojos fijos en el punto donde el rastro de sangre se cruzaba con la estribación de Ko, hacia abajo, muy lejos del puesto de vigilancia de éste.

Debajo de ella, la colina parecía desierta. Suth se había esfumado. El pantano permanecía oculto bajo la habitual bruma. En algún lugar, a una distancia segura a lo largo de los senderos sinuosos, las madres esperaban con los recién nacidos y los niños pequeños. Todos los demás estaban escondidos entre las rocas que había alrededor del campamento.

Los cazadores llegaron mucho más rápido de lo que Mana suponía. Aparecieron en el horizonte, moviéndose furtivamente. Uno, dos, tres, cuatro, rápidos y sigilosos, miraban con atención y acto seguido corrían hacia el siguiente refugio. No se ocultaban por miedo a encontrarse con algún enemigo, sino porque no querían alertar a la presa. De vez en cuando el jefe se agachaba, señalaba y durante un instante miraba algo que había en el suelo. Mana sabía lo que el hombre había encontrado: otra mancha del rastro de sangre. No tardaron mucho tiempo en llegar a la hondonada donde Mana había descubierto a los desconocidos.

Por un momento permanecieron en cuclillas en el borde de la hondonada, Mana no los veía. Se agazapó detrás de una roca e hizo una señal al campamento. Suth no se arriesgó a responder, pero Mana sabía que él la había visto y regresó a su puesto.

Los cazadores siguieron durante un rato fuera de su campo visual. Estarían examinando las señales que Kern había encontrado: el hombre estuvo aquí y sangraba, la mujer se arrodilló aquí, el niño orinó allí, las espinas de los peces fueron escupidas aquí. Entonces llegaron otros. Alguien ayudó y levantó al hombre. La herida volvió a abrirse...

Mana volvió a verlos enseguida, pero esta vez era una sola cabeza la que espiaba en el borde de la hondonada y miraba la colina que se alzaba delante. Sí, habían entendido bien las señales. Sabían que no sólo debían enfrentarse a una mujer y a un hombre herido.

Salieron los cuatro de la hondonada y continuaron avanzando, agachándose y corriendo, más concentrados en mantenerse ocultos, pero moviéndose con la misma confianza que antes. Cuando pasaron debajo de Mana, ésta los vio con claridad por primera vez. Eran diferentes de las demás personas que conocía; sus brazos y piernas eran largos y delgados, y la piel, oscura como la del Clan pero más grisácea, con un leve tinte morado bajo la superficie. Llevaban cinturones de los que colgaban una o dos extrañas calabazas pálidas, y portaban palos puntiagudos, más largos que los palos de cavar comunes, pero más cortos y sólidos que la vara de pescar que Mana había estado usando el día anterior.

De vez en cuando, uno de ellos se quedaba quieto y miraba a su alrededor. Mana también permanecía inmóvil y contenía el aliento, segura de que la feroz mirada que recorría la colina advertiría el brillo de un ojo oculto tras la hendidura entre dos rocas. La mirada pasó de largo, y Mana se resistió al deseo de suspirar de alivio.

Pese a aquellas pausas, los desconocidos recorrieron el terreno con rapidez. Casi habían llegado al campamento. Cuando todavía estaban a diez y diez pasos de distancia, Tun, Suth, Var y Kern, con los palos de cavar en las manos, surgieron de detrás de unas rocas. Tun dio un paso adelante con la mano izquierda levantada en señal de saludo y el pelo todavía sin encrespar.

Los desconocidos no dudaron. Se les encrespó el pelo al instante. Soltaron un ladrido agudo y atacaron. Los cuatro miembros del Clan reaccionaron gritando y alzando los palos de cavar. Mana vio que Kern, el más cercano a ella, esquivaba un golpe y, después, el resto del Clan salió de sus escondites para pelear contra los forasteros. Los gritos resonaron a lo largo de la colina, salvajes y furiosos. Uno de los desconocidos escapó de la multitud y salió corriendo. Nadie lo vio excepto Mana. La niña se puso en pie, señaló y gritó, pero su voz se apagó en el tumulto. Cuando la lucha terminó, el hombre ya estaba lejos. Mana volvió a gritar. Todos giraron la cabeza. Ella señaló. Net y Tor corrieron tras el hombre, pero éste llevaba mucha ventaja, y pronto se dieron por vencidos. Mana fue con los demás. Vio un cuerpo, no, dos, que yacían en el suelo, ocultos en parte por las piernas de la gente. Alguien estaba sentado en una roca, curándose el brazo herido. Chogi examinaba la cabeza herida de otro. Suth agitó un brazo, señaló hacia el puesto de Ko, que estaba fuera del alcance visual del campamento, e hizo una señal para que volviera. Mana pasó el mensaje y corrió colina abajo.

El brazo herido era el de Tun: una herida profunda, producto del primer ataque. Yova tenía el ojo tan hinchado que no podía abrirlo. Alguien la había golpeado con el extremo del palo de cavar cuando se disponía a atacar. Temblando, Mana miró los cadáveres: eran tres; el tercero yacía en la hondonada que había junto al fuego. Eran los desconocidos. Los dos primeros que Mana había visto estaban tendidos boca abajo; el tercero, lleno de sangre y contusiones, miraba al cielo con los ojos en blanco. A un lado tenía aquello que colgaba del cinturón. No era ninguna calabaza. Era una calavera humana.

Atónita y aterrorizada, Mana se dio la vuelta. Suth estaba a su lado, contemplaba al hombre muerto y aquella cosa horrible que había junto a él. Mana se abrazó a Suth y hundió el rostro en su pecho, mientras él la rodeaba con el brazo.

—Esto es cosa de demonios —murmuró.

LEYENDA

La ira de Roh

Dop peleó con Gul. Gul ganó. Puerco Gordo y Serpiente lo vieron.

Serpiente dijo:

—Mira. Mi hombre, Gul, es el mejor.

Puerco Gordo dijo:

—El sol brillaba en los ojos de Dop.

Serpiente dijo:

—Gul lo hizo. Él fue hábil.

Él rió. Volvió a la Montaña, la Montaña sobre Odutu. Puerco Gordo estaba enfadado. Fue a ver a Dop. Respiró sobre él. Curó sus heridas. Lo llenó de fuerza. Dop siguió durmiendo. Puerco Gordo le envió un sueño. En el sueño le habló. Le dijo: «Dop, mi puerco, Gul te ha deshonrado. Él cogió tu venado dilli. Ahora él se jacta ante su Clan. Él dice: "Yo peleé con Dop. Yo lo vencí. Él fue como la hierba ante mis golpes." Dop, ¿qué dices tú a mi Clan? ¿Qué alarde haces tú?» Dop se despertó. Recordó la pelea con Gul. Miró a su alrededor, y vio que el venado dilli había desaparecido. Fue presa de la ira.

Viajó hasta Sam-Sam, al precipicio de las cuevas. Puerco Gordo acampaba allí. Su jefe era Roh, el padre de Dop. Él era anciano.

Dop se presentó a él, y le dijo:

—Roh, padre mío, me deshonran.

Roh le preguntó:

—Dop, hijo mío, ¿quién te deshonra?

Dop respondió:

—Gul, del Clan de Serpiente, me deshonra. Pasó de esta manera. —Y le habló de la pelea.

Roh fue imprudente. Él no dijo en su corazón: «Mi hijo lucha todo el día con Gul. Yo veo sus heridas. Están curadas. Esto es cosa de los Primeros.» Él no pensó. Fue presa de la ira. Fue de otro modo:

Mira el Río Algunas Veces. Su lecho está vacío. Sólo hay piedras secas. Los ciervos beben en sus charcas. Ahora viene la inundación. Es una colina de agua, que invade el lecho del río. Los ciervos huyen. Ellos son rápidos, pero el agua lo es más. Los arrastra. Los ciervos desaparecen. El río está lleno de agua. Brama.

Así fue la ira de Roh.

Convocó a los hombres de Puerco Gordo. Habló con palabras feroces. Los encolerizó. Preguntó:

—¿Dónde acampa Serpiente?

Ellos respondieron:

—Roh, Serpiente acampa en Colinas de Huevo. Es su Lugar, no el nuestro. Nosotros no vamos allí.

Roh dijo:

—Ahora vosotros vais a Colinas de Huevo. Esperáis a un hombre de Serpiente. Vengáis el deshonor de Dop.

Los hombres de Puerco Gordo pusieron comida en las calabazas. Afilaron los palos de cavar y partieron hacia Colinas de Huevo.

3

Nadie quería permanecer cerca de los hombres muertos, y mucho menos tocarlos. Sin decir más, se alejaron un trecho del campamento, mientras Nar subía a la colina para vigilar y Ko bajaba al pantano en busca de las madres y los niños pequeños.

Todavía abrazada a Suth, Mana escuchó la conversación. De vez en cuando volvía a estremecerse al recordar lo que había visto.

—¿Esto son hombres? —preguntaba Kern—. ¿Son gente? ¿Son demonios?

—Yo digo que ellos son personas —respondió Var—. Su Primero es un demonio.

—Mana ha visto a un hombre —dijo Tun—. Cuatro lo han perseguido. Nosotros matamos a tres. Uno escapa. Ahora, ¿él va y trae a otros?

—Yo digo esto —intervino Chogi—. Noli tiene razón. Halcón Luna se lo indicó. Nosotros estábamos en los antiguos Lugares Buenos. Llegaron desconocidos, por sorpresa. Ellos mataron hombres, secuestraron mujeres. Éstos son como aquéllos.

Mana oyó murmullos de ira; no había que sorprenderse de que el Clan, normalmente pacífico, hubiera peleado con tanta ferocidad.

—Aquéllos tenían palabras —señaló Kern—. ¿Éstos también? Ese hombre..., él huye. Él encuentra a otros..., otros hombres demonio. Les dice: «Sucedió esto.» ¿Cómo lo dice?

—Kern, yo no lo sé —respondió Chogi—. Yo digo que ellos vienen.

—Los otros desconocidos eran muchos, muchos —dijo Var—. Nosotros no pudimos pelear. Estos cuatro llevaban palos puntiagudos. No son palos de cavar, ni varas de pescar. Yo digo que éstos son palos de pelear. Son luchadores, asesinos de personas. Pronto vienen muchos. Nosotros no podemos pelear con ellos.

Por una vez nadie se rió de Var por sus tenebrosos presagios. Lo que decía era muy probable. Los cuatro desconocidos no habían perseguido al hombre herido por venganza, ni por ninguna razón comprensible para el Clan. Lo habían perseguido porque eran asesinos. Las calaveras colgadas de los cinturones lo decían.

—Escuchad —anunció Tun con tono resuelto—. Yo digo esto. Nosotros no nos quedamos aquí. Éste es un lugar del Demonio.

Nadie discutió. Con aquellos hombres muertos en el campamento, ¿cómo podía ser de otra manera?

—Nosotros no dormimos en el pantano —prosiguió Tun—. Aquí hay enfermedad. Nosotros no vamos hacia el norte. Estos hombres vienen desde allí. Es peligroso, peligroso. Vamos al otro lado de la colina, lejos y lejos. Caminamos sobre roca dura. Nuestros pies son cuidadosos. No dejamos rastro.

—Tun —dijo Kern—. En ese lado las cañas están secas, muertas. No hay peces.

—Kern, tú tienes razón —replicó Tun—. Nosotros hacemos senderos en esos cañaverales. Nosotros ocultamos los senderos. Más allá hay agua. Pescamos allí. Todo el tiempo nosotros vigilamos la colina. Estos hombres demonio vienen. Nuestros vigías los ven. Nosotros nos escondemos entre las cañas. Quizá ellos descubren los senderos. Hacemos los senderos estrechos. Los hombres vienen de uno en uno. Nosotros peleamos de uno en uno. Esperamos. Para ellos es peligroso, peligroso. Quizá ellos no entran en los cañaverales. Ellos tienen miedo.

»Escuchad otra vez —prosiguió Tun—. Esto es difícil. Es peligroso. No es bueno. Pero ¿qué otra cosa podemos hacer? Otras cosas son peores.

Discutieron el plan durante un rato. A nadie le gustaba, pero tal como Tun decía, ¿qué otra cosa podía hacerse?

—Yo tengo un mal presentimiento —comentó Var. Una vez más, nadie se rió de él—. Las lluvias se van. Pronto es época del viento del oeste. Esos hombres se detienen en la colina. ¿El viento borra la bruma? ¿Los hombres ven nuestros senderos?

—Suth, ¿qué es esto? —murmuró Mana, confusa e inquieta. Ella no recordaba con claridad ninguna época en que la estación lluviosa fuera algo regular. Suth le explicó al instante que después de las lluvias solía soplar un fuerte viento del oeste. Var sugería que, si sucedía eso, los hombres demonio podrían ver a gran distancia los pantanos y averiguar dónde se ocultaba la Tribu.

Cuando Mana volvió a escuchar, Kern, siempre mucho más optimista que Var, les recordaba que, en cuanto llegaron al promontorio, había explorado una gran extensión a lo largo de la ladera occidental, y que había encontrado poca comida.

—Este hombre huye —decía—. Él encuentra a otros. ¿Cuánto tiempo es esto? ¿Un día, dos? Yo no sé. Él dice: «Hay hombres y mujeres en ese lugar. Venid. Nosotros los cazamos.» Pasa otro día. Ellos traen comida. Ellos vienen. No nos encuentran. Ellos comen su comida. No tienen más. No encuentran comida aquí. ¿Ellos saben pescar? Yo digo que no. Ellos se marchan. Nosotros salimos de los pantanos. Nosotros pescamos. Nosotros vigilamos. No nos escondemos todo el tiempo. Esto es mejor.

Los demás siguieron hablando; parecían un poco más optimistas. Suth le dio a Mana una palmada de consuelo en el hombro.

—Mana, ve a pescar a tu hoyo —le dijo—. ¿De acuerdo?

La niña le cogió la mano; sin embargo, imaginó lo que sería estar agachada en el hoyo, quieta y tensa, a la espera de algún pez, sin saber si alguno de los hombres demonio podía haber pasado desapercibido a los vigías y avanzaba silenciosamente a sus espaldas. Volvió a estremecerse.

Suth se arrodilló, le puso las manos en los hombros y la miró a los ojos.

—¿Tú tienes miedo? —le preguntó con tono afectuoso.

—Ellos son demonios —murmuró la niña.

—Mana, tú eres Halcón Luna —dijo Suth—. Nosotros somos valientes. Somos hábiles. Fuertes. Halcón Luna nos ayuda. Estos hombres no son demonios. Son personas. Ellos dicen en su corazón: «Todos tienen miedo de nosotros. Todos corren al vernos.» Pero Halcón Luna no tiene miedo. Nosotros no corremos. Primero nos escondemos. Hacemos planes. Esperamos. Elegimos el momento adecuado. Vencemos a esos hombres, a esos asesinos de personas. Nosotros, Halcón Luna, hacemos esto. Tú también, Mana. Tú también ayudas.

Mana asintió y se recobró; enderezó los hombros y se puso recta. Tun tenía razón. Iba a ser difícil y peligroso, pero no había otra opción. Y Suth también tenía razón: Halcón

Luna podía lograrlo. Pero no si permitían que el miedo los aturdiera.

En aquel momento las madres subían desde el pantano, acompañadas de los pequeños, con expresión sombría. Ko las había puesto al corriente. En el ascenso a la colina debían de haber tenido discusiones parecidas a las que Mana acababa de oír. Escucharon en silencio mientras Tun explicaba su plan. Sus palabras no significaron nada para la mujer desconocida, por supuesto. Ésta miró a su alrededor, vio a Mana y se le acercó para interrogarla con gruñidos.

Para ahorrarse la explicación a base de gruñidos y señales, Mana la condujo colina arriba, hasta un punto desde el cual podían ver el campamento. La mujer miró, soltó un suspiro de perplejidad, dejó a su hijo en brazos de Mana y salió corriendo, sin aflojar el paso hasta que llegó al lugar. En cuanto recuperó el aliento, se arrodilló junto a los dos cadáveres que yacían boca abajo y les dio la vuelta. Entonces se levantó, extendió ambos brazos al cielo y lanzó un gran grito, como el aullido de una bestia furiosa.

Se inclinó de nuevo y arrastró el cuerpo que había junto al fuego hasta donde estaban los otros dos. A continuación empezó a danzar alrededor de ellos, sola en la colina rocosa, batiendo palmas y cantando con toda la fuerza de que era capaz.

Los demás oyeron el cántico feliz y salvaje, y se acercaron a ver qué podía significar. Durante un rato miraron la danza en silencio.

—Esto es bueno —comentó Tun—. Los demonios no se le acercan. Ellos tienen miedo. Ahora, Tinu, llena el palo de fuego.

Tinu bajó de la colina e hizo lo que Tun le sugirió. Mana se preguntó si la mujer no tendría tanto miedo a los demonios como el resto. Se acercó a Mana cuando ésta hubo llegado. Ya no era la criatura encorvada y desesperada que había sido hasta entonces, sino que caminaba erguida y sonriente.

Subieron hasta el risco por un declive que los llevó más hacia el norte. Hasta los niños más pequeños tenían cuidado de pisar donde no dejaran huellas. Yova y Moru llegaron hasta la cima para vigilar, mientras los demás descendían por el otro lado del promontorio, hacia la costa oeste.

Debajo de ellos se extendía otro brazo del gran cañaveral que habían llegado a conocer tan bien, pero allí las cañas no crecían en agua limpia, sino que nacían en un inmenso banco de lodo. Éste se había secado, y, como consecuencia de ello, grandes extensiones estaban muertas. El aspecto era de gran desorden. Aunque ya había pasado la época de lluvias, incluso donde había cañas vivas, los primeros brotes verdes sólo empezaban a asomar por el matorral pardusco y seco.

Cuando llegaron a la costa era mediodía. Normalmente habrían descansado hasta que pasara el calor, pero la mayoría de los adultos comenzaron inmediatamente la lenta y difícil tarea de abrir un sendero oculto entre las cañas. Suth, sin embargo, dijo:

—Ven, Ko. Ven, Mana. Nosotros buscamos lugares para vigilar. —Y los condujo colina arriba.

De no haber mirado dónde pisaba, Mana quizá no habría visto la pluma. Se inclinó y la sacó de una grieta que había entre dos rocas: era una sola pluma, de un gris oscuro, azulado y opaco. Al ponerla ante la luz del sol, el azul parecía subir a la superficie y resplandecer sobre el color opaco. Mana conocía un solo pájaro que tuviera aquel tipo de plumas.

—¡Suth, mira lo que encuentro! —dijo, y le enseñó la pluma.

Suth se detuvo, la cogió y la hizo brillar a la luz del sol.

—Halcón Luna —murmuró—. Encuentras una señal buena.

Sonriendo, se la devolvió y continuaron subiendo.

En lo alto del risco, Mana miró hacia atrás. Sí, pensó. Var tenía razón. La bruma del pantano era amiga de ellos. Si un enemigo se encontraba donde ella estaba, podría ver con claridad hasta las primeras decenas de pasos del cañaveral y la gente que en ese momento estuviera allí, pero más allá todo se convertía en una vaga bruma oscura. No podía verse ni siquiera un sendero ancho. Pero si soplaba el viento del oeste y limpiaba el aire, al Clan le resultaría mucho más difícil esconderse.

Encontraron a Yova y a Moru ocultas entre las rocas que había a uno y otro lado del risco; desde su puesto en el promontorio ambas tenían una buena visión del norte.

—Esto está bien —dijo Suth—. Ahora Mana y Ko vigilan. Yova y Moru, bajad, cortad ramas. Yo busco una cosa.

Entonces Ko relevó a Moru en el lado este del risco, mientras en el lado oeste se quedaba Mana. Ésta se acomodó y empezó a examinar el territorio que se extendía hacia el norte. La pendiente no era regular, sino que estaba llena de depresiones y elevaciones. Buscó lugares donde los atacantes deberían cruzar algún tipo de risco o estribación, y en los que ella podría descubrirlos debido a su privilegiada posición. Debajo, Suth se movía de un lado a otro, escrutando la colina. Mana no sabía lo que buscaba, hasta que éste alzó con fuerza una piedra plana y fue con ella tambaleándose colina arriba. Cuando llegó hasta donde estaba Mana, jadeaba del esfuerzo.

Se arrodilló y colocó la piedra plana justo encima del puesto de vigía. Entonces Mana advirtió que toda la superficie estaba cubierta de pequeñas manchas brillantes, lo que la hacía más pálida que cualquier otra.

Cuando recuperó el aliento, Suth dijo:

—Un vigía mira desde el sendero que hay junto a las cañas. Ve esta piedra y dice: «No vienen enemigos.» —Dejó la roca en el suelo—. El vigía no ve esta roca. Él dice en su corazón: «La piedra no está: viene un enemigo.» Lo cuenta a los demás. Ellos se esconden. ¿Está bien?

Mana recordó con qué rapidez los hombres demonio habían avanzado en el primer ataque. Los vigías no tendrían tiempo de correr hasta la orilla para avisar a los demás. Podía ser peligroso incluso gritar o hacer gestos con las manos. Pero... Un nuevo temor le encogió el corazón.

—Pero ¿y los vigías, Suth? —murmuró—. ¿Dónde van?

Suth asintió seguro de sí mismo.

—Yo encuentro un sitio —respondió.

Buscó de nuevo por la ladera. Se detuvo varias veces para mirar hacia el norte y se agachó al cruzar terreno abierto. Mana volvió a su tarea de vigilancia, pero mientras escrutaba el terreno no dejaba de pensar: «Esto es peligroso. Siempre hay peligro. Siempre nos movemos como Suth. Nosotros miramos, corremos, nos escondemos. Tenemos miedo.»

Suth no encontró lo que buscaba delante de Mana ni debajo de ella, así que desapareció de su vista por detrás; al cabo de un rato la llamó en voz baja para que se acercara. Mana obedeció, moviéndose como él había hecho, y lo encontró acuclillado junto a una losa de gran tamaño, a poca distancia colina abajo. Suth estaba haciendo algo con unas piedras pequeñas en el extremo inferior. Cuando Mana se arrodilló a su lado, él levantó una de las piedras y le enseñó una abertura estrecha que había debajo de la losa.

—Yo soy grande —le dijo—. ¿Tú cabes bajo esta roca? Toma mi palo de cavar. Busca escorpiones.

Mana metió con precaución la cabeza y los hombros en la abertura y pinchó con el palo de cavar. Cuando sus ojos se hubieron acostumbrado a la oscuridad, vio que más allá el espacio se ensanchaba lo suficiente para darse la vuelta hasta ver la luz del día.

—Bien —dijo Suth—. Mira. Coge esto.

Le dio una piedra y tapó la abertura con el resto, dejando un hueco estrecho. Luego quitó las piedras y, para que practicara, le dijo a Mana que sacara la mano y las arrastrara a su sitio antes de colocar en el hueco final la que él le había dado. Después llamó a Ko y comprobó si había sitio para él junto a Mana. Lo había, aunque Ko tuvo que entrar con los pies por delante y apretar el pecho contra las paredes de la abertura. Cuando Suth estuvo satisfecho los dejó salir.

—Suth —dijo Ko—. Este lugar es pequeño. ¿Yova entra aquí? ¿Moru?

—Ko, ellas no —respondió Suth—. Pocos pueden vigilar. Tinu y Shuja..., ellas son pequeñas. Tú, Ko, y Mana. Eso es todo. Ahora, Ko, vuelve a tu puesto. Yo traigo a Tinu y Shuja. Les enseño. Mana, espera.

Así que Mana permaneció en cuclillas junto a Suth, en la colina abrasadora, hasta que Ko se hubo alejado. Entonces él la miró a los ojos y le preguntó:

—Mana, ¿tú haces esto? ¿No tienes miedo?

Mana tragó saliva. La abertura bajo la roca parecía la boca de una madriguera. Muchas veces Mana había sacado de sus madrigueras a animales pequeños, después de escuchar los aterrorizados chillidos a medida que se acercaba al nido. En la nueva situación, serían ella y Ko quienes estarían en la madriguera. Mana supuso que Suth había adivinado sus pensamientos, pues de lo contrario no le habría hecho la pregunta. Se miró la mano y se dio cuenta de que todavía tenía en ella la pluma de Halcón Luna.

—Sí, Suth, yo hago esto —respondió.

La niña miró a Suth mientras éste se levantaba y, con la planta del pie, borraba cualquier huella delatora que las piedras pudieran haber dejado al arrastrarlas. Después Mana volvió a su puesto y él descendió al pantano.

Por primera vez desde que Mana tenía memoria, no acamparon por la noche. No hubo hoguera alegre. Despejaron un círculo en el extremo opuesto del sendero que habían abierto. Cubrieron el suelo de barro, hicieron allí un fuego, amontonaron más barro en los lados y dejaron dos aberturas pequeñas arriba y abajo, para que quedaran brasas calientes por la mañana y poder encender así una nueva hoguera. De ese modo resultaba invisible desde la costa, y no había peligro de que ninguna chispa prendiera el gran cañaveral, del que dependía su seguridad.

Éste se había convertido en su hogar. La colina era sólo un lugar donde podían dormir, lejos de la enfermedad nocturna del pantano. A partir de entonces, cada tarde elegían un sitio nuevo en la colina, tratando de no dejar huellas de su presencia en el lugar anterior. Cualquier persona lo bastante mayor para controlarse debía defecar y orinar entre las cañas, y las madres debían limpiar a sus hijos lo mejor posible.

Se estaban instalando entre las rocas poco familiares cuando Mana oyó que alguien decía:

—Callad. Escuchad.

Contuvo el aliento. ¿El que habló habría oído una pisada, o el crujido de una piedra, mientras los desconocidos, invisibles, avanzaban hacia ellos?

No. Desde el norte y a lo largo del promontorio, oyeron un chillido áspero y fuerte que se repitió tres veces: *yeek-yeek-yeek*; luego una pausa y otra vez el chillido, y otra vez: era el grito de un halcón que abandonaba el nido por la noche para cazar entre las rocas a los animales tímidos y escurridizos que sólo salían de las madrigueras en la oscuridad.

—Ella está aquí —murmuró alguien—. Está con nosotros. Éste es un lugar de Halcón Luna.

Mana supo que no era la única en sentirse aliviada.

LEYENDA

El Juramento de Guerra

Los hombres de Serpiente dijeron:
—Hoy nosotros cazamos.
Jad estaba entre ellos. Su compañera era Meena, de Pequeño Murciélago. Estaban recién emparejados. Eran felices, felices. Todos se daban cuenta de su amor. Era de esta clase: Contemplad a este hombre. Él dice en su corazón: «Ahora yo hago un cortador.» Él elige una piedra buena. La golpea así y así. Los golpes son certeros. Las astillas vuelan de la piedra. El borde es afilado, fuerte, una curva limpia. Él tiene el cortador en la palma de la mano. Sus dedos se cierran sobre él. Cortador y mano son una sola cosa. Él está contento, contento.
Así era el amor de Jad por Meena, y de Meena por Jad.
Meena dijo:
—Jad, ¿yo voy contigo?, ¿te veo cazar?
Jad preguntó a los hombres. Ellos se echaron a reír, y respondieron:
—Dejad que venga.
Los cazadores llegaron a los pastos de los ciervos, y se separaron. Jad dijo a Meena:
—Tú vienes detrás de mí, a diez pasos. Que no te vean.
Los hombres de Puerco Gordo esperaban. Mott estaba entre ellos. Había ira en su corazón. Jad se acercó. Mott no avisó: saltó sobre Jad, lo golpeó con el palo de cavar, en el cuello. Jad cayó. Se derramó sangre. Mott alzó el palo de cavar para dar otro golpe.
Meena lo vio. Ella corrió entre los hombres. Mott no vio, no pensó, era presa de la ira. Volvió a golpear. Su palo de cavar era puntiagudo y pesado. Golpeó a Meena entre los pe-

chos. Le atravesó las costillas. Se hincó en su corazón. Meena cayó sobre el cuerpo de Jad. Ambos estaban muertos.

La ira abandonó a Mott. Miró el cuerpo de Jad y el de Meena. No se alegró. Dijo en su corazón: «Yo hago esto. Soy malo, malo.» Arrastró los cadáveres al pie de los arbustos. Huyó del lugar.

Los hombres de Puerco Gordo lo vieron. Dijeron:

—Mott se va. Nosotros nos vamos también.

Así que se marcharon.

Los hombres de Serpiente se alegraron. Dijeron:

—Puerco Gordo es débil. Ellos son cobardes. Nosotros somos valientes y fuertes. Pero ¿dónde está Jad? ¿Dónde está Meena?

Buscaron y encontraron los cuerpos de Jad y de Meena. Se enfurecieron.

Ziul era el hermano de Jad. Él dijo:

—Puerco Gordo hace esto. Ahora nosotros, Serpiente, nos vengamos. Venid.

Persiguieron a los hombres de Puerco Gordo. Llegaron a Sam-Sam, al precipicio de las cuevas. Los hombres de Puerco Gordo se enfrentaron a ellos. Otra vez pelearon. Los hombres de Serpiente pelearon mejor. Asestaron golpes feroces. Mataron a dos. Los hombres de Puerco Gordo huyeron.

Los hombres de Serpiente se alegraron. Dijeron:

—Nosotros vengamos a Jad.

Pero Ziul dijo:

—No es suficiente. Nosotros no vengamos a Meena.

Entraron en las cuevas. Encontraron a Dilu, la compañera de Tong. Ella se ocultaba allí. Era de Madre Hormiga. Ziul la golpeó, y ella murió.

Ziul regresó con los hombres de Serpiente, y dijo:

—Alegrémonos. Yo vengo a Meena.

Los hombres de Serpiente no respondieron. Había vergüenza en su corazón. Volvieron a su casa.

Los hombres de Puerco Gordo dijeron:

—Nosotros vengamos a Dilu. Pero los hombres de Serpiente son fuertes, fuertes. Necesitamos amigos.

Enviaron emisarios a Madre Hormiga, a Tejedor y a Loro.

A Madre Hormiga le dijeron:

—Nos vengamos de Serpiente por la muerte de Dilu, que es hija vuestra.

A Tejedor le dijeron:

—Sam-Sam es vuestro Lugar. Allí Serpiente ha matado a Dilu, una mujer. Habéis sido deshonrados.

A Loro le dijeron:

—Vosotros peleasteis con Halcón Luna en tiempo de nuestros padres. Nosotros os ayudamos. Ahora vosotros nos ayudáis a nosotros.

Los hombres de Serpiente dijeron:

—Puerco Gordo ha ido en busca de sus amigos. Ellos se vengan de Dilu. Nosotros también buscamos aliados, en Pequeño Murciélago, en Cocodrilo y en Halcón Luna.

A Pequeño Murciélago le dijeron:

—Puerco Gordo ha matado a Meena, que era hija vuestra. Nosotros la vengamos.

A Cocodrilo le dijeron:

—Madre Hormiga pelea contra nosotros. Manantial Amarillo es su Lugar. Vosotros lo queréis. Ahora vosotros nos ayudáis. Nosotros los vencemos. Vosotros os quedáis Manantial Amarillo. Es vuestro.

A Halcón Luna le dijeron:

—Loro pelea contra nosotros. Vosotros tenéis deudas de sangre. Vosotros nos ayudáis. Nosotros os ayudamos.

Los Clanes hablaron entre sí. Algunos hombres no querían pelear. Decían:

—Mott hizo esto, y Ziul lo otro. Dejemos que Serpiente coja a Mott. Ellos lo matan. Dejemos que Puerco Gordo coja a Ziul. Ellos lo matan. Así termina la guerra.

Los hombres que hablaban así eran pocos.

Otros decían:

—Nosotros luchamos. Vamos a Odutu. Hacemos el Juramento de Guerra.

Estos hombres eran muchos.

Todos se reunieron en Odutu. Primero llegaron Serpiente y Puerco Gordo. Posaron sus manos sobre la piedra. Hicieron el Juramento de Guerra. Los demás observaron. Dijeron:

—Mañana nosotros también juramos. Es la guerra.

4

Durante diez largos días y dos más no vieron señales de los asesinos desconocidos. Había dos atalayas, a uno y otro lado del risco, cada una con su propia piedra para avisar. Una mañana tras otra, Mana escrutaba desde una de ellas la colina, que ya le era familiar, en busca del más leve movimiento. Siempre ponía la máxima atención. Sabía que el enemigo volvería, y que si no lo avistaban enseguida, no habría tiempo para que todos se ocultaran; entonces, habría lucha, una carnicería. Por muy valientes que fueran los miembros del Clan, si el número de hombres demonio era excesivo, Halcón Luna y todos los demás Clanes desaparecerían para siempre. Los atacantes matarían a todos los hombres: a Tun, a Suth, a Tor, a Ko y a los demás, incluso al pequeño Ogad, mientras las mujeres y las niñas, Yova y Noli, Bodu, Tinu, Mana, todas, serían raptadas para ser compañeras de aquellos hombres demonio y tener hijos demonio.

Quizá Halcón Luna enviara una advertencia, como había hecho antes. Quizá no. Con los Primeros nunca se podía estar seguro.

Mana siguió mirando sin descanso; Ko, al otro lado del risco, hacía lo mismo. Se intercambiaban el puesto a cada rato, para no aburrirse de contemplar siempre la misma parte de la colina. Estaban solos.

Si Mana estaba en el flanco oeste y miraba hacia el pantano, no veía señal alguna de sus amigos. Pero ella sabía que estaban allí, abriendo el sendero principal a través del banco de lodo, o senderos laterales y callejones sin salida para confundir a cualquiera que no conociera el camino. Por allí también ardía el valioso fuego, aunque Mana no apreciaba ningún rastro de él a través de la bruma, ni olía el humo.

Si estaba en el otro flanco y miraba hacia abajo, divisaba algunas personas que recolectaban a lo largo de la orilla, o que quizá iban o volvían por alguno de los senderos que conducía a un hoyo de pesca. Si sufrían el ataque mientras se encontraban allí, no tendrían tiempo de subir al risco y alcanzar el escondite principal. Por ello habían abierto en aquel lugar otro sendero, cuya entrada también estaba oculta y que disponía de su propio laberinto de trampas y desviaciones laterales. Si el peligro acechaba, podían ocultarse allí. Por lo menos dos de los hombres estaban siempre presentes para defender el sendero si era necesario.

Como todo lo demás, era peligroso, pero tenían que arriesgarse, pues en la orilla oeste había muy poca comida, y el sendero principal todavía no había alcanzado el extremo opuesto del gran banco de lodo hasta una zona de agua donde se pudiera pescar.

A mediodía, Tinu y Shuja subían sigilosamente desde el pantano occidental a relevarlos; Mana y Ko descendían de la colina, vigilando cada paso que daban. A esa hora, Mana sentía pinchazos en la cabeza y los ojos le dolían de tanto mirar la pendiente llena de rocas, iluminada por el sol abrasador.

Había alguien abajo, en la orilla, a la espera del momento en que la roca pálida que había junto a la atalaya desapareciera, lo que sería la señal de que se acercaba el enemigo. Ko y Mana saludaban al vigía y, después, en un punto concreto en mitad del gran cañaveral que recorría la costa, levantaban una masa rota de tallos y se metían en el hueco que quedaba debajo de éstos; y a continuación avanzaban a rastras varios pasos más a lo largo de un túnel tortuoso hasta alcanzar el sendero. Había tres entradas como aquélla, para que todos los que estuvieran en campo abierto pudieran ocultarse con rapidez.

El sendero serpenteaba para que fuera más difícil de ver desde la colina. En el primer trecho, Ko y Mana se detenían dos veces y, en lugar de seguir en línea recta, pues aquéllos eran callejones sin salida, avanzaban entre tallos de caña hasta donde el verdadero sendero continuaba más allá.

El tercer día, justo después del segundo de aquellos trechos, se encontraron con Net y Var, que estaban trabajando en medio del calor sofocante; sudaban a chorros. Habían quitado del suelo del sendero las cañas cortadas y las utilizaban como palos de cavar para ablandar el barro que había debajo.

—Var, ¿qué haces? —preguntó Ko.

—Hacemos una trampa —respondió Var—. Ha sido idea de Tinu. Mira, ablandamos el barro... —Pisó la zona donde había estado trabajando. La pierna empezó a hundirse inmediatamente—. Nosotros terminamos —prosiguió—. Ponemos las cañas otra vez. Caminamos sobre ellas. No hay peligro. Pero los hombres demonio vienen. Ellos encuentran nuestro sendero. Nosotros corremos. Cruzamos por aquí. Nos llevamos las cañas. Esperamos en este lado. Los hombres demonio llegan. Ellos caminan en el barro. Se hunden. Nosotros peleamos con palos de cavar. Ellos están en el barro. Esto es bueno para nosotros.

Los hombres reanudaron la tarea, y Ko y Mana continuaron el camino.

El sendero ya llegaba hasta lo que antaño había sido una isla, en la que crecían árboles y arbustos. La mayor parte de éstos habían muerto durante la sequía, de modo que había combustible para el fuego; y también era un sitio más seguro para encender las hogueras sin peligro de incendiar el vasto cañaveral.

Aquél era su refugio de día. Cuando los niños llegaban, la mayoría de los otros ya estaban reunidos para el descanso y la comida del mediodía; pero en cuanto terminaban de comer, todos volvían al trabajo. Mana ayudaba en todo lo que hacía falta: recoger leña, preparar comida, colocar y asegurar cañas en los senderos, buscar nidos de pájaros o coger insectos como cebo para pescar. Cuando el sol se ponía en el horizonte, todos, a excepción de los vigías, volvían a reunirse en la isla para la cena.

Los primeros días ésta fue escasa, ya que la mayoría vigilaba o trabajaba con ahínco para que el escondite fuera seguro, o para alargar el sendero hasta el otro extremo del banco de barro, donde pudieran pescar a salvo. Por ello, sólo algunos podían pescar entre las cañas del este y buscar comida a lo largo de esa costa. De todas formas, comían lo que tenían y se alegraban de ello.

Cuando caía la noche, con la misma cautela de siempre, volvían a la orilla y subían al lugar que Tun había elegido para que pasaran la noche. Al principio, Mana temía esos momentos, y sabía que no era la única en sentirse así. La luna apenas brillaba, y las noches eran muy oscuras. La oscuridad pertenecía a los demonios. Todo el mundo lo sabía. Por eso, por más calurosa que fuera la época, y hubiera o no comida para cocinar, cuando el Clan acampaba en un lugar nuevo lo primero que hacía era encender una hoguera para poder dormir ante el acogedor resplandor, sabiendo que los demonios temían acercarse.

Pero en la nueva situación no podían encender fuego, pues por la noche la llama era visible desde lejos, y en el nuevo día las cenizas revelarían el lugar de la colina en que habían estado. Estaban obligados a dormir en la oscuridad; de vez en cuando Mana se despertaba, tensa de terror, y oía gimotear a un niño o suspirar a un adulto; así, sabía que había alguien más despierto, y que tenía tanto miedo como ella.

En la parte norte del promontorio, oía el grito de uno de los halcones. Era una pareja de halcones comunes; cazaban por turnos. El que se quedaba alimentaba a los pichones con las presas recién atrapadas. Al oír el chillido, Mana percibía que Halcón Luna volaba cerca de ella en la oscuridad, lista para advertirles, dispuesta a proteger a los últimos de su Clan. Entonces, Mana dominaba el miedo y volvía a dormirse.

El laberinto de senderos y trampas estaba casi terminado. La luna había crecido hasta la mitad, y todavía no había señales de los hombres demonio. Mana oyó que los adultos discutían sobre si aquéllos regresarían. Var, naturalmente, estaba seguro de que sí, y Kern creía que no con la misma seguridad. Las opiniones de los demás estaban repartidas.

—Escuchad —dijo finalmente Tun—. Vienen, no vienen; no sabemos. Pero nuestro corazón nos dice: «Ellos vienen.» Mejor así. Cada día nosotros somos cautelosos, cautelosos. La luna crece. Se vuelve pequeña otra vez. Entonces nosotros decidimos. Yo, Tun, digo esto.

De modo que no relajaron la vigilancia; siguieron con sus tareas como si pudiera producirse un ataque ese mismo día. Aunque habían llegado hasta el extremo opuesto del banco de barro, la pesca resultó allí frustrante, así que varios volvieron a los antiguos hoyos de pesca en el lado este. Cuando no tuvo nada más que hacer en el refugio de la isla, Mana le pidió permiso a Suth para ir de pesca con ellos cuando terminara su turno como vigía.

La primera tarde no pescó nada, pero la segunda atrapó dos bonitos peces pequeños. La tercera, los pececillos habían encontrado el cebo y empezaron a comer mientras Mana esperaba nerviosa que apareciera algo más grande; entonces oyó desde la orilla el canto de un pájaro pequeño de color pardusco.

Mana dejó el palo de pescar y, conteniendo el aliento, esperó. El pájaro era común en los nuevos Lugares Buenos al sur del pantano, pero nadie lo había visto en aquella nueva zona. Por ello habían elegido su gorjeo. El pájaro volvió a trinar, pero esa vez, al escuchar con atención, reparó en que no era un pájaro de verdad. Kern, de guardia a la entrada del sendero oculto, había advertido que desaparecía la piedra señal del mirador este, y había avisado del peligro. El vigía que había allí arriba había visto a alguien o algo que se acercaba desde el norte.

Mana suspiró y se levantó; el corazón le latía con violencia. No podía quedarse donde estaba. La entrada era visible desde la orilla. Cogió la calabaza y el palo de pescar, verificó rápidamente que no quedara ningún otro vestigio de su presencia y bajó corriendo el corto camino. Se agachó y anduvo a lo largo de la orilla hasta el lugar donde Kern esperaba.

—Bien —dijo éste—. Pronto viene Moru. Entonces todos nos metemos dentro.

Kern levantó un montón de cañas y la niña se metió en el hoyo. Igual que en el otro lado, antes del comienzo del sendero había un túnel, y un poco más allá una trampa como la que había visto hacer a Var y a Net. Allí estaba Tun, y la mujer desconocida con su hijo sujeto a la cadera. Noli les había puesto nombres: Ridi y Ovoth. En cuanto Ridi se había dado cuenta de que Tun era el jefe, se había pegado a él y lo seguía a todas partes.

Mana había cruzado la trampa y se disponía a seguir corriendo cuando Tun dijo:

—Espera. Mi brazo no está bien. Coge cañas de la trampa. No todas. Sólo algunas. Pronto vienen Moru y Kern. Entonces quítalas todas, rápido, rápido. Enséñaselo a Ridi. ¿Por qué no viene Moru?

Mana nunca lo había visto tan nervioso. Dejó la calabaza y la vara de pescar en el sendero y le hizo una señal a Ridi para que dejara en el suelo a Ovoth. Mientras Tun montaba guardia al otro lado de la trampa, ella juntó una brazada de cañas sueltas, se las pasó a Ridi y le indicó que las llevara al sendero.

Las cañas estaban colocadas en varias capas. Debajo había agua clara. Mana quitó dos capas y probó las que quedaban, caminando sobre ellas. Notó que temblaban bajo sus pies.

—Tun, ¿coges suficientes? —consultó.

Tun miró hacia atrás.

—Coge de este lado —dijo—. Deja éstas.

Mana obedeció, ya estaba a punto de volver a preguntarle cuando oyó gritos de hombres enfurecidos, procedentes de la entrada al sendero; un momento después Moru llegó corriendo hasta ellos.

Tun se hizo a un lado para dejarla pasar. Mana le gritó que al cruzar la trampa se pusiera a la derecha, pero Moru no la oyó y pisó en la parte más blanda. Se le hundió el pie y empezó a caer, pero Mana la cogió del brazo y tiró de ella.

Antes de que Mana pudiera levantarse, apareció un hombre demonio en un recodo del sendero, y otro detrás. El primero vio a Tun, alzó el palo de lucha y corrió hacia él gritando.

—¡Atrás! —chilló Tun.

Mana se dio la vuelta para salir corriendo. Ridi, que se había agachado para coger a Ovoth, obstruía el camino. La niña miró hacia atrás y vio que Tun había retrocedido hasta llegar cerca de la trampa y estaba quieto con el pelo encrespado y el palo de cavar listo para atacar.

El hombre corrió y se abalanzó sobre Tun. Pisó con fuerza la trampa y el pie empezó a hundirse, el hombre trastabilló. Con el impulso, la estocada destinada a Tun rozó el muslo de éste y casi golpeó a Mana, que estaba detrás de él. Ridi se inclinó, cogió el extremo del palo de lucha con la mano libre y tiró de él con fuerza, justo cuando el golpe de Tun daba de lleno en la espalda del hombre.

Éste gritó y se desplomó, pero en la caída extendió la mano y cogió el tobillo de Tun, que ya retrocedía para asestar otro golpe. De repente perdió el equilibrio y cayó encima de Mana. Ésta trataba de levantarse cuando el segundo hombre arremetió contra ellos.

Ridi era la única que todavía estaba en pie. El primer hombre había soltado el palo al caer, y ella seguía sujetándolo. El segundo hombre hizo una pausa para calcular el salto hasta el otro lado de la trampa. En ese instante, Ridi logró darle la vuelta a la lanza, y cuando el hombre saltó, ella gritó y corrió a su encuentro, atacando con las dos manos, con todas sus fuerzas. El hombre no parecía verla. Estaba concentrado en Tun. En mitad del salto, la punta afilada de la lanza se le hundió en el estómago, justo debajo de las costillas.

Ridi cayó hacia atrás por la violencia del choque; pero Mana ya estaba de pie. Tun todavía yacía en el suelo; trataba de soltarse de la mano del primer hombre, agarrada a su tobillo. Había soltado el palo de cavar. El brazo izquierdo, herido en la pelea anterior, resultaba casi inútil. Mana vio el palo a sus pies, lo cogió, avanzó un paso y con él golpeó la cabeza del primer asaltante, que emitió un profundo gruñido y soltó el tobillo de Tun. Mientras éste se levantaba, Mana golpeó al hombre demonio dos veces más, para asegurarse. El último golpe fue diferente. Algo cedió por el impacto. El hombre cayó de bruces en el agua y no volvió a moverse.

El segundo hombre se estaba poniendo de rodillas en el borde de la trampa donde Mana había dejado las capas de cañas de repuesto. Todavía tenía la lanza clavada en el estómago, y los labios, tensos como en una sonrisa, dejaban todos los dientes al descubierto. Se arrancó el palo e intentó levantarse; la sangre manaba del vientre a borbotones. Tun le quitó el palo de cavar a Mana, apuntó y asestó al hombre demonio un golpe feroz en el cuello, por encima de la clavícula. Con la misma sonrisa, el asaltante cayó de lado encima de su compañero.

Se quedaron quietos, uno junto al otro, jadeantes, con los hombres muertos a sus pies.

—Mana, yo te doy las gracias. Ridi, yo te doy las gracias —dijo Tun—. Temo por Kern. ¿Dónde está?

Mientras Tun vigilaba el sendero, Mana y Ridi volvieron a arreglar las cañas sobre la trampa, de tal modo que ocultaran el agua que había debajo, pero sin poder soportar ningún peso. Esperaron un rato más, pero no apareció nadie, ni amigo ni enemigo.

—Ve, Mana —dijo Tun—. Busca a los demás. Cuéntales lo que hacemos. Diles: «Venid. Haced fuerte esta trampa.» Yo busco a Kern.

Mana se fue corriendo. Se encontró con Yova, Moru, Rana y Galo, que esperaban impacientes justo después del primer punto donde un camino falso seguía adelante, y el verdadero sendero estaba disimulado por una cortina de cañas. Era evidente que Moru estaba muy angustiada, y que las demás trataban de consolarla.

—¿Kern no viene? —preguntó desesperada.

Mana negó con la cabeza.

—Es culpa mía —dijo Moru, que lloraba apenada—. Yo no oí el canto del pájaro. Kern vino. Él me vio. Nosotros corrimos. Los hombres demonio nos vieron. Ellos eran cinco. Ellos descubrieron el sendero. Kern dijo: «Corre, Moru. Yo peleo.» Yo corro. Ah, Yova, Kern está muerto.

Era verdad. Cuando volvieron a la trampa, allí estaba Tun, muy triste. Había ido hasta el final del sendero, donde vio sangre en las cañas pisoteadas junto a la entrada. La piedra señal no estaba en su sitio junto a la atalaya, así que todavía debía de haber hombres demonio merodeando. No se podía hacer nada salvo dejar la trampa como estaba y esperar.

Hacia el atardecer apareció la piedra señal, y por fin salieron. Encontraron el cadáver de Kern a cierta distancia, colina arriba. Supieron que era él por el color de la piel, pues le faltaba la cabeza.

Tun contempló el cuerpo con tristeza, sin decir nada. Los demás esperaron. Mana empezó a sollozar sin poder contenerse. Rana se arrodilló y la abrazó. Oía la voz de Moru, también entre gemidos, que se culpaba una y otra vez, y la de las demás mujeres que trataban de consolarla, aunque también éstas lloraban.

Por fin Tun dijo:

—Nosotros no lo dejamos aquí. —Así que alzaron el cuerpo maltrecho: dos lo cogieron de los hombros, dos de los muslos. Mana sujetó los pies que colgaban, y Tun los guió hasta el montón de piedras que habían puesto sobre el hombre desconocido. Depositaron el cadáver junto al montículo y amontonaron más pedruscos encima.

Fue una tarea agotadora; no obstante, Mana sintió que por lo menos ella estaba haciendo todo lo que podía por Kern, y aquello parecía aliviar su pena. Antes de que hubieran terminado, llegaron algunos desde el lado oeste del pantano. Habían visto reaparecer la piedra señal; por tanto, sabían que había pasado el peligro y se acercaban a ver qué había sucedido.

Casi al anochecer cruzaron el risco y se encontraron con el resto del Clan ya reunido en la colina. Habían llevado comida, pero Mana no pudo probar bocado. Alguien ya se había ocupado de bajar hasta el pantano con las noticias, de modo que, en lugar de acomodarse para dormir, hablaron de lo ocurrido.

La media luna estaba ascendiendo, pero todavía no había llegado a la parte superior del risco, por lo que la colina estaba sumida en una profunda oscuridad. En aquel preciso instante, estando todos sentados, sin poder verse los rostros aunque sí escuchar las voces familiares y preocupadas, Mana empezó a sentir algo en su interior que hasta ese momento no había experimentado.

En medio del terror del ataque repentino, aquél era el único sentimiento que había tenido: terror, un sentimiento de terror que casi la había enloquecido, que la obligó a correr y a luchar. Después, el inmenso alivio de la victoria; a continuación, la larga angustia por no saber qué le había ocurrido a Kern, y el horror y la pena al saber la respuesta.

Pero en ese momento, sentada y contemplando abstraída las imprecisas extensiones del pantano iluminado por la luna, la asaltó una idea diferente.

«He matado.»

Sí. Los atacantes eran hombres demonio, pero no por eso eran menos personas. Mana no se arrepentía de lo que había hecho. De lo contrario, quizá Tun ahora estaría muerto, y también el pequeño Ovoth, y ella, Ridi, Yova y las demás mujeres habrían sido llevadas al norte por sus captores salvajes. Se había visto obligada a matar al hombre. De eso estaba segura.

Sin embargo, todo había cambiado; Mana no volvería a ser la misma.

Ella había matado.

Por fin la luna cruzó el risco y, de repente, toda la colina quedó bañada por su pálida luz, interrumpida por las densas sombras negras de las rocas. Tun se levantó.

—Escuchad —dijo—. Nosotros no hacemos la danza de la muerte por Kern. Los hombres demonio se han llevado su cabeza. Se han llevado su espíritu. Él no está aquí. Repito: no hacemos la danza de la muerte por Kern. Nosotros hacemos esto. Venid.

Los guió hasta una roca grande. Esperó a que el resto se agrupara alrededor; luego extendió la mano oscura y la posó en la piedra.

—Esta roca es Odutu —dijo en voz baja y clara—. Odutu bajo la Montaña. En Odutu yo digo esto: estos hombres han matado a Kern. Él es Halcón Luna. Ellos se han llevado su cabeza. Por esto yo los mato, a todos, a todos. Ninguno vive. Yo, Tun, hago esto. En Odutu yo digo estas palabras.

Uno tras otro, todos los adultos, tanto hombres como mujeres, se acercaron a la roca, posaron la mano e hicieron el mismo juramento. Moru apenas pudo hablar; no fue la única.

Cuando todo terminó, a través de la quietud de la noche, se oyó el triple reclamo de un halcón cazador.

LEYENDA

El despertar de Antílope Negro

Antílope Negro dormía. Tenía buenos sueños. De repente, algo lo despertó, algo parecido a esto:

Mirad a este hombre. Él duerme junto al fuego. Cae un tronco. Saltan las chispas. Una cae en el brazo del hombre. El dolor es agudo, agudo. Él se despierta y grita: «¡Ay!»

Así fue el despertar de Antílope Negro.

Él dijo en su corazón: «Los hombres van a Odutu, Odutu bajo la Montaña. Ellos posan su mano en la Roca. Ellos hacen el Juramento de Guerra.»

Él miró desde lo alto de la Montaña. Vio la roca Odutu. Vio los Clanes reunidos alrededor. Resopló por la nariz. Su aliento fue una espesa niebla.

Los hombres se durmieron. Al despertar, estaban en medio de una espesa niebla. No veían nada. Buscaron la roca Odutu. No la encontraron.

Antílope Negro convocó a los Primeros. Dijo:

—Los Clanes hacen el Juramento de Guerra. ¿Por qué? Habla, Halcón Luna.

Halcón Luna respondió:

—Loro pelea contra Serpiente. Mi Clan tiene deudas de sangre con Loro.

Antílope Negro preguntó:

—Loro, ¿por qué tu Clan pelea contra Serpiente?

Loro respondió:

—Mi Clan tiene deudas con Puerco Gordo. Cuando peleó contra Halcón Luna, Puerco Gordo la ayudó.

Entonces Cocodrilo explicó sus razones; también Loro, Madre Hormiga y Pequeño Murciélago.

Antílope Negro miró a Serpiente. Dijo:

—Tu hombre Ziul mató a una mujer. ¿Por qué?

Serpiente respondió:

—Él quiso vengar la muerte de Meena. El hombre de Puerco Gordo, Mott, la mató.

Puerco Gordo dijo:

—Mott era presa de la ira, la ira de un héroe. No vio que era mujer.

Antílope Negro dijo:

—¿Por qué era presa de la ira?

Puerco Gordo respondió:

—Mi hombre Dop cazaba. El hombre de Serpiente, Gul, cazaba. Sólo había un venado dilli. Cada hombre decía que el venado era suyo. Ellos pelearon. Gul ganó haciendo trampa. Mi hombre Dop fue deshonrado. Mi Clan fue deshonrado.

Tejedor dijo:

—Ahora yo recuerdo. Serpiente y Puerco Gordo bebieron piedra hierba. Ellos gritaban mucho. Cada uno decía que su hombre era el mejor. Los hombres eran Dop y Gul.

Antílope Negro preguntó:

—¿Esto es el origen de todo?

Puerco Gordo y Serpiente se avergonzaron. Ocultaron la cabeza. Antílope Negro habló a los otros Primeros. Dijo:

—Vosotros seis, id ahora a vuestros Clanes. Que no hagan el Juramento de Guerra. Habladles al corazón. Decidles: «Esto es una locura.» Enviadlos de nuevo a sus Lugares.

Los seis Primeros bajaron de la Montaña. Hablaron al corazón de sus Clanes. Así fue.

Antílope Negro habló luego con Serpiente y con Puerco Gordo. Dijo:

—Esta locura es vuestra locura. Vosotros rectificáis.

Ellos respondieron:

—Nosotros vamos a nuestros Clanes. Nosotros les decimos: «Retiramos el Juramento de Guerra.»

Antílope Negro dijo:

—Eso no es suficiente. En Odutu ellos han jurado, en Odutu bajo la Montaña. ¿Cómo retiran el juramento? Tienen que hacerlo de corazón, no porque vosotros lo digáis. Os conozco a los dos. Vosotros decís en vuestros pensamientos: «Yo engaño a Antílope Negro. Mi Clan es mío. Yo deseo algo, ellos lo hacen.» Así que ahora yo os hago esto a vosotros.

Acercó la nariz a la de ellos, e inspiró. Les quitó todos sus poderes. Puerco Gordo dejó de ser Puerco Gordo. Se convirtió en un puerco de los cañaverales. Era gordo.

Serpiente dejó de ser Serpiente. Se convirtió en una serpiente de árbol, verde y negra. Era larga.

Ellos protestaron:

—Nuestros poderes han desaparecido. Nuestros Clanes no escuchan nuestras palabras. Nosotros no podemos hablarles.

Antílope Negro respondió:

—Yo os concedo esto. Id a vuestros Clanes. Una persona os ve primero. Esa persona escucha vuestras palabras, sólo esa persona. Ahora, id.

5

Se despertaron con la primera luz del día. Mientras escrutaban la colina en busca de vestigios de su presencia, Mana oía un tono diferente en sus voces. Ira y temor. Notaba la diferencia en ella misma. El propio miedo era otra cosa, como un gusto distinto en la boca, no suave y ácido como antes, sino más fuerte y rotundo. El gusto de algo de lo que podía alimentarse, que podía utilizar.

Aquella mañana, más tarde, agazapada en su mirador, pensó en ello y llegó a la conclusión de que habría preferido recuperar el antiguo miedo. Naturalmente, si hacía falta volvería a pelear con tanta ferocidad como cualquiera de los adultos que habían hecho el juramento. Si tenía la oportunidad de matar a otro hombre demonio, no la desaprovecharía. Era horrible, pero no tenía alternativa. ¿Por qué iba a librarse del horror ella sola?

El día anterior era una Mana diferente, alguien que nunca había matado gente. Pese al miedo, aquella Mana era más feliz.

Ella y Ko vigilaron toda la mañana, pero no avistaron señales de peligro. Ya no había forma de pescar en el pantano del este, pues el sendero ya no estaba oculto y los espíritus de los hombres muertos podían atraer demonios que acecharan entre las cañas. Así que descendieron al otro lado, hacia la isla, y en el descanso del mediodía comieron sobras. Entonces llegó Suth con la buena noticia de que el sendero ya había alcanzado una nueva zona de agua donde la pesca era mejor, y ya se habían abierto varios hoyos. Después de comer fueron a comprobarlo, y se les permitió pescar un rato en uno de ellos. Se turnaron: Mana no pescó nada, pero Ko atravesó con la vara un buen pez, pequeño pero gordo, y lo llevó a la isla con aire triunfal.

No muy entrada la noche, mientras dormía en la colina, Mana se despertó con el brillo de la luna que se elevaba sobre el risco. Ya había crecido hasta más de la mitad; su luz era más brillante, y las sombras que provocaba parecían más negras que la noche anterior. Los halcones estaban ocupados otra vez, yendo y viniendo rápidamente, pues la luz más intensa les permitía cazar con más facilidad.

Cerca de Mana alguien gemía en sueños. El sonido cesó y Mana vio una silueta, la de Noli, que se levantaba y se quedaba de pie con los brazos extendidos ante la luna. La parte inferior de su cuerpo estaba a oscuras, pero la superior se veía con claridad bajo la luz fuerte y pálida. La voz de Halcón Luna rompió el silencio con sílabas lentas:

—Luna grande... Hombres... traen a Kern...

Mana se puso en pie y avanzó con sigilo hasta Noli, lista para ayudarla en su caída.

—Luna grande... —volvió a suspirar la voz.

Noli se estremeció. Mana la rodeó con los brazos. Su cuerpo se puso rígido como un tronco, y casi inmediatamente se relajó. El repentino peso casi tumbó a Mana que, pese a todo, consiguió bajar hasta el suelo a Noli, todavía dormida pero gimiendo débilmente, mientras todos los demás, ya despiertos, estaban sentados y discutían en voz baja qué podía significar el mensaje. Pasó mucho tiempo antes de que cualquiera de ellos volviera a dormirse.

La mañana del día siguiente fue muy parecida a la del día anterior. Mana y Ko montaron guardia y no vieron nada. Pero cuando bajaban de la colina al mediodía, percibieron un cambio. Un viento les soplaba en la cara. Cuando llegaron a la isla, los adultos ya estaban hablando de ello

—Yo digo esto —decía Var—. Estos hombres no encuentran comida aquí. Ellos vuelven a su lugar, consiguen comida, la traen consigo. Esto son dos días. Son tres. Yo no sé. Ahora viene viento del oeste. Ellos se paran en la colina. Ven a lo lejos. Divisan el pantano. ¿Ellos ven nuestro sendero? ¿Nuestra isla? Yo digo que sí.

—Halcón Luna dice luna grande —objetó Net—. Tres días no es luna grande.

—Escuchad —intervino Suth—. Yo digo esto. Var tiene razón. Net tiene razón. Ellos dicen en su corazón: «Yo soy un hombre demonio.» Ahora decís vosotros: «En este lugar hay hombres, mujeres. Nosotros somos muchos. Los cazamos.» ¿Dónde están ellos? ¿Qué hacéis? Yo digo que primero vienen pocos, pocos. Vosotros os escondéis. No os ven. Vosotros miráis aquí, allí. Veis el pantano. La niebla desaparece. Vosotros decís: «Ellos están allí.» Buscáis en las rocas. Oléis excremento de recién nacido. Encontráis pelos de personas. Decís: «Ellos han dormido aquí.» Decís: «Por la noche venimos, en la luna grande.» La luna es fuerte. Nosotros encontramos a esos hombres y a esas mujeres. Ellos duermen. Yo creo que vosotros hacéis todo esto.

—Suth, tienes razón —dijo Chogi.

—Este viento es malo, malo —señaló Var.

Un leve movimiento llamó la atención de Mana. Tinu, sentada cerca, a su izquierda. Había extendido el brazo por encima de Bodu para tocar la muñeca de Noli. Bodu se alejó y, mientras los demás continuaban hablando, Tinu se agazapó junto a Noli y le murmuró algo al oído. Mana no oía lo que decía, pero veía cómo Tinu se esforzaba por hacer salir las palabras de su boca torcida.

Al cabo de un rato, Noli le hizo una seña a Suth, que se levantó de entre los hombres, al otro lado del fuego, y se acercó. Tinu se apartó un poco, y ella y Suth se pusieron en cuclillas; él escuchaba y a veces hacía alguna pregunta, y Tinu murmuraba excitada, mientras raspaba el suelo con una vara, borraba las marcas y volvía a dibujar.

Mana vio que Nar los miraba con inquietud. Desde que él y Tinu se habían elegido el uno al otro, aunque todavía no eran compañeros, la protegía mucho. Tinu estaba ahora más segura de sí misma; aun así, no se le pasaba por la cabeza levantarse ante todo el mundo para explicar alguna idea, aunque todos habrían estado dispuestos a escucharla.

En ese momento, el resto continuaba discutiendo sobre cómo y cuándo se produciría el siguiente ataque, pero de forma un tanto desordenada, pues esperaban a escuchar qué le estaba diciendo Tinu a Suth.

Por fin él regresó a su sitio entre los hombres, pero no se sentó. Miró a Tun.

—Habla, Suth —dijo Tun—. Nosotros escuchamos.

—Escuchad —advirtió Suth—. Éste no es mi pensamiento. Es de Tinu. Yo lo digo por ella. Var está equivocado. Este viento no es malo; es bueno.

Les contó paso a paso el aterrador plan ideado por Tinu.

Lo discutieron un largo rato; algunos añadieron ideas y detalles, otros hicieron objeciones. Var insistía en lo peligroso que sería, y en cuántas cosas podían salir mal. ¿Y si el viento dejaba de soplar? ¿Y si los hombres demonio se daban cuenta de que era una trampa? ¿Y si después de todo venían sólo unos cuantos? ¿Y si...?

Cada vez que Var expresaba alguna de esas dudas, Mana oía murmullos de aprobación.

—Escuchad —interrumpió Chogi—. Yo recuerdo esto. Había un león demonio. Los hombres hicieron una trampa. Noli era el cebo, y Ko. Nosotros matamos al león demonio. Fue idea de Tinu. Había un cocodrilo demonio. Las mujeres cavaron un hoyo. Nar fue el cebo. Matamos al cocodrilo demonio. Ésa también fue idea de Tinu. Los hombres demonio llegaron al cañaveral. Tun peleó con ellos, y Ridi y Mana. Ellos los mataron. Ellos lo hicieron con una trampa. Había sido idea de Tinu. Ahora yo digo esto. Nosotros hacemos una trampa nueva. Nosotros somos el cebo: las mujeres, nuestros hombres, nuestros niños. Yo digo para mí: esto es peligroso, peligroso. Pero es idea de Tinu. Es bueno.

—Escuchad —dijo Tun—. Yo digo esto. Var habla bien. Chogi habla bien. ¿Quién tiene razón? Yo no sé. Pero yo tengo otra idea. Es ésta: hice un juramento. En Odutu juré, Odutu bajo la Montaña. En mi juramento yo dije: «Yo mato a esos hombres demonio.» ¿Cómo lo hago? Es difícil, difícil. Tinu muestra el camino. Es suficiente.

Eso puso fin a las discusiones. Hasta Var dejó de discutir. Él también había hecho el juramento en Odutu bajo la Montaña, y por más peligroso que fuera, aquel juramento debía cumplirse. Había que correr ese riesgo.

Comenzaron a trabajar inmediatamente. Tun asignó las diferentes tareas que debían realizarse, que en su mayor parte consistían en abrir un sendero curvo, nuevo y enorme a través del cañaveral seco, entre la isla y la orilla. También había que ahuecar palos de fuego nuevos con lo que encontraran, y hacer trampas adicionales a lo largo de la entrada principal.

Pero, por supuesto, todavía necesitaban comer, así que enviaron a Mana a pescar en uno de los hoyos nuevos. Mientras se acomodaba junto al pequeño hoyo de agua, supo que no pescaría nada. Toda ella, cuerpo y espíritu, parecía estar vibrando, con una nueva mezcla de excitación, esperanza y miedo. La quietud permanente, necesaria para pescar, le resultaba imposible; sin embargo, descubrió que sus sentimientos se entretejían para decirle que todo, tanto lo que hacía como lo que estaba por hacer, formaba parte del plan. Eran cosas que estaban dentro de sus posiblidades, no fuera. Si las hacía correctamente, el Clan sobreviviría. De lo contrario, no.

Concentrada de ese modo, pescó toda la tarde con ansia, con fervor; le pareció que esperaba más quieta que de costumbre, que su puntería era más certera, los movimientos más veloces. En total lanzó cinco veces, y cuando el sol empezaba a ponerse en el oeste y el aire limpio brillaba con la luz dorada, regresó a la isla con cinco buenos peces atravesados en su caña.

Durante los tres días siguientes, Mana vio muy poco del trabajo que hacían los demás. Por las mañanas montaba guardia en el risco, a mediodía volvía a la isla a engullir lo que le hubieran dejado y, después, iba directamente a uno de los hoyos de pesca y pasaba allí el resto de la tarde.

El segundo día tuvieron un golpe de suerte. Net, Yova, Nar y Tinu, que abrían el brazo norte del nuevo sendero, descubrieron un nido en que había una colonia de cigüeñas de pantano. Nar corrió a buscar ayuda, y mientras las aves adultas volaban en círculo, chillando furiosas, la gente robó los nidos, que contenían decenas y decenas de pichones medianos. Aquella tarde hubo festín en la isla, y un cambio en la interminable dieta de pescado. Abandonaron el pantano cuando caía la noche y subieron a la colina con la sensación extraña e irracional de que todo podía salir bien.

Aquella noche acamparon por primera vez en el mismo lugar que la noche anterior, un poco más abajo del escondite que Suth había encontrado para los vigías. Cuando partieron, a la mañana siguiente, no hicieron ningún intento por ocultar su presencia en el lugar; de hecho, dejaron algunos rastros adrede: una huella de mano en el suelo blando, una espina de pez pequeño, algunos pelos humanos.

El plan de Tinu tenía varias versiones que dependían del momento y el modo en que el enemigo eligiera atacar, y de que éste enviara o no exploradores a espiar sus hábitos. Eso sería lo mejor, pues así la avanzadilla descubriría el lugar donde el Clan había acampado, y los hombres demonio llegarían e intentarían atrapar a su presa, dormida, en una noche de luna grande.

Noli no era de mucha ayuda para dilucidar el misterio. Aunque Mana y muchos de los demás habían oído el mensaje de Halcón Luna, Noli no recordaba nada en absoluto; sólo tenía la confusa certeza de que había soñado, y que Halcón Luna la había visitado en sueños.

Así que, cada mañana, cuando Mana subía a la colina con la primera luz del amanecer, se decía a sí misma que ése sería el día. Cuando el sol empezaba a subir se acomodaba en su sitio y se concentraba para escrutar la ladera de la colina, piedra a piedra, asegurándose de no perderse ningún detalle, ni el más mínimo cambio ni movimiento.

El viento soplaba cada día con más fuerza, agitaba las cañas secas y eliminaba la niebla, tal como Var había dicho. El segundo día, mientras Mana bajaba de la colina con Ko tras finalizar su turno en la atalaya, distinguió el brillo del agua a lo lejos, al otro lado del pantano, y más allá, otros cañaverales e islas, que se extendían hacia las colinas del oeste.

Pero, con gran alivio, notó que, aunque sabía dónde estaba, no podía ver serpentear el sendero a través de las cañas enmarañadas. La isla más cercana debía de ser aquella donde acampaban; sin embargo, no había señales del fuego, ni de la gente que allí vivía.

LEYENDA

Siku

Puerco Gordo y Serpiente bajaron de la Montaña. Antílope Negro se hizo invisible y fue con ellos. Ellos no lo veían. Tuvieron miedo. Dijeron en su corazón: «Nosotros no tenemos poderes. Los hombres nos cazan, nos matan. Ellos asan nuestra carne en las brasas y la comen. Nosotros desaparecemos. Esto es malo, malo.»

Puerco Gordo dijo:

—Los de mi Clan acampan en Risco Ventoso. Ellos no comen puerco. Yo voy allí. Me oculto entre la hierba alta. Yo espero. Veo a Roh, su jefe. Me presento ante él. Él me ve primero. Él escucha mis palabras. Esto es bueno.

Puerco Gordo viajó hasta Risco Ventoso. Antílope Negro fue con él. Puerco Gordo no lo veía.

Un Clan peleaba contra otro: Serpiente contra Puerco Gordo. Sus miembros se atacaban, se acechaban, se tendían trampas. Asestaban golpes feroces, lanzaban piedras, mordían con los dientes, se derramaba sangre, morían hombres. Aquella época era mala.

Los hombres de Puerco Gordo dijeron:

—Las lluvias se van. Pronto todos los Clanes van a Mambaga. El venado de cola blanca cruza el río. Los Clanes lo cazan. Nosotros no peleamos en Mambaga. Es una Cosa que No Se Hace. Pero mirad, ahora Serpiente acampa en la Llanura Mujer Vieja. Ellos van a Mambaga por el Arroyo Panal. Nosotros vamos ahora. Los esperamos allí.

Afilaron los palos de cavar y partieron. Las mujeres se quedaron. Estaban tristes.

Siku era una niña. No tenía padre ni madre. Recolectaba con las mujeres. Nadie cuidaba de ella.

Siku se acercó al risco; allí crecía un arbusto de bayas. Era de la siguiente clase:

Mirad a Gata, la Hermosa. Su cabello era largo, largo. Brillaba. Le caía por encima de los hombros. Su piel quedaba oculta bajo la cabellera. Así caía el arbusto de bayas por el risco.

Siku vio las deliciosas bayas. Dijo en su corazón: «Ellas están altas. El arbusto es débil. Las mujeres pesan. No pueden subir. Pero yo soy una niña, ligera. Yo subo.»

Se cogió al arbusto y trepó. El arbusto se rompió y la niña se precipitó hacia abajo. Cayó sobre algo blando: era Puerco Gordo. Se ocultaba detrás del arbusto.

Siku habló como habla una niña, así:

—Puerco, ¿por qué te escondes? Mi Clan es Puerco Gordo. Ellos no comen puerco.

Puerco Gordo no respondió. Dijo en su corazón: «¿Yo hablo con una niña? ¿Ella lleva mis palabras a mi Clan? ¿Quién me escucha?»

Siku dijo:

—Ah, puerco, yo estoy triste, triste. Hay hombres al acecho. Ellos matan a mi padre. Yo no tengo padre. Mi madre está triste; ella no come. La ataca una enfermedad. Yo no tengo madre.

Puerco Gordo dijo en su corazón: «Es culpa mía.» Entonces habló. Dijo:

—Siku, yo te oigo.

Siku dijo:

—¡Ah, puerco, tú tienes palabras! ¿Por qué? ¿Es cosa de demonios?

Puerco Gordo respondió:

—Siku, no es cosa de demonios. Yo soy Puerco Gordo.

Siku se arrodilló. Tocó el suelo con la frente. Agitó los dedos y dijo:

—Ah, Puerco Gordo, yo soy tu pequeño cerdo. Los hombres van a Arroyo Panal. Allí esperan a Serpiente. Tú les dices: «No hagáis eso.»

Puerco Gordo respondió:

—Siku, ellos no me escuchan. Sólo tú me escuchas.

Siku dijo:

—Puerco Gordo, ¿por qué?

Puerco Gordo contestó:

—Antílope Negro lo ha decidido. Yo no te cuento más. Es mi vergüenza.

Siku dijo:

—Puerco Gordo, esto no es bueno. Nuestras mujeres dicen a los hombres: «No vayáis.» Los hombres dicen: «Hay ira en nuestro corazón, nosotros vamos.» ¿Cómo van los hombres a escucharme a mí, a Siku? Yo soy una niña, sólo una niña.

Puerco Gordo pensó. Dijo:

—Nosotros buscamos a Serpiente. Él está en Llanura Mujer Vieja.

Siku dijo:

—Eso está lejos, muy lejos.

Puerco Gordo dijo:

—Súbete a mi lomo. Yo voy rápido.

Siku subió al lomo de Puerco Gordo. Él corrió todo el día y toda la noche. Antílope Negro fue con ellos. Ellos no lo veían. Llegaron a Llanura Mujer Vieja.

6

A la cuarta mañana volvieron a aparecer los hombres demonio, poco después de que Mana empezara su turno de vigilancia en lo alto de la ladera oeste, por encima del cañaveral seco. Tan concentrada estaba contemplando la colina que casi se le pasó por alto la señal de Ko, procedente de la ladera este del risco.

¿Lo había oído realmente? ¿El canto del pájaro, interrumpido de repente? ¿O lo había imaginado con tanta fuerza que el sonido se había instalado en su memoria sin pasar por el oído? Mejor asegurarse.

Escrutó una vez más la ladera de la colina pero no apreció nada nuevo, así que abandonó su puesto y se dirigió a rastras hacia lo alto del risco. Si Ko todavía estaba en su atalaya, Mana sabría que había sido una falsa alarma.

Casi estaba en la cima cuando oyó el débil chasquido de una piedra al caer. Mana se quedó paralizada. Un instante después Ko se acercó gateando.

—Mana, ¿no has oído mi silbido? —murmuró—. ¿Por qué has venido? ¿Por qué no te escondes?

—Ko, yo no estaba segura —dijo ella—. No sabía. ¿Has visto algo?

—Vienen hombres —respondió—. ¿Tres? ¿Cuatro? Yo no sé. Ellos van con cuidado. Se mueven despacio. Se ocultan. Ven, mira.

Se dio la vuelta y reptó hasta el risco. Más inquieta que nunca, Mana examinó su parte del promontorio y, después, siguió a Ko. Éste estaba tumbado detrás de una roca, mirando al otro lado. Mana se tumbó junto a él y levantó la cabeza muy despacio para ver más allá. La larga ladera parecía tan desierta como siempre.

—Mira la roca grande —susurró él—. Donde toca las cañas. Mira más allá, arriba, un risco pequeño...

Antes de que Ko terminara de hablar, un ligero movimiento llamó la atención de Mana, a su izquierda, casi al final de la pendiente.

Y otra vez.

En esta ocasión, estuvo atenta y lo vio con claridad: alguien o algo oscuro que corría entre dos rocas. La colina volvía a estar desierta. Pero de nuevo aquel movimiento rápido por la misma abertura: otro hombre, el segundo, y un tercero, y un cuarto, todos con el palo de lucha apuntando hacia abajo, y al menos uno de ellos con una calavera colgada de la cintura. Había algo raro en sus movimientos. Aunque era evidente que se esforzaban por mantenerse ocultos, no lo hacían muy bien. En ese momento, había uno que se agachaba detrás de la roca. Todavía le veían con claridad la cabeza, el hombro y el brazo derecho.

—Ko, se ocultan mal —murmuró.

—Ellos vinieron antes —sugirió Ko—. En esas cañas había personas. Ellos las encontraron. Ahora dicen en su corazón: «Aquí hay gente.» Ellos se ocultan de esas personas, no de nosotros.

Sí, eso debía de ser. En ese momento, los cuatro hombres demonio avanzaban hacia la entrada del sendero que se metía en los cañaverales. Se detuvieron y examinaron el terreno; una o dos veces indicaron alguna señal o marca que habían descubierto.

—¿Qué miran? —preguntó Ko.

—Yo no sé... —empezó a responder Mana; entonces, se dio cuenta—. Ah..., el cuerpo de Kern estaba allí. Nosotros lo cogimos y nos lo llevamos. Miran eso.

Con más precauciones que nunca, los cuatro hombres se dirigieron a la entrada del sendero y se metieron en él, uno detrás de otro.

—Ellos no nos encuentran entre las cañas —dijo Ko—. ¿Ellos encuentran a sus hombres muertos? Mana, ¿qué hacen ellos después?

—Yo no sé —respondió ella—. Creo que ellos buscan más. Ellos suben a la colina. Miran al otro lado. Ko, ahora yo muevo la piedra blanca. Yo digo a los demás: «Hay hombres demonio.» ¿De acuerdo?

—De acuerdo, Mana —respondió Ko—. Yo me quedo aquí. Yo vigilo.

Entonces Mana se dio la vuelta, pero antes de empezar a descender por el flanco oeste volvió a escrutarlo con cuidado. Quizá los hombres demonio habían enviado un segundo grupo de exploradores, y éstos ya estaban debajo de ella. Sin embargo, no se movía nada, así que Mana fue hasta la atalaya y puso la piedra señal en el suelo. Bodu, que llevaba a Ogad sujeto a la cadera, apareció un instante en el borde de las cañas muertas, agitó la mano y volvió a desaparecer. Satisfecha, Mana volvió al risco y se tendió junto a Ko.

Pasó el tiempo. De vez en cuando Mana se arrastraba gateando hacia el flanco oeste, no veía nada y regresaba con su compañero. Al cabo de largo rato aparecieron los hombres demonio y miraron alrededor. ¿Qué habían encontrado?, se preguntó Mana. ¿Los cadáveres de los dos que ella, Tun y Ridi habían matado seguían flotando en el agua de la trampa, o se habían hundido hasta desaparecer? ¿Qué sentían aquellos hombres, si los habían encontrado? ¿Estaban furiosos, como los miembros del Clan lo estaban por la muerte de Kern, llenos de sed de venganza, más rabiosos que nunca? ¿O era como cuando se mataba a un chacal y los demás integrantes de la manada sólo olían un momento el cadáver y seguían su camino? Los dos pensamientos eran atroces, pero el segundo más.

Los hombres demonio ya no hacían ningún esfuerzo por ocultarse. Ni siquiera parecían imaginar que alguien pudiera estar observándolos desde arriba. Vacilaron unos momentos, tocándose unos a otros de vez en cuando. El que llevaba la calavera colgada de la cintura empezó a señalar en varias direcciones. Entonces se dividieron: uno fue a lo largo de la orilla, hacia la punta del promontorio; dos cruzaron éste por diferentes puntos, y el cuarto subió en dirección a los dos vigías. Los cuatro zigzagueaban de aquí para allí, agachados pero sin preocuparse por esconderse, cubriendo toda la extensión de terreno que podían.

Mana y Ko supieron enseguida qué hacían. Así era como se movía un cazador cuando había perdido el rastro y buscaba indicios de su presa: alguna huella, una piedra fuera de sitio, piel enganchada en una espina, heces.

—Pronto él está cerca —murmuró Ko—. Ahora nos escondemos.

Abandonaron el risco y descendieron gateando rápidamente hasta la roca que tenía el hueco debajo. Mana era más pequeña que Ko, así que éste entró primero y ella le pasó la piedra que utilizarían para tapar la abertura; verificó que las otras piedras estuvieran al alcance de la mano y se metió junto a su compañero. En cuanto Mana entró, colocaron las piedras en su sitio, y dejaron tres aberturas estrechas para ver. Si torcía el cuello apretando el pómulo contra la roca de abajo, Mana podía poner el ojo en la grieta derecha y ver una estrecha franja de la colina, y más allá el cañaveral. Ko estaba en mejor posición: podía mirar por las otras dos grietas, y divisar un sector de colina desde una, y a través de la otra un gran trecho del pantano, incluyendo la isla donde el Clan acampaba y tenía la hoguera.

Así que permanecieron en la oscuridad y esperaron. Mientras miraban sin ser vistos, en lo alto del risco, Mana casi no había tenido miedo. Al principio el corazón le latía con violencia, pero más de excitación que de temor. Después, a medida que pasaba el tiempo, ese sentimiento se convertía en el estado de alerta que mantenía al pescar.

Sin embargo, los fuertes latidos comenzaron de nuevo, y no se calmaron. Transcurrió el tiempo, lenta, muy lentamente, sin que hubiera nada para medirlo. Todavía no era mediodía, el sol estaba detrás de ella; las sombras que había sobre la zona de colina que Mana podía atisbar estaban ocultas por la roca que las producía, de modo que no podía ver cómo disminuían.

Notó que Ko le tocaba la mano y se la apretaba. Mana se movió para dejar que él le acercara la boca al oído.

—Hay uno abajo —murmuró—. Él espera. Mira aquí. Levanta la mano. Yo creo que hay otro cerca... Él se mueve... No lo veo.

Mana volvió a poner el ojo en el agujero. El viento soplaba con fuerza colina arriba y silbaba en la grieta, de tal modo que, si miraba mucho rato, el ojo empezaba a llorarle. No vio nada nuevo, pero oyó una débil llamada desde algún punto debajo de ella. Respondieron desde muy cerca. Instantes después, el limitado ángulo visual de Mana quedó brevemente obstruido por algo oscuro que pasó por encima y siguió su camino.

—Hay uno aquí —murmuró ella—. Va en tu dirección.

—Ya lo veo —susurró Ko—. Él baja la colina, rápido, rápido. Ahora llega otro... Yo creo que ellos han encontrado el lugar donde dormimos.

Bajo el murmullo casi inaudible, Mana percibió la excitación de su compañero, que compartía pese al miedo.

Durante un largo rato no vieron nada más. Era frustrante. Un poco más abajo del escondite, aunque ninguno de los dos lo veía, estaba la zona donde el Clan había pasado las tres últimas noches, y en la que había dejado señales a propósito. Sólo podían suponer que los hombres demonio las habían encontrado. De todas formas, Bodu todavía estaría vigilando desde las cañas. Ella sí los habría visto. En ese momento, Nar estaría corriendo por el sendero, hacia la isla, para avisar de que el campamento había sido descubierto...

¡Ah! ¡Allí había un hombre demonio!

Inclinado, escrutando el terreno, cruzó el ángulo visual de Mana y desapareció.

—Se levanta humo —murmuró Ko.

El hombre se acercó desde la otra dirección; estaba más cerca. Antes de perderlo de vista, Mana oyó la misma llamada furtiva. El hombre alzó la mirada, se dio la vuelta, se llevó la mano a los ojos para protegerse del sol y contempló el pantano. Mana contuvo el aliento. Era un momento crucial. ¿Se darían cuenta de todo? ¿Comprenderían las señales, y se darían cuenta de que su presa permanecía en el pantano de día pero que dormía allí, en la ladera de la colina? Entonces, si querían atrapar al Clan sin tener que abrirse paso entre el laberinto de senderos del cañaveral, llenos de trampas y emboscadas, ¿tomarían la decisión de atacar de noche?

Eso era lo que esperaba el Clan. Aunque el plan de Tinu podía funcionar también en otras circunstancias, lo mejor era un ataque nocturno. Sin embargo, la idea de que todo podía salir mal aterraba a Mana.

El hombre desapareció de su campo visual. De tanto mirar aguantando la corriente de aire, le dolía el ojo y apenas veía. Se retiró y descansó, pestañeando y con el ojo lloroso. No oía nada salvo el silbido del viento y lejanos trinos de pájaros procedentes del pantano.

Se preguntó qué estarían haciendo los hombres demonio. Por el modo en que se comportaban cuando salieron del sendero en el cañaveral del este, no parecían tener palabras. Así era cómo las personas sin palabras que Mana conocía, los Puercoespines y la gente del pantano, decidían qué iban a hacer: se tocaban unos a otros, gruñían y gesticulaban hasta que todos se ponían de acuerdo. Tor era Puercoespín, y Noli era su compañera; sin embargo, Noli todavía no sabía cómo lo hacían.

—Creo que cada uno ve la mente del otro —le había explicado Noli a Mana—. Con Tor yo hago esto poco, poco. Para mí es difícil. Mi mente está llena de palabras.

Era raro pensar que los asesinos salvajes de la colina se parecían a Tor, que era amable y bueno. Pero no había salida.

Ellos también eran personas. Personas, como la misma Mana, y como Ko, Suth y Noli. Y ella, Mana, había matado a uno; y ahora ayudaría a matar a muchos más.

Se estremeció ante el horror de aquel pensamiento. Ko percibió el temblor, pero no lo supo interpretar.

—No temas, Mana —murmuró él—. Esto va bien. Nuestra trampa funciona.

Mana suspiró; sabía que no tenía sentido explicarle nada. Aunque lo intentara, él seguiría sin comprender.

Permanecieron en el escondite hasta bien pasado el mediodía. En la ladera ascendente aparecieron sombras que empezaron a extenderse hacia ellos. De vez en cuando Mana miraba a través de la grieta, pero ya no vio más a los hombres demonio. Ko podía mirar por sus grietas con un ojo y dejar descansar al otro. Él sí los vio varias veces, por el borde del pantano. La entrada al sendero estaba fuera de su alcance visual, así que no sabía si lo habían encontrado.

Por fin, a media tarde, Mana volvió a verlos cuando cruzaban resueltamente la ladera de la colina, en dirección al norte.

—Creo que se marchan —murmuró.

Esperaron un poco más antes de apartar las piedras y salir. De estar quietos tanto tiempo, les dolía todo el cuerpo. Subieron hasta el risco y examinaron el flanco opuesto, pero no advirtieron señales de los hombres demonio, de modo que pusieron la piedra señal y descendieron al pantano.

LEYENDA

Farj

Serpiente dijo en su corazón: «El plan de Puerco Gordo es bueno. Yo también lo sigo. Yo voy a mi Clan. Están en Llanura Mujer Vieja. No comen serpiente. Yo me escondo entre la hierba alta. Espero. Veo a Puy, su jefe. Yo me presento a él. Él me ve primero. Él escucha mis palabras.»

Serpiente se dirigió a Llanura Mujer Vieja. Los hombres cazaban cebras. Las mujeres recolectaban. Farj atendía el fuego. Él era anciano. Le temblaban las piernas. No veía de lejos.

Serpiente dijo en su corazón: «Yo no hablo con el anciano Farj. Antes él era un hombre fuerte; él era jefe. Eso pasó. Ahora él es viejo, tiembla, murmura, él ve pocas cosas. No, yo espero a Puy.»

Farj rezó. Así fue su oración:

Serpiente, tú eres fuerte, tú eres sabia.
Tú cuidas de mis pichones.
Escúchame a mí, Farj. Yo soy anciano. Pronto muero.
Éstos son malos tiempos, malos.
Hay ira en el corazón de los hombres.
Mi primer hijo está muerto, ha sido asesinado.
Mi segundo hijo quiere venganza.
Pronto él también está muerto.
Déjame morir antes de eso.
Yo, Farj, lo pido.

Serpiente lo oyó. Dijo en su corazón: «Esto es culpa mía.» Él habló, dijo:

—Farj, hijo mío, yo estoy triste por ti, triste.

Farj no lo veía. Preguntó:

—¿Quién habla?

Serpiente respondió:

—Yo, Serpiente, hablo. Yo soy tu Primero.

Farj se arrodilló. Golpeó el suelo con la cabeza. Aplaudió. Dijo:

—Serpiente, Primero, detén esta guerra. Hoy los hombres cazan cebras. Ellos secan la carne, la guardan en las calabazas. El día que viene ellos buscan a los hombres de Puerco Gordo. Ellos pelean otra vez. Háblales, Primero. Anula la ira de su corazón.

Serpiente respondió:

—Farj, yo no puedo hacer esto. Los hombres hicieron el Juramento de Guerra. Ellos deben revocarlo. Deben hacerlo de corazón, no porque yo lo diga. Ya no tengo poderes. Antílope Negro me los ha quitado. Sólo uno de mi Clan escucha mis palabras. Eres tú.

Farj dijo:

—Primero, esto es difícil. La ira tapa los oídos de los hombres. Yo hablo, ellos no escuchan. ¿Qué podemos hacer?

Serpiente respondió:

—Farj, no lo sé.

Serpiente apoyó el oído en el suelo. Oyó un ruido. Era de la siguiente clase:

Mirad la montaña. Hay fuego en su interior. Ahora explota. Las rocas vuelan por el aire, son rojas, están calientes. La montaña tiembla, ruge. Muy lejos, los hombres oyen el ruido, y dicen en su corazón: «Esto no es trueno, es algo más.»

Así fue el ruido que Serpiente oyó.

Él dijo:

—Nosotros esperamos. Alguien viene. Él corre rápido. Es pesado. Es Puerco Gordo.

Llegó Puerco Gordo. Siku estaba sentada en su lomo. Estaban cansados. Antílope Negro iba con ellos, pero ellos no lo veían.

Puerco Gordo habló con Siku. Farj no podía oírlo. Siku dijo:

—Yo soy Siku. Éste es mi Primero. Ya no tiene sus poderes. Sólo yo escucho sus palabras. Nosotros traemos noticias. Pronto los Clanes marchan a Mambaga. Ellos cazan el venado de cola blanca. Vosotros vais por Arroyo Panal. Los hombres de mi Clan han afilado los palos de cavar. Ellos han partido. Ahora esperan en el arroyo. Decid a vuestro Clan: «No vayáis allí.»

Farj dijo:

—Esto no es bueno. Los hombres están llenos de cólera. Ellos dicen: «¡Ajá! Los hombres de Puerco Gordo esperan. Nosotros vamos. Los atacamos por detrás, en silencio, en silencio. Matamos muchos.»

Siku dijo:

—¿Incluyes a las mujeres?

Farj respondió:

—Algunas son estúpidas. Ellas hablan con sus hombres. Ahora espera. Yo pienso.

Farj pensó. Y dijo:

—Nosotros hacemos así, como dices.

Antílope Negro oyó las palabras de Farj. Dijo en su corazón: «Esto es bueno. Ahora yo hablo con las cebras. Los hombres no cazan ninguna.»

7

Faltaban tres noches para la luna grande. El ataque podía llegar en cualquiera de ellas, o varias noches después. En todas habría suficiente luz.

¿Y si hubiera hombres demonio espiando las actividades del Clan desde más allá del risco? Esto es lo que verían: la ladera desierta durante todo el día, y el ocasional humo de la isla, diluyéndose en el viento. Después, al bajar el sol, dos o tres personas que salían con cautela del cañaveral y escrutaban la colina en busca de señales de peligro. Al parecer satisfechas, regresaban y hacían señas, y otras personas: diez y diez y varias más, salían de las cañas, ascendían confiadas y se acomodaban para pasar la noche, con un par de vigías.

Pronto la luna ascendió y finalizó el corto crepúsculo. En esos momentos todo el flanco occidental estaba a oscuras. Así que los espías no verían que la mayor parte de esas personas se levantaban y descendían la colina por un lado, a un sitio diferente, resguardado del norte por un pliegue del terreno, y allí volvían a acomodarse.

Pero había dos que no iban con ellas. Una permanecía en el antiguo lugar de dormir, mientras la segunda, más pequeña que la mayoría, subía hasta el risco y se escabullía entre las rocas.

La última persona sólo podía ser Ko, Shuja o Mana. Cualquier otra excepto Tinu abultaba demasiado para ocultarse bajo la roca. Tinu no podía ser porque no podía hacer la señal de alarma. Los tres restantes cogieron guijarros del puño de Suth, para decidir el orden. Shuja vigiló la primera noche y no vio nada. Ko lo hizo la segunda y ocurrió lo mismo. Así que Mana vigiló la noche de la luna grande.

Ella salió de las cañas junto con los demás, ascendió a la colina y fingió que se acostaba. Cuando Tun murmuró una palabra, todos excepto dos se trasladaron al verdadero sitio para dormir. Yova permaneció donde estaba; a medianoche, Zara subiría a la colina a relevarla, para que Yova pudiera dormir un poco. Pero Mana tenía que permanecer despierta toda la noche.

Agachada, Mana subió hasta ver la luz de la luna. Ya conocía la mejor ruta: gateaba por el risco a lo largo de un declive bajo, descendía por un barranco algo más alejado, después giraba a la izquierda y subía por la estribación baja que tenía la atalaya en el extremo. Cuando llegaba, los halcones estaban ocupados, llamando desde su nido, al norte del otro flanco, sobrevolando el risco en busca de presas, por encima de la colina bañada por la luna.

La luz de la luna es engañosa. Parece casi tan brillante como la del día, pero hasta el día más oscuro es mucho más luminoso. Bajo la luna llena, Mana podía ver a lo lejos, a lo largo del flanco pedregoso del promontorio, oscuro bajo la luz plateada. Ella esperaba, por más que procuraran ocultarse, ser capaz de divisar a varias decenas de hombres demonio que se acercarían desde una gran distancia.

Pero en cuanto ultimaron los detalles del plan, incluso antes de que los cuatro hombres demonio hubieran venido a explorar, Suth y Var llevaron a Mana, Ko y Shuja hasta el risco a la luz de la luna, y les indicaron que vigilaran mientras los dos hombres se alejaban caminando, sin hacer ningún esfuerzo por esconderse. Parecieron desvanecerse en un tiempo espantosamente corto. Sólo los traicionaban las sombras, que parpadeaban sobre las rocas grises.

—Ellos vienen por este lado —había dicho Var, señalando hacia el norte a lo largo de la costa—. Conocen el camino.

—Var, tú tienes razón —señaló Suth—. Primero vienen pocos. Ellos indican el camino. Siguen muchos. Vienen por la orilla. Después ascienden la colina. Ellos llegan aquí. Ya ven nuestro campamento. Están cerca. Esperan. La luna sube en el cielo. Primero este lado. El otro permanece a oscuras. Entonces la luna está en lo alto. Brilla sobre el otro lado. Entonces ellos atacan.

A Mana sólo le quedaba desear que tuvieran razón; de todas formas, parecía el plan más obvio para los hombres demonio: acercarse por la ruta conocida, con unos pocos exploradores por delante, agruparse en la cima del risco y esperar el momento en que la luna subiera lo suficiente para iluminar la colina oeste, y así poder ver a su presa al atacar.

Por esa razón, Mana no podía limitarse a esperar en el escondite y dar la señal de advertencia desde allí. No los vería a tiempo para que el Clan llegara a la seguridad de las cañas. El ataque ya habría comenzado.

Así que estaba agachada, como tantas otras veces a la luz del día, viendo cómo el color de la colina cambiaba lentamente a medida que las grandes sombras se encogían hacia las rocas que las proyectaban. Por encima de ella, el viento siseaba y silbaba entre las grietas del risco, pero abajo todo continuaba tranquilo. No tenía sueño: había pasado la tarde dormitando en la isla, y en ese momento, ante el peligro real, el terror y el nerviosismo se mezclaban en su torrente sanguíneo, la estremecían con cada latido del corazón, y la mantenían plenamente despierta y consciente. A través de la gruesa piel de las plantas de los pies, percibía no solamente la superficie granulosa de la roca sino también todos y cada uno de los granos, que habría sido capaz de contar si hubiera querido. Tampoco se limitaba a contemplar la colina bañada por la luna. Sus ojos parecían alimentarse de ella, absorberla, hasta que cada mancha de la extensa ladera formaba parte de su ser, como si le causara un hormigueo en cada nervio de su cuerpo.

De repente percibió un parpadeo. Se puso tensa. ¿Dónde? Ah, no entre las rocas, sino por encima de ellas. Una estrella desapareció por un instante cuando algo pasó delante de ella: un halcón que cruzaba el risco para cazar en la claridad. Mana lo contempló, una sombra contra el cielo encendido, volando rápidamente con el viento, después meciéndose, bajando con las puntas de las alas temblorosas mientras escrutaba con visión nocturna en busca de algo que se moviera. Mana vio que bajaba en picado. Por encima del siseo del viento oyó el tenue golpe del ataque y el agudo chillido de la presa.

Por un instante, al oír el chillido, Mana se imaginó que era ella la víctima, escondida entre aquellas rocas, con los hombres demonio listos para atacar. Entonces pensó: «No, los animales son diferentes.» El halcón hacía aquello para lo que había nacido, pues de lo contrario no sería halcón. Sin embargo, los hombres demonio eran personas, igual que Mana y el Clan. Unos y otros hacían las cosas que querían hacer. Los hombres demonio elegían ser hombres demonio. Pero ella, Mana, y el Clan escogían otra cosa: «No, no somos sus víctimas.» El hecho de estar vigilando en la colina formaba parte de esa elección.

Mana se concentró a su cometido, ya sin advertir casi las idas y venidas de los halcones. La noche avanzó. La luna ascendió. Pronto estaría lo bastante alta para que la luz cruzara el risco y alcanzara el flanco oeste. Pronto, seguramente muy pronto se produciría el ataque, si es que ocurría esta noche. ¿O los hombres demonio habían decidido atacar al amanecer? ¿O...?

¿Qué había sido eso? ¿Abajo, a su derecha?

No, sólo había sido el descenso repentino de un halcón, seguido por...

No era un grito, ni el ruido sordo de un golpe, sino un graznido débil, y...

¿Por qué le había llamado la atención? ¿Por qué, si hacía rato que había dejado de fijarse en los halcones?

Vio cómo el ave volaba en círculo, pero esa vez, en lugar de dirigirse al nido con la presa, o volver a cernerse como hacía cuando perdía una, siguió volando en círculo, más alto aún, hasta que Mana vio que sus alas extendidas cruzaban el disco brillante de la luna. No colgaba ninguna presa de su pico ni de sus garras.

Sí, era eso. Le había llamado la atención el ruido porque había ocurrido algo diferente. El halcón no había llegado a atacar a su presa. Incluso cuando se le escapaba, se oía siempre el leve golpe del impacto contra el suelo. Pero esa vez no. Y el chillido... No de la víctima, sino del halcón mismo. Un chillido de sorpresa. O de alarma.

¿A qué había atacado el halcón? ¿Qué movimiento rápido y furtivo lo había atraído? ¿Qué sacudida lo había burlado y puesto en peligro? Seguramente no se lanzaría contra algo tan grande como un hombre. Pero ¿y contra un hombre agazapado en la oscuridad, la punta de cuyo palo de lucha o cuyo tobillo o mano quedara por un momento iluminada por la luz?

Quizá.

Con el corazón encogido de miedo, Mana miró. ¿Hacia dónde se había lanzado el halcón? Allí.

¿Tan cerca?

Mana miró, pero por un instante su visión nocturna fue confusa al haber mirado antes fijamente a la luna. Se recuperó poco a poco, centró su atención en una sola zona de la colina... en una roca baja...

¡Sí!

189

Apenas fue un instante, pero algo se había movido, el extremo de algo más grande, un segundo hombre, quizá, gateando detrás del primero. No había tiempo para esperar a un tercero y asegurarse. Estaban mucho más cerca de lo que había supuesto.

Se esforzó por moverse con lentitud, agachó la cabeza hasta quedar oculta por completo, y corrió por donde había venido hasta llegar a la punta del oeste de la colina. Todavía se desplazaba envuelta en sombras, pero la línea donde la luz de la luna se encontraba con la oscuridad se hallaba a lo largo del cañaveral muerto, a sólo algunas decenas de pasos de la orilla. El viento constante silbaba en torno a ella.

Se detuvo para aplacar los jadeos y esperó al siguiente graznido del halcón. No se produjo. Desde luego, el ave se había alarmado. Estaba cambiando su terreno de caza. No llamaría durante un largo rato.

—Espera —había dicho Suth—. Deja que el ave llame. Llama después. Entonces no llamáis a la vez. Nosotros sabemos que es la señal.

Pero Mana no podía esperar.

Hizo bocina con las manos, se mojó los labios, respiró hondo y gritó, con tanta fuerza como pudo, pues el viento soplaba en contra.

Yik-yik-yik-yik.

El grito del halcón cazador, hecho no tres sino cuatro veces. Mana, Ko y Shuja lo habían practicado una y otra vez en los pantanos, hasta que el mismo Var había quedado satisfecho, pues parecía real.

Mana respiró hondo y repitió el graznido.

Ésa era la señal: dos llamadas, cada una de cuatro chillidos. Cuanto más cercanas las llamadas, más cerca estaba el enemigo.

«¡Ellos están aquí! ¡Ellos están cerca, cerca!»

Cuando el último chillido abandonó sus labios, Mana se levantó y corrió hacia el escondite. Los hombres demonio ya estaban muy cerca, pero no se atrevía a correr. Tenía que dar cada paso a tientas, en medio de una oscuridad casi total. El viento transmitiría cualquier ruido que hiciera.

Por fin, con el corazón en un puño por la tensión del sigilo, se agazapó junto a la roca y verificó al tacto que todo estaba donde debía. Sin embargo, no se metió debajo enseguida. Desde allí vería muy poco. En vez de ello, se acostó con el cuerpo a lo largo de la parte inferior, con la cabeza sobresaliendo lo suficiente para permitirle ver la línea dentada del risco contra el cielo, más pálido y casi sin estrellas a medida que la luna ascendente se acercaba.

Mana no oía nada, salvo el movimiento del viento, aunque probablemente los vigías ya habrían despertado a los que dormían en la ladera de la colina y todos se estarían moviendo furtivamente en la oscuridad. Algunos estarían ascendiendo para reunirse con Yova en el viejo campamento; cuando se produjera la alarma, los atacantes tenían que creer que todos estaban durmiendo allí, sin sospechar nada. Los demás estarían bajando al cañaveral. La mayoría de ellos correrían inmediatamente a lo largo del sendero oculto hacia la isla, pero varios de los hombres, junto a Tinu, se esconderían muy cerca, entre las cañas. Yova estaría muy tensa y alerta, observando, al igual que Mana, cualquier atisbo de movimiento en el horizonte.

Pasó el tiempo, lento como el ascenso de la luna. Mana pensó que nunca llegaría al risco, aunque el cielo parecía tan pálido como el amanecer. ¿Había cometido un error y dado una falsa alarma? ¿La conducta del halcón la había engañado, y ella había creído ver algo que no existía?

¿Qué era eso?

No era un movimiento; si acaso un sonido, un roce débil y breve, que apenas llegó a sus oídos a través del viento. ¿Madera sobre piedra, quizá? La punta de un palo de lucha que colgaba y tocaba la roca por un instante?

Entonces, Mana advirtió un movimiento, un lento cambio en el dentado horizonte negro: una cabeza se elevó furtivamente para mirar colina abajo.

El hombre se quedó allí un rato que le pareció interminable, mirando lo que tenía debajo, aunque todavía estaba todo a oscuras. ¿Tenía visión nocturna, como los halcones? ¿Vería a Mana, pese a la negrura? Estaba muy cerca, encima de ella.

Mana recordó algo que Suth le decía a Ko cuando le enseñaba cómo debe pensar el cazador mientras acecha a su presa. «Yo me oculto entre la hierba. Yo soy hierba. El venado no me ve.»

«Yo soy roca —pensó ella—. Yo estoy mucho tiempo en la colina. Yo estoy quieta, quieta.»

Por fin la cabeza se retiró, pero Mana se quedó donde estaba. Era demasiado pronto para dar la siguiente señal. Para ello debía esperar a que el enemigo empezara a moverse colina abajo, y desde su escondite Mana no veía cuándo ocurría eso. ¿Atacarían directamente desde el risco cuando la luna ascendiera, o, más probablemente, intentarían acercarse a su presa aprovechando la oscuridad?

Ah, allí estaban. Mana vio enseguida que varios de ellos, agazapados frente a la línea del horizonte, empezaban a bajar la colina. Llevaban los palos de lucha apuntando hacia abajo. Todos menos uno; aquel hombre se movía con más torpeza. Mana se dio cuenta de por qué. Tenía que llevar el palo de lucha con las dos manos, pues en la punta de éste había una masa redonda.

Con el estómago revuelto, Mana adivinó de qué se trataba: era una cabeza humana. E intuyó a quién pertenecía.

Tragó saliva dos veces, tratando de dominar la sensación de horror, y en silencio se echó hacia atrás, después se puso de lado y se metió en el agujero que había bajo la roca. No arrastró las piedras más pequeñas hasta su sitio, pues el ruido la delataría, y todavía debía mirar. Así que sólo dejó sobresalir la parte superior de la cabeza. Extendió la mano derecha y buscó la base de la caña larga que estaba allí preparada para ser usada en el momento preciso. En el otro extremo había un pequeño montón de piedras, cuidadosamente dispuestas por Tinu en lo alto de una piedra chata inclinada.

Mana esperó, casi sin respirar. Ya no podía ver el risco; en cambio, sí distinguía claramente el pantano, y todo el flanco derecho del promontorio. Debajo de ella, la línea de sombras casi había llegado a la orilla. La colina todavía estaba sumida en la oscuridad, pero el cielo brillaba por las estrellas y la luna que se acercaba. Poco rato después, en esa claridad, Mana vio pasar la fila de hombres demonio, furtivos, desperdigados a lo largo de la colina. El más cercano estaba a menos de diez pasos de ella.

Justo después de que éste hubiera pasado, Mana tiró de la caña. El montón de piedras se desequilibró y cayó ruidosamente sobre la placa de roca.

El hombre demonio se detuvo, se dio la vuelta y miró. Mana contuvo el aliento. ¿Adivinaría lo que había sucedido? ¿O pensaría que, de algún modo, él mismo había hecho caer el montículo al pasar? El grito de Yova: «¡Peligro!», no le dio tiempo al hombre a decidirse.

Se oyeron chillidos procedentes del campamento; el pequeño grupo gritaba con todas sus fuerzas; parecía que fueran el triple de gente, y mientras bajaban corriendo su pánico resonaba en la ladera.

La fila de hombres demonio se dispuso a atacar: sus gritos de guerra duplicaban el alboroto.

Mana levantó la cabeza para ver. La luz de la luna había llegado al borde de las cañas. Distinguía cabezas de personas arremolinadas junto a la entrada del sendero; sus cuerpos todavía estaban en la oscuridad: no eran muchos, pero daba la impresión de que eran los que faltaban por entrar, forcejeando y gritando aterrados mientras esperaban su turno, y que los demás ya estaban dentro. El último desapareció entre las cañas cuando los atacantes todavía bajaban la colina.

Ése era el siguiente momento crítico. Los hombres demonio que iban delante no vacilaron: se metieron por la entrada que en ese momento era visible. ¿Seguirían los demás? ¿Se quedaría alguno de guardia? No. Se agruparon todos pugnando por entrar.

En ese instante, Mana salió gateando de su escondite y, agachada a la sombra de la roca, miró a derecha e izquierda a lo largo de la colina. Tampoco allí había hombres demonio. Levantó la cabeza con cautela hasta la luz de la luna y examinó el risco. También estaba desierto. Se dio la vuelta, hizo bocina con las manos y emitió el grito del halcón con todas sus fuerzas, dos veces y dos veces: *yik-yik... yik-yik*.

Esperó y repitió la señal.

«Todos entran. Ninguno vigila.»

Como no estaba segura de que su voz se oyera desde tan lejos con el viento en contra, subió a la roca, alzó los brazos por encima de la cabeza y los agitó arriba y abajo, hasta que al fin vio gente que salía de las cañas, a la derecha y a la izquierda de la entrada.

Agitaron los brazos para indicarle que la habían visto. Todos menos uno desaparecieron a lo largo del sendero por donde los hombres demonio habían entrado, para quitar los tallos de caña de las trampas nuevas que habían preparado para ese momento. La última, Tinu, llegó corriendo con un atado al hombro. Mana corrió a su encuentro, cogió las cañas secas, y las esparció sobre una roca que sobresalía. Tinu abrió el palo de fuego que llevaba y volcó el contenido sobre el montón.

No tuvo necesidad de soplar las brasas: el viento lo hizo encendiéndolas al momento. Mana las alimentó con hojas pequeñas, que se combaron, crujieron y estallaron en llamas. En pocos instantes estaba encendido.

En la isla, y a derecha e izquierda del sendero curvo, había vigías que esperaban la señal. También ellos tenían preparados montones de cañas secas y palos de fuego. A Mana y a Tinu les había llegado el turno de quedarse a mirar y a esperar, con el corazón palpitante...

¡Allí! ¡Una chispa anaranjada!

¡Y allí! ¡Y allí! Pronto el cañaveral estuvo ardiendo en distintos lugares; las chispas adquirían luminosidad y se convertían en llamas que rugían en lo alto; brillaban y se multiplicaban los destellos mientras la gente corría a lo largo del sendero con cañas ardiendo en las manos para encender otros fuegos. En todo momento se movieron entre los bordes exteriores y la seguridad de la isla, por si una ráfaga de viento hiciera retroceder las llamas y ardieran las cañas que había detrás.

Sin embargo, el viento se mantuvo constante y llevó las llamas hacia delante, extendiéndolas a un lado y a otro, uniendo todas las hogueras, de modo que pronto las dos espectadoras vieron desde la colina dos líneas curvas de llamas que se dirigían una hacia la otra, mientras el humo, plateado a la luz de la luna, surgía sin cesar ante ellas a medida que el fuego continuaba su avance hacia la orilla. Así se formó un muro de llamas que atrapó a los hombres demonio que estaban dentro y los hizo retroceder.

Cuando las dos líneas se unieron en una, los hombres corrieron todo lo que pudieron, sin duda más rápido que cuando habían estado siguiendo lo que parecía un simple sendero y, de repente, se encontraron perdidos en un laberinto de caminos que conducían a sendas falsas en medio del cañaveral; después, cuando se dieron cuenta del peligro y quisieron volver a la seguridad de la costa, se encontraron con que el camino estaba lleno de zonas donde se hundían y tenían que forcejear en el espeso lodo, ya fuera para salir o para abrirse paso a través de la confusión de cañas.

En todo momento el humo los envolvía, y cada vez oían más cerca el crepitar de las llamas...

Tinu saltaba nerviosa, aplaudía; feliz no sólo de contemplar la destrucción de aquellos terribles enemigos, sino, y quizá en mayor medida, por la gloria de ver que su magnífico plan había funcionado tal como lo había planeado. Pero a Mana no le ocurría lo mismo. Sentía un inmenso alivio de que todo hubiera salido bien, de que hubieran tenido tanta suerte, y de que el horrible peligro en el que habían estado viviendo se terminara.

Pero al mismo tiempo, otra parte de sí misma sentía el horror del modo en que lo habían llevado a cabo. Que aquellos hombres, personas, debieran morir así... Incluso a esa distancia, oía el rugido de las llamas y, mezclados con él, débiles gritos (¿o era sólo su imaginación?). No habían tenido alternativa. Era la única solución posible. Pero estaba mal, muy mal. Ya no miraba ni escuchaba. No podía soportarlo. Se tapó los oídos con las manos, se volvió y ascendió a la colina. La luna estaba lejos del risco; ya no era plateada, sino marrón anaranjada detrás del velo de humo. En la redondez de su disco voló un ave. De nuevo uno de los halcones, por supuesto. Pero en esa ocasión no continuó el vuelo. Se mantuvo suspendido en plena luna, con las alas extendidas. Parecía estar observando la escena de abajo, como Mana y Tinu. Quizá no era uno de la pareja de halcones. Quizá era Halcón Luna, que había aparecido para comprobar que todo le iba bien a su Clan.

En la mente de Mana tomó forma una oración. La rezó en silencio.

Halcón Luna, yo elogio.
Halcón Luna, yo doy las gracias.
Que todo termine, Halcón Luna.
Pronto, pronto.

El ave inclinó las alas, salió volando y desapareció. Aliviada, Mana volvió al pantano.

El humo que los envolvía era más denso a medida que las llamas se acercaban. Ascendía por la colina, ocultando el perfil de la orilla. De repente se oyeron gritos procedentes de allí, las voces de hombres furiosos: los cinco del Clan que habían entrado en el sendero para abrir las trampas, y que después habían regresado para tenderles una emboscada junto a la entrada, preparados para matar a cualquier superviviente que intentara escapar. El sendero tenía el ancho suficiente para que pasara una sola persona. Los hombres demonio, obligados por las llamas que los cercaban, llegaban al lugar tropezando unos con otros, cegados por el humo.

De repente Tinu soltó un grito, señaló, cogió una piedra y corrió hacia la derecha. Alguien se apresuraba colina arriba. Otros dos lo perseguían, con palos de cavar listos para atacar. Sin pensarlo, Mana cogió una piedra y aceleró para cerrarle el paso, para detenerlo aunque fuera un instante.

Las cuatro siluetas, la de Tinu, las de los dos hombres del Clan y la de su presa, se desvanecieron en una nube de humo. Cuando escampó, Mana vio que Tinu lanzaba la piedra cuando el hombre pasaba junto a ella. Éste se tambaleó, perdió pie y estuvo a punto de caer. Antes de que pudiera recuperarse, sus perseguidores ya estaban encima de él asestándole golpes salvajes.

Mana dejó caer la piedra y se dio la vuelta. Más tarde pensó en lo extraño de la situación. Si hubiera sido ella quien primero hubiera visto al hombre que escapaba, habría hecho exactamente lo mismo que Tinu: tratar de frenarlo para que los hombres pudieran matarlo. Pero el hecho de ser espectadora la dejó horrorizada.

Fue el último de los hombres demonio que intentó escapar de entre las cañas.

Cuando la línea curva de llamas llegó a la orilla se disiparon, y la curva se cerró hacia dentro hasta que los dos extremos se unieron y el fuego se apagó. Ya no quedaba nada por quemar. No obstante, espirales de humo continuaron surgiendo del montón carbonizado a lo lejos. Después, éstas también disminuyeron y cesaron, y la noche se aclaró.

Los del grupo de la orilla, Mana, Tinu y los cinco hombres, subieron hasta la mitad de la colina y esperaron, aunque no creían que los demás intentaran salir del pantano hasta que fuera de día y las brasas del gran fuego se hubieran enfriado para así poder caminar sobre ellas sin peligro.

Algunos montaron guardia, pero Mana se acostó y durmió: fue un descanso maravilloso, profundo y sin sueños. No se despertó hasta que fue pleno día. Los demás ya iban y volvían de la isla o buscaban a lo largo de la orilla y alrededor de donde antes estaban los senderos.

Vio los cadáveres de hombres demonio junto a la entrada. Detrás de ellos se extendía un gran espacio negro, donde el viento levantaba de pronto cenizas y las hacía flotar colina arriba.

Mana no bajó a reunirse con sus amigos, sino que esperó hasta que todo el grupo subiera la colina. Tun iba primero; llevaba en las manos una cosa redonda y negra: la cabeza de Kern. Mana supuso que lo primero que habían hecho en cuanto amaneció fue buscar el cadáver del jefe de los demonios, junto al cual encontraron la cabeza de Kern.

Net tenía una herida en el costado, donde uno de los demonios lo había herido en un ataque ciego en la entrada. Moru sufría dolorosas quemaduras debido al inesperado ímpetu de las llamas. Otros tenían quemaduras menores, y los ojos de muchos todavía lagrimeaban a causa del humo.

Chogi ya había atendido lo mejor posible a los heridos. Después, antes de comer o descansar, Tun los guió a lo largo de la colina, a lo alto del promontorio, hasta el montículo. Descubrieron el cuerpo de Kern; Tun le puso la cabeza en su sitio y volvieron a poner las piedras encima.

Las mujeres formaron una hilera al este del montículo, con el sol que ascendía a su espalda. Los hombres se sentaron ante ellas y marcaron el ritmo con las manos, gruñendo con notas lentas y profundas a través de los labios cerrados. Las mujeres golpeaban con los pies siguiendo el ritmo y emitían el agudo chillido que liberaría el espíritu de Kern del lugar donde había muerto y lo enviaría al Lugar Bueno en la Montaña, la Montaña sobre Odutu, donde vivían los Primeros.

Mana observó y escuchó; percibió a su alrededor el sentimiento de justicia de los demás, de liberación ante un acto horroroso que por fin era reparado. Compartió el sentimiento. Se alegraba por Kern, por sí misma y por el Clan. Pero había otros espíritus todavía unidos a aquella colina y al pantano. También notaba su presencia, la de los espíritus de los hombres demonio que habían muerto aquella noche, y antes. Casi podía sentirlos a su alrededor, casi escuchaba sus gemidos en el apacible aire de la mañana.

Cuando terminó la danza regresaron en silencio a lo largo de la colina, pero cuando cruzaron la estribación que les permitía divisar el pantano este, los que iban delante se detuvieron. El resto subió para ver por qué se habían parado. Abajo, en la costa, se advertía una única silueta que bailaba enloquecida. Era Ridi. Con el viento llegó hasta ellos su salvaje cántico de triunfo, su alegría por la venganza que había caído sobre sus enemigos.

Mana miró durante un rato y pensó: «No, yo no soy así.» Se dio cuenta de que Noli estaba a su lado.

—Noli —murmuró—. Ayúdame. Tengo el corazón afligido.

Noli parecía estar en una especie de sueño. La danza de la muerte era cosa de los Primeros. Quizá había acompañado a Kern en parte de su viaje. Mana reparó en que la mirada de Noli recuperaba el brillo habitual.

—Mana —murmuró—. ¿Por qué esta aflicción?

—Noli..., son esos otros... —explicó Mana—. Ellos son hombres demonio... Ellos son espíritus... muertos... ¿Ellos, dónde...? ¿Cómo...?

Noli comprendió la pregunta hecha entre balbuceos. Sonrió y movió la cabeza.

—Mana, yo no sé —respondió—. No es asunto nuestro. Pronto nosotros abandonamos este lugar.

—Noli, sí es cosa mía —insistió Mana—. Hay un conflicto en mi corazón. ¿Qué hago?

—Mana, yo... —empezó a decir Noli, volviendo a mover la cabeza.

Se calló de repente, se estremeció y cogió a Mana del hombro. Un hilo de espuma apareció en la comisura de su boca. Mana le pasó el brazo alrededor, preparada para impedir que cayera, pero no hizo falta. El murmullo de la voz de Halcón Luna fue tan débil que sólo Mana lo escuchó.

—Espera.

Noli suspiró, tembló y miró a su alrededor. Arrugó el entrecejo y, confundida, miró a Mana.

—¿Halcón Luna estaba aquí? —preguntó—. ¿Ella ha hablado?

—Sí —respondió Mana—. Era para mí.

Los demás empezaron a moverse. Noli asintió, volvió a temblar y los siguió. Mana comprendió que Noli no recordaba lo que acababa de suceder, quizá ni siquiera la pregunta de Mana.

Pero daba igual. Mana ya sabía qué tenía que hacer: esperar.

LEYENDA

La cacería de cerdos

Los hombres de Serpiente volvieron de cacería. Estaban cansados. Estaban hambrientos. No llevaban carne. Dijeron:

—Ayer nosotros vimos muchas cebras. Hoy ellas se han ido. Nosotros vimos sus huellas. Fuimos todos juntos. Las seguimos lejos y lejos. No las encontramos.

Las mujeres se mofaron de los hombres. Dijeron:

—Vosotros sois cazadores tontos. Las cebras son más hábiles. Esta noche vais a comer sólo plantas. No tenéis fuerza.

Las mujeres se rieron de los hombres. Su risa era de esta clase: mirad, es el crepúsculo. Los estorninos se agrupan para descansar, los estorninos azules. Oscurecen el cielo con sus alas. Ellos claman con voces chillonas. Un león ruge. No se le oye. Así de fuertes son las voces de los estorninos.

Así se rieron las mujeres de los hombres de Serpiente. Los hombres sintieron vergüenza.

Era el crepúsculo. Puerco Gordo fue a los cañaverales de Llanura Mujer Vieja. Habló con los puercos en los lugares donde éstos se revolcaban. Dijo:

—El agua se va. Pronto estos lugares para revolcarse están secos. El Arroyo Panal tiene buen barro. Venid. Es de noche. El sol no quema. La luna es grande. Nosotros vemos el camino.

Los puercos se levantaron. Fueron con Puerco Gordo.

Una gran serpiente se interpuso en su camino. La vieron a la luz de la luna. La serpiente se levantó y siseó. Puerco Gordo dijo:

—¡Corred! ¡Corred! ¡Es una serpiente demonio! ¡Nos come a todos!

Los puercos no son listos. Si uno hace una cosa, todos la hacen.

Puerco Gordo corrió hacia el este, hacia Manantial Amarillo. Los demás lo siguieron. Llegaron a Risco Roca Larga. Puerco Gordo se detuvo. Todos se detuvieron.

Dijeron:

—La serpiente ha desaparecido. Ahora nosotros vamos a Arroyo Panal.

Allí fueron. Caminaron sobre el Risco Roca Larga. No dejaron huellas.

Puerco Gordo no los acompañó. Fue a Llanura Mujer Vieja. Allí se encontró con Siku. Ella estaba oculta entre la hierba alta. Le dijo:

—Monta sobre mi lomo. Yo te llevo a Peñasco Ventoso, a tu Clan.

Era por la mañana. El Clan de Serpiente despertó. Llenaron las calabazas. Partieron hacia Arroyo Panal. Los hombres encabezaron la marcha.

Pronto gritaron:

—¡Eh! ¿Qué es esto? Aquí hay huellas de muchos, muchos puercos. Mirad, ellos van por allí, hacia Arroyo Panal. Los puercos no son como las cebras. Ellos no corren lejos y lejos. Ahora nosotros cazamos esos puercos. Nosotros los matamos y nos los comemos. Puerco Gordo son nuestros enemigos. Nosotros les quitamos la fuerza. Mujeres, sigamos estas huellas. Vamos rápido.

Después dijeron:

—¡Eh! ¿Qué es esto? Los puercos se desvían. Algo los ha asustado. Mirad, ellos corren rápido. Pronto están cansados. Nosotros los alcanzamos.

Siguieron las huellas. Llegaron a Risco Roca Larga. Las huellas desaparecieron.

Los hombres dijeron:

—Ahora ellos se desvían. ¿Adónde van? Arroyo Panal está por aquí. Manantial Amarillo por allí. Éste está más cerca.

Partieron rumbo a Manantial Amarillo. La roca terminaba. No vieron más huellas. Regresaron. Las mujeres los esperaban.

Los hombres dijeron:

—Ahora nosotros vamos a Arroyo Panal.

Farj dijo:

—Manantial Amarillo está más cerca.

Las mujeres dijeron:

—Farj tiene razón. Nuestros pequeños están cansados. Nuestras calabazas están vacías. Nosotros vamos a Manantial Amarillo. Hombres, ¿venís? Tenemos plantas para comer.

Los hombres pensaron: plantas para comer es mejor que nada. Fueron a Manantial Amarillo.

Los hombres de Puerco Gordo esperaban en Arroyo Panal. No llegó ninguna persona. Llegaron muchos puercos. Los hombres no los cazaron. Puerco Gordo no come puerco.

8

A la batalla siguieron días de paz. De todas formas, Tun apostó vigías del amanecer al crepúsculo, y del crepúsculo al siguiente amanecer, aunque, en el fondo, todo el Clan sabía que la amenaza del norte había desaparecido. No volvería a producirse ningún ataque de hombres demonio, de cazadores de hombres. Tampoco era probable que atacaran en grupos de dos o de tres. Si quedaban algunos en su lugar de origen, seguramente tendrían miedo. Y, por encima de todo, Halcón Luna era fuerte en aquel lugar. Ella avisaba y protegía a su Clan.

Primero, cogieron los cadáveres de los hombres demonio que habían matado en los enfrentamientos anteriores y los llevaron a la zona incendiada en el oeste. Así eliminaron de la ladera este del promontorio cualquier cosa que pudiera atraer demonios, para que el Clan pudiera establecerse allí, acampar, pescar y recolectar, hasta que las heridas de Tun y de Net terminaran de curarse y Moru se restableciera de sus quemaduras.

Cuando no estaba en la atalaya, Mana pasaba el tiempo en el hoyo de pesca. Por lo general pescaba algo, y una maravillosa tarde volvió al campamento con cuatro peces, gordos y hermosos. De todos modos, el hecho de esperar junto al hoyo y mirar cómo los pececillos iban y venían, aunque no pescara nada, la satisfacía plenamente.

La pesca le hacía bien. Mana sentía que ella también tenía una herida que curar, una herida en su interior, en su espíritu. Se la había producido con el golpe de un palo de cavar. Ella había propinado aquel golpe con su propia mano, cuando estaba junto a la trampa, en el sendero entre las cañas. Tun estaba tendido en el suelo junto a ella, luchando por librarse del hombre demonio. Ella golpeó la cabeza de éste con el palo de cavar de Tun, y con ese impacto el cráneo del hombre se rompió. Aquél fue el momento en que ella lo mató. Aquélla era la herida de su espíritu.

También tenía quemaduras, no tan profundas como la herida del espíritu, pero que también dolían. Solía despertarse a media noche y todo estaba tranquilo; sólo se oía el leve siseo del viento que cruzaba el risco por encima de ella. No obstante, Mana estaba segura de que, justo antes de despertarse, había oído ruidos transportados por el viento: los gritos de los hombres atrapados al oeste del cañaveral, cuando el muro de fuego cayó sobre ellos.

Era algo parecido a lo que le había sucedido a Moru. Mana estaba de pie junto a Tinu en la colina, viendo cómo el humo se elevaba desde el cañaveral mientras el arco de fuego se cerraba cada vez más. De repente, la envolvió una ráfaga de viento, llena de las llamas que estaban oscuras a causa de los hombres que morían abrasados en ellas, y que al pasar chamuscaron su espíritu.

Mana no habló con nadie de lo que le sucedía. Por lo que sabía, los demás, incluso Noli, no sentían otra cosa que no fuera alivio por el triunfo y satisfacción por lo que habían hecho. Mana también sentía eso; estaba contenta de que todos, excepto el pobre Kern, siguieran vivos, feliz de que los días fueran tranquilos y pudieran acampar seguros alrededor de una hoguera en la colina, feliz por la belleza del mundo, ahora que el viento había soplado la bruma del pantano y eso le permitía ver a gran distancia. Feliz de pescar.

El segundo día después de la batalla, dos hombres del pantano aparecieron entre las cañas y subieron con cautela al campamento.

Shuja estaba de vigía y al principio no los vio, pues su mirada estaba centrada en el norte. De repente, se dio la vuelta y advirtió la actitud amistosa de los que se acercaban, así que se puso en pie y llamó a los demás, que estaban recolectando a lo largo de la costa, o pescando, o entre las cañas buscando insectos para usar de cebo.

Mana salió de su hoyo y vio que Tun y Var subían a la colina para saludar a los visitantes. Aquello no era cosa de niños, así que Mana volvió a la pesca. Por la noche se enteró de lo que había sucedido, cuando todos estaban sentados alrededor del fuego.

—Un hombre fue nuestro guía —explicó Var—. Él nos indicó este lugar. Entonces sus dos mujeres estaban con él. Ellos no salieron del cañaveral. Ni el hombre ni las mujeres. Tenían miedo.

—Yo vi esto —coincidió Net—. Ellos tenían miedo.

Hubo murmullos de aprobación. Todos lo recordaban.

—Vimos otra vez a ese hombre —prosiguió Var—. Nosotros llevamos sal: yo, Var, Net, Kern y Yova. Lo encontramos en las cañas, en un sendero. Él nos vio. Él tenía miedo. Se fue. Yo grité: «Nosotros estamos bien.» Él corrió. Yo llamé otra vez. Él se paró. Volvió, despacio, despacio. Me tocó; sonrió; estaba contento. No tenía miedo. Llamó a sus mujeres. Ellas vinieron, tenían miedo. Me tocaron. Estaban contentas. Yo dije para mí: «Estas personas creen que Var está muerto. Que es un espíritu.» Ellos me tocaron. Yo estaba tibio. No estaba muerto. Ellos estuvieron contentos.

—Var tiene razón —intervino Yova—. Yo vi esto.

—Yo digo esto —señaló Tun—. La gente del pantano tiene miedo de los hombres demonio. Ellos piensan: «Estos desconocidos son tontos. Ellos van a los lugares de los hombres demonio. Los demonios los matan.» Ellos oyeron la pelea en la noche. Contemplaron un gran incendio. Después vieron nuestro fuego en la colina. Todavía estaba allí. Ellos se preguntaron: «¿Los desconocidos viven?» Ellos han venido. Nosotros los hemos llevado a las cañas secas. Les hemos enseñado los cadáveres de los hombres demonio. Ellos están contentos. Han hecho como Ridi. Ellos han elogiado mucho. Pronto vienen otros. Ellos miran también.

Hablaron de ello durante un rato, y coincidieron en que probablemente Tun tenía razón.

Aquella noche Mana montaba guardia. Oyó un ruido extraño que se acercaba desde el pantano por su espalda; cada vez estaba más cerca.

Al cabo de un rato se dio cuenta de que era un ruido que ya había oído antes, cuando la comitiva de hombres del pantano habían llevado a su isla la cabeza del cocodrilo monstruo que el Clan había atrapado y matado.

Era el ruido que hacían los habitantes del pantano golpeando los tubos de caña que llevaban colgados de los cinturones. Pero esa vez era diferente: cuando Mana lo había oído antes, era un ritmo salvaje y cadencioso, mezclado con gritos de triunfo. Ahora era lento, solemne y monótono, sin mezcla de voces humanas. Mana comprendió enseguida que se trataba de un sonido fúnebre.

Parecía que todos en el Clan habían oído el ruido, y dejaron lo que estaban haciendo para ver la procesión. Decenas y decenas y decenas de gentes del pantano, hombres, mujeres y niños, salían del cañaveral y subían a la colina rumbo al campamento.

Hubo el acostumbrado intercambio de regalos. Incluso desde la atalaya, en lo alto de la colina, Mana advirtió que los habitantes del pantano llevaban consigo mucho más de lo que el Clan podía darles a cambio.

Después avanzaron hacia la ladera occidental del promontorio, y Mana los perdió de vista; sin embargo, el viento llevó hasta ella la triste música toda la mañana. En cuanto Nar llegó para relevarla como vigía, Mana subió hasta el risco y miró hacia abajo.

A lo lejos, en el banco de barro calcinado, mujeres y niños se movían de un lado a otro, miraban el suelo, mientras los hombres permanecían en la orilla, golpeando los tubos rítmicamente. De vez en cuando uno de los que buscaban se agachaba, recogía alguna cosa, la llevaba a la orilla y la añadía a un montón. Aunque no alcanzaba a ver con claridad a aquella distancia, Mana se dio cuenta enseguida de que recogían las calaveras que los hombres demonio llevaban en sus cinturones.

Y sabía también, por el ruido de los palos de sonido, que lo que hacían no era cosa de demonios. Todo lo contrario. Cogían las calaveras, no como trofeos, como la enorme cabeza de cocodrilo, sino para hacer algo bueno con ellas. Algunas de las calaveras debían de haber sido cabezas de habitantes del pantano, pero no podían reconocerlas, así que se las llevaban todas. Sentirían lo mismo que el Clan con respecto a la cabeza de Kern, así que querrían hacer algo parecido a lo que ellos habían hecho: devolver la cabeza al cuerpo de Kern, donde pertenecía, y bailar la danza de la muerte en su honor.

Cuando terminaron, se despidieron y marcharon rumbo a los cañaverales; la triste música de los palos de sonido se fue apagando a medida que se alejaban.

Habían dejado un gran montón de regalos; en su mayor parte eran peces, pero también varas de pescar, dientes de cocodrilo, cinturones trenzados y tubos para colgar de los cinturones. Algunos de los tubos contenían pasta de color, que los hombres del pantano utilizaban para pintarse los rostros. Los niños se divirtieron mucho pintándose con manchas y rayas rojas, amarillas y moradas. Aquella noche hubo una fiesta; todo el mundo comió hasta hartarse.

Al día siguiente, Var y Suth salieron de expedición hacia el norte. Después de tres días de angustia regresaron, cansados pero satisfechos. Explicaron que habían recorrido todo el promontorio a lo largo de la colina árida e interminable, y que después ascendieron a una serie de colinas que casi eran montañas, también áridas, sin encontrar Lugares Buenos para que el Clan viviera en ellos. Casi se habían quedado sin comida, y al llegar a la cima ya estaban desesperados. Sin embargo, al llegar y mirar hacia abajo, descubrieron un enorme valle, muy prometedor, justo el lugar que habían estado buscando. Exploraron un poco y detectaron pocas señales de personas, pero encontraron mucha comida.

Cuando terminaron el relato, Tun los elogió con grandes palabras. Después dijo:

—Esto es bueno. El día que viene nosotros partimos. Todos nos preparamos.

A la mañana siguiente, en cuanto amaneció, Mana fue por última vez a su hoyo de pesca, echó en él trozos de cebo y contempló cómo los pececillos se acercaban a tragárselos. Con gran alegría suya, apareció un pez grande y hermoso, plateado, con una raya amarilla en cada flanco. Su carne rosada, fuerte y jugosa era de las mejores, pero ni siquiera intentó pescarlo. Al contrario, le dio más cebo y lo bendijo junto a los más pequeños, y al agua donde nadaban, y partió con una sensación de tristeza y felicidad.

Ascendieron sin pausa el promontorio durante toda la mañana; eligieron la pendiente difícil: dos hombres iban delante para detectar señales de peligro. Mientras descansaban, Mana vio que Suth interrumpía lo que estaba diciendo a los demás hombres y señalaba hacia el otro lado del pantano. Ella miró, y enseguida vio lo que le había llamado la atención a Suth. Muy lejos, una fila de siluetas pequeñas vadeaba el río con el agua hasta los muslos.

—¡Eh! ¡La gente del pantano también viene! —exclamó Zara—. Ahora ellos no tienen miedo.

Net se levantó de un salto, hizo bocina con las manos para saludar y, después, agitó los brazos. Un instante después, Mana reparó en que los habitantes del pantano se detenían. Todo el mundo se levantó y agitó las manos. Los otros respondieron haciendo lo mismo y continuaron su camino, mientras los miembros de la Tribu volvían a sentarse, contentos de no estar solos en aquella aventura.

—Ellos pasan por un camino antiguo —observó Var—. Ellos lo conocen.

—Var, tú tienes razón —dijo Chogi—. Yo digo esto. Todo el pantano era su lugar. Ellos pescaban aquí. Encontraron tierra seca. No tenían miedo. Entonces aparecieron los hombres demonio. Éstos mataron hombres, se llevaron mujeres. Los habitantes del pantano tuvieron miedo. Se marcharon. Ahora nosotros hemos matado a los hombres demonio. Ellos ya no tienen miedo. Ellos regresan.

—Chogi, tú tienes razón —señaló Net, y todos así lo aceptaron.

Aquella tarde acamparon temprano, un poco más arriba de la base del promontorio, donde la orilla se alejaba hacia el este al pie de una gran cadena de colinas. Tal como Var y Suth les habían advertido, allí no había posibilidades de encontrar comida, así que dedicaron cierto tiempo a pescar y recolectar entre las plantas de la orilla.

Como era costumbre cuando acampaban en un sitio nuevo, hicieron la hoguera en una hondonada, para que no pudiera ser vista desde la lejanía. Tun apostó vigías en lugares estratégicos, y todos se apresuraron a realizar sus tareas. El resultado fue bueno. Parecía que nadie había recolectado allí desde hacía muchas lunas. Mana encontró un nido de escarabajos; el escarabajo guardián estaba escondido en la entrada. Su picadura era muy venenosa; sin embargo, Mana lo atrajo hacia fuera con una brizna de hierba y lo aplastó con la piedra que tenía preparada en la otra mano. Ya podía cavar en el nido sin peligro y guardar las jugosas larvas oscuras en la calabaza.

Justo cuando terminaba, oyó un breve silbido que procedía de las cañas que había junto a ella. Mana miró y vio un rostro pintado con colores brillantes que la miraba a través del cañizo. Mana alzó una mano y pronunció un saludo en voz baja; el hombre del pantano salió con cautela. Ella no reconoció el dibujo del rostro, pero el hombre parecía saber quién era ella. Él le devolvió el saludo, pero miró detrás de Mana, como examinando la colina, y emitió un sonido interrogador, como un leve ladrido, pero con los labios cerrados. Aunque no semejaba al gruñido que utilizaban los Puercoespines, era evidente que le estaba haciendo una pregunta.

«¿Seguro? ¿Has visto algún hombre demonio?»

Mana sonrió, gruñó de modo tranquilizador y dijo:

—Ven, yo te llevo con Tun.

Pero cuando ella empezó a caminar, él ladró para indicarle que esperara, y llamó a alguien que estaba entre las cañas. Al instante salieron varios habitantes del pantano, hombres y mujeres; todos con expresión asustada e inquieta. Una de las mujeres ofreció a Mana un par de peces como regalo, pero arrugó la nariz de asco cuando Mana intentó darle algunas larvas a cambio.

Llegó Tun, y los guió hasta el campamento. Al rato aparecieron aún más habitantes del pantano, y al anochecer había diez y cinco más sentados en torno al fuego con el Clan, asando peces en las brasas.

Más tarde descendieron de la colina para dormir entre las cañas: a ellos no parecía importarles la enfermedad. Sin embargo, a la mañana siguiente, Mana apenas se había despertado cuando oyó un débil grito en una de las atalayas. Cinco habitantes del pantano subían la colina. No había mujeres entre ellos, pero esa vez todo su cuerpo, no sólo el rostro, estaba pintado de colores brillantes.

—Ellos vienen a pelear —dijo Suth—. Yo recuerdo esto: vinieron a llevarse la cabeza del cocodrilo. Era nuestra. Ellos dijeron en su corazón: «Estas personas no entregan la cabeza. Nosotros peleamos por ella.» Pero Tun les dio la cabeza. Nosotros no peleamos. Iban pintados así.

—Suth, ¿ellos lucharán contra nosotros? —inquirió Ko.

—No. Éste es mi pensamiento. Ellos pelean contra los hombres demonio.

En esa ocasión los hombres del pantano no llevaban regalos. Intercambiaron saludos y aguardaron; era evidente que esperaban a que el Clan prosiguiera su viaje. En cuanto Tun dio la señal, tres de ellos corrieron adelante para hacer de exploradores, mientras los otros dos iban junto a Tun. Sabían muy bien adónde iban, así que éste les permitió guiar al grupo por una pendiente a través de la colina, hasta que llegaron a una estribación que siguieron hasta la cima.

Fue un ascenso largo y pesado. Al final Mana vio que los exploradores empezaban a moverse con más cautela, y cuando finalmente desaparecieron detrás del horizonte, los dos hombres que caminaban con Tun indicaron a todos que se detuvieran y esperaran; cuando los exploradores regresaron, le dijeron a Tun que podían continuar sin peligro.

Subieron hasta un paso, con colinas que se elevaban a cada lado, y lo recorrieron durante un trecho, hasta que el terreno empezó a descender y pudieron contemplar el norte. Mana oyó un suspiro emitido por muchas bocas y, después, un murmullo a su izquierda. No supo quién habló, pero fue la expresión de su propio pensamiento. El de todos:

—Éstos son Lugares Buenos. Buenos. Buenos.

LEYENDA

El cruce Mambaga

Antílope Negro fue a ver al venado de cola blanca, el venado Mambaga. Les dijo:

—Las lluvias han cesado. Estos pastos están secos. Ahora id al sur, hacia nuevos pastos, hacia Llanura Ragala. ¿Cruzáis el río Mambaga? Allí hay hombres que os esperan. Ellos os cazan. Matan a muchos.

Los venados de cola blanca respondieron:

—Antílope Negro, nosotros conocemos el cruce Mambaga. No conocemos otro.

Antílope Negro respondió:

—Ahora yo os enseño otro camino. Venid.

Los condujo hacia el este, después hacia el sur, hacia Paso de Humo. Aquellos días el río estaba lleno de agua. En Paso de Humo caía por un precipicio.

Los venados de cola blanca dijeron:

—Antílope Negro, nosotros no podemos cruzar aquí. El río es ancho, ancho. Es profundo, profundo. El agua echa humo. Ruge. Nosotros tenemos miedo.

Antílope Negro golpeó el precipicio del norte con su pezuña. Éste cayó a la garganta. Golpeó el precipicio del sur con su pezuña. Éste también cayó. Las rocas quedaron cruzadas en el paso. El agua se detuvo.

Sin embargo, los venados de cola blanca seguían teniendo miedo. Antílope Negro volvió a saltar la garganta. Les dijo:

—Venid rápido. El agua sube. Pronto empuja las rocas.

Guió a los venados de cola blanca para cruzar las rocas. El cruce fue de esta manera:

Mirad, es el amanecer. Las hormigas abandonan su nido. Todo el día ellas van y vienen. Buscan comida aquí y allí. Ahora cae el sol. Ellas se reúnen en su nido. ¿Quién es capaz de contarlas? El suelo está negro de tantas que hay. Entran en el nido por un sitio estrecho. Entran todas. Así fue el cruce de los venados de cola blanca. El agua subía junto a ellos. El último venado cruzó. El agua apareció violentamente y empujó las rocas a un lado. Los venados de cola blanca fueron al sur, hacia Llanura Ragala. Allí la hierba era fresca y tierna. Eran felices.

Todos los Clanes se reunieron en Mambaga. Esperaron a los venados de cola blanca. Pero ninguno llegó al cruce. Los hombres hablaron entre sí. Dijeron:

—¿Por qué no vienen los venados? Esto es extraño.

Farj tenía una hija, Rimi. Su compañero era Nos. Él era de Cocodrilo. Farj habló con él. Le dijo:

—Nos, compañero de mi hija, escúchame a mí, Farj. Yo soy anciano. Vi muchas cosas. Esto no lo veo nunca. Los venados de cola blanca siempre vienen a Mambaga. Vienen en esta época. Ahora ellos no vienen. ¿Por qué? Yo, Farj, digo esto: yo soy Serpiente. Nuestros hombres hicieron un Juramento de Guerra. Había ira en su corazón. Los hombres de Puerco Gordo hicieron el Juramento de Guerra. También eran presa de la ira. Los venados de cola blanca olieron esa ira. Ellos tienen miedo. Ellos no vienen.

Nos respondió:

—Farj, tú tienes razón. Yo hablo con los otros Clanes. Yo digo tus palabras.

Todos los hombres escucharon. Dijeron:

—Nos tiene razón. Farj tiene razón.

Fueron a los hombres de Serpiente y de Puerco Gordo. Les dijeron:

—Detened esta guerra, esta estupidez.

Los hombres de Serpiente y Puerco Gordo respondieron:

—Nosotros no la podemos detener. Hicimos el Juramento de Guerra.

Los hombres de los Clanes replicaron:

—Nuestros jóvenes no van con vosotros. Ellos no dicen: «Nosotros elegimos a vuestras hijas como compañeras.» Vuestros hombres jóvenes vienen con nosotros. Nosotros les decimos: «Nuestras hijas no os eligen a vosotros como compañeros. Primero vosotros termináis esta guerra.»

Los hombres de Serpiente respondieron:

—Puerco Gordo termina la guerra primero. Ellos revocan el Juramento de Guerra. Ellos nos entregan a Mott. Nosotros lo matamos. Entonces nosotros revocamos el Juramento de Guerra. Nosotros les entregamos a Ziul.

Los hombres de Puerco Gordo respondieron del mismo modo. Dijeron:

—Nosotros no lo hacemos primero. Nosotros no perdemos el honor.

Las mujeres dijeron:

—Vosotros sois tontos. —Y ellos no se rieron.

Farj y Siku escucharon la conversación, contaron lo sucedido a Serpiente y a Puerco Gordo.

Puerco Gordo y Serpiente dijeron:

—Los hombres son bayas maduras. Ellos están preparados. Farj, tú eres anciano, eres sabio. ¿Qué hacemos nosotros ahora?

Farj pensó y dijo:

—Ahora nosotros hacemos esto que digo.

9

Fue como si entraran en un mundo distinto. Detrás quedaron la prolongada y seca ladera y el paso: rocas, grava, matas de hierba seca, pequeños arbustos espinosos desparramados aquí y allí, todo pardo, quemado y seco, incluso después de las lluvias. Un mundo casi muerto.

Pero allí, a tan corta distancia del norte, había un mundo vivo: laderas verdes donde podían pastar los ciervos, árboles de ramas gruesas que daban sombra fresca, pájaros que se llamaban y se respondían, enredaderas, arbustos, olor a savia y a polen, zumbido de abejas, movimiento de criaturas en la sombra; buena tierra, buen aire, buena cosecha, buena caza: un inmenso Lugar Bueno que se extendía a sus pies.

A Mana se le ocurrió una idea. Era incapaz de expresarla con palabras. Suth estaba de pie a su lado.

—Suth —murmuró la niña—. Los hombres demonio... Ellos tenían esto... todo esto... ¿Por qué...?

¿Por qué habían abandonado ese valle maravilloso para cazar y matar, no animales para comer, sino hombres para cortarles la cabeza y llevárselos como...? ¿Como qué? ¿Para qué las querían? ¿Era posible que su Primero fuera un demonio? ¿Él les decía que debían hacer eso para complacerlo? Resultaba espantoso tan sólo imaginarlo.

Suth pareció comprender sus balbuceos. Frunció el entrecejo mientras movía la cabeza.

—Mana, yo no sé —dijo—. Es extraño, extraño.

Tun, por supuesto, apostó vigías, y el resto del Clan comenzó a buscar comida. Aquello no era lo que querían los hombres del pantano. Esperaron un rato y, después, intentaron convencer a Tun de que siguieran adelante. Cuando se dieron cuenta de que éste no continuaría el viaje, se pusieron tristes; a pesar de todo, se quedaron un rato más, gruñendo, gesticulando y tocándose entre sí. A continuación bajaron de la colina; sus movimientos eran cautelosos, y llevaban las varas de pescar en posición de combate.

El Clan trabajó con alegría; encontraron cuanto querían: nueces, frutas, raíces, larvas y huevos de pájaros. Habían empezado después del mediodía, y no habían hecho el acostumbrado descanso, pero a aquella altura el aire era más fresco, y la emoción y la satisfacción de explorar aquel nuevo hogar les proporcionaban un brío renovado. Avanzada la tarde, Mana oyó gritos de los cazadores, y poco después aparecieron Net y Nar, llevando triunfantes el cuerpo de un enorme oso hormiguero al que habían sorprendido y matado.

Cuando habían recogido más que suficiente, Tun los condujo de nuevo al paso, donde encontraron una buena hondonada para pasar la noche. Allí arriba la noche sería fría, pero era más seguro dormir al aire libre, con vigías de guardia, que más abajo, donde había tantos escondites que cualquier enemigo o bestia salvaje podía utilizar para atacarlos por sorpresa.

En el crepúsculo regresaron los cinco hombres del pantano. Les acompañaba una mujer parecida a ellos. Cargaba con una niña pequeña.

Los hombres del pantano estaban de buen humor. Llegaron haciendo gestos de triunfo, golpeando el aire con los puños. Dos de ellos llevaban calaveras, que dejaron con mucho cuidado en el suelo, un poco alejadas del fuego. Después enseñaron con orgullo sus varas de pescar a Tun y a los otros hombres.

—¿Qué es esto? —murmuró Moru, mirando desde el lado del fuego donde estaban sentadas las mujeres.

—Yo huelo sangre —dijo Noli—. Creo que ellos han matado gente.

Mana también había percibido el inconfundible olor, pero no sabía a qué criatura podía pertenecer.

—¿Quién es esa mujer? —preguntó Shuja—. ¿Los hombres del pantano han matado a su compañero? ¿Ellos se la han llevado? Ella no está triste.

La mujer se había acercado a sentarse con ellas, frente a los hombres, y tal como Shuja decía, parecía aturdida, pero no desgraciada. Comía sin advertir lo que hacía, y mantenía la mirada fija en uno de los hombres del pantano sentado al otro lado del fuego.

—Yo digo esto —señaló Chogi con decisión—. Éstos no siempre fueron hombres del pantano. Los hombres del pantano eran sus amigos. Pero ellos vivían aquí. Estos Lugares eran suyos. Entonces llegaron los hombres demonio. Ellos mataron hombres, se llevaron mujeres. Estos hombres huyeron al pantano. Los hombres del pantano dijeron: «Quedaos con nosotros. Aprended nuestras costumbres.» Ellos lo hicieron. Ahora nosotros matamos a muchos hombres demonio. Estos hombres dicen en su corazón: «Nosotros volvemos a nuestros Lugares. Encontramos a nuestras mujeres. Nosotros vemos a un hombre demonio, nosotros lo matamos.»

—Chogi, tienes razón —dijo Yova.

—¿Por qué llevan calaveras? —quiso saber Bodu.

—Un hombre demonio mató a sus amigos —sugirió Moru—. Él les cortó la cabeza. Ahora estos hombres lo han matado a él. Ellos recuperan las cabezas. Esto es bueno.

Discutieron la idea un rato, pero Mana seguía pensando en los hombres demonio. Ella comprendía lo que al parecer habían hecho los hombres del pantano. Eso era venganza. También era atroz, pero era cosa de personas. Lo que hacían los hombres demonio era diferente.

¿Eso significaba que, después de todo, no eran personas? No, ella sabía que en realidad sí lo eran. El hecho de que fueran personas era lo peor de todo. Si sólo hubieran sido animales con forma de personas, también habría sido aterrador, pero un terror diferente. Los hombres demonio eran hombres, como Tun y Suth, buenos y fuertes, como el irascible Net, como el amable Tor; aquí estaba la diferencia. Y por eso Mana tenía una herida en su espíritu, porque había matado a uno de ellos.

Quizá algún día lo comprendería. Halcón Luna le había dicho que esperara. Halcón Luna sabía que la herida de Mana era real. Sabía que los hombres demonio eran personas, pues de lo contrario no habría dicho eso.

El Clan durmió junto al fuego, apretados unos contra otros para combatir el frío. Los hombres del pantano, la mujer que iba con ellos y su hijo recién nacido también durmieron apiñados. Por la mañana intercambiaron saludos, y emprendieron el regreso al pantano, mientras el Clan descendía al valle para seguir explorando.

En esa ocasión se movieron más rápido, con exploradores por delante, y sólo se detuvieron para recolectar si llegaban a una zona en que la comida fuera especialmente abundante. Encontraron una cascada que caía ruidosamente de roca en roca, y bebieron el agua limpia y fresca, pero no se preocuparon de llenar las calabazas.

Siguieron el curso de la corriente, que se extendía en una línea imprecisa a cada lado de la cascada, cuando Mana vio que Tor, que exploraba ante ella, se agachaba y miraba hacia delante, y al mismo tiempo hacía un rápido movimiento hacia abajo con la mano izquierda. Mana buscó enseguida refugio en el arbusto más cercano. Cuando miró a derecha e izquierda, el resto del Clan parecía haber desaparecido, a excepción de Tinu, que estaba agachada al otro lado del mismo arbusto. Esperaron mientras Tor y Net se movían a rastras y desaparecían.

Al poco rato, Tor regresó y les hizo una señal para que continuaran, pero enseguida volvió a hacer el mismo movimiento hacia abajo: «Venid. Manteneos agachados.» Todos salieron de sus escondites y siguieron avanzando con sigilo.

Llegaron al borde de un declive; se detuvieron y miraron hacia abajo. El terraplén era corto pero escarpado. Debajo de ella, Mana vio algo que reconoció enseguida como un campamento. Había un fuego apagado con un montículo grande de cenizas, señal de que había estado ardiendo durante días. Había también un montón de ramas para la hoguera, un pedazo de tierra pisoteada, una roca lisa con restos de semillas, etcétera. El único elemento extraño era un par de estacas enterradas a uno y otro lado del sendero que conducía colina abajo.

Un cuerpo yacía boca abajo junto al fuego. La piel era de un gris muy oscuro, con cierto tono morado, y estaba manchada de la sangre procedente de varias heridas profundas y muy pequeñas.

Mana oyó un murmullo a su lado. Bodu.

—Lo han matado los hombres del pantano. Ellos han usado varas de pescar.

Sí, los peces ensartados en la vara presentaban en el costado un agujero parecido. Chogi había tenido razón la noche anterior. Sin embargo, el cuerpo no pertenecía a un hombre demonio. Era demasiado pequeño: era un niño, de la edad de Mana, supuso. Un niño demonio.

Tras dar un fuerte suspiro, Mana inclinó la cabeza y se dio la vuelta. ¿Por qué? ¿Y por qué en ese hermoso lugar, en ese refugio con la cascada...?

No soportaba quedarse allí. Se alejó; empezó a derramar lágrimas por el niño muerto. Lloró por él como había llorado por Kern. Por el momento era la misma muerte.

Siguió caminando despacio en medio de la confusión de lágrimas; dejó que sus pies la llevaran. Sabía que eso no estaba bien: no debía alejarse del grupo en un lugar desconocido, con peligros nuevos. Pero necesitaba estar sola, sobrellevar su pena sin que nadie le hablara ni tratara de consolarla. No estaba preparada para eso.

No pudo avanzar más; se detuvo, se secó las lágrimas con el dorso de la mano y miró a su alrededor. Había llegado a un pequeño claro junto a un árbol caído. Aún oía el murmullo del río a su espalda. Todavía no estaba lista para regresar. Se sentía deshecha, como si la pena hubiese aflojado su ser interior, igual que a veces se deshacían las trenzas de hierba con que sujetaba su calabaza, y necesitaba un poco de tiempo para volver a trenzarlas con firmeza.

Estaba de pie en aquel lugar, suspirando y moviendo la cabeza, cuando alguien gritó detrás de ella. Saltó del susto, pero enseguida se dio cuenta de que era Suth quien la llamaba. Mientras se daba la vuelta para responder, oyó un siseo junto a ella. Otra vez dio un brinco, y retrocedió mientras miraba. Un brazo delgado y oscuro salió de debajo del árbol caído y la llamó. Mana se arrodilló y miró en el espacio oscuro que había debajo del tronco. Dos ojos grandes brillaban. Mana apenas discernía la forma del rostro. ¿Era una niña? ¿Una mujer?

Suth volvió a llamarla, desde más cerca. El brazo la llamó con impaciencia. Mana alzó la mano con la palma hacia delante, la señal de «paz», y respondió por encima del hombro:

—Suth, estoy aquí.

Se levantó y salió a su encuentro.

—Espera, Suth —le dijo en voz baja—. Alguien se esconde. Ella tiene miedo. Ella piensa: «Estos hombres me matan.»

—Yo traigo a Noli —dijo él, y salió corriendo. Mana se agachó de nuevo junto al árbol caído, donde la mujer pudiera verla, sonrió e hizo sonidos tranquilizadores con la garganta, hasta que Noli llegó con Amola. Ella se agachó, miró debajo del tronco del árbol e hizo el acostumbrado murmullo de saludo. Como la niña, o la mujer, no se movía, Noli se sentó con las piernas cruzadas y le dio el pecho a Amola, y ésta empezó a mamar satisfecha.

Mana vio que los ojos redondos se abrían todavía más. Lenta y cautelosamente, la dueña de los ojos salió del escondite. Era una mujer extraña, evidentemente adulta pero más baja que Mana. Con la piel más oscura, casi negra. Tenía las nalgas grandes y el rostro arrugado, como el de un recién nacido, pero por lo demás no parecía muy vieja. No dejaba de mirar a un lado y a otro. Era tímida como un ciervo asustado. Noli se puso en pie, sonriente, y la cogió de la mano.

—Ven —le dijo, y la guió hacia el campamento. En cuanto la mujer vio a Suth, sofocó un grito de alarma, retiró la mano de la de Noli y retrocedió. Suth hizo el gesto de «paz» y canturreó un saludo. Vacilante, la pequeña mujer fue hacia Noli y permitió que ésta la guiara.

Antes de llegar al campamento, Suth llamó a los demás:

—Escuchad. Nosotros traemos a una mujer desconocida. Ella tiene miedo, mucho miedo.

Unos cuantos del Clan subieron desde la orilla para saludarla, y una vez más la mujer se detuvo y retrocedió. Entonces, de repente, pareció darse cuenta de que aquellos recién llegados no le harían daño. Sin embargo, pasó por alto los saludos y desapareció a toda prisa en dirección a su campamento. A Mana le iba a resultar insoportable ver otra vez al niño muerto, así que, cuando continuaron el viaje, le preguntó a Shuja qué había ocurrido.

—Ella puso al niño boca arriba —explicó Shuja—. Lo miró. Yo pienso: «Él era su hijo.» Pero ella no lloró. Fue a la hoguera. Cogió ceniza y la puso en la cara del niño. Se quedó un rato quieta. Se fue. Eso fue todo.

—Esto es extraño —intervino Bodu—. ¿Es ella mujer demonio? Yo digo que no.

Hablaron de ello mientras caminaban hacia el este a lo largo de la pendiente, sin bajar más hacia el valle, para no tener que subir mucho cuando quisieran acampar por la noche.

—Yo digo esto —indicó Chogi por fin—. Su piel es negra. La piel de los hombres demonio es oscura, como la nuestra. La piel del niño era más oscura. Un hombre demonio se llevó a esa mujer. Él es el padre. El niño era su hijo. Ella no lo quería. Pero él era su hijo.

—Esto es triste, triste —se lamentó Bodu.

La pequeña mujer no parecía pensar lo mismo. Siguió acompañándolos; parecía mucho más confiada, y se comportaba como si siempre hubiera formado parte del grupo. Recolectaba con indiferencia cada vez que hacían una pausa para ello. Parecía haberse olvidado del niño muerto.

Pero hacia el mediodía, cuando empezaban a buscar algún sitio agradable para descansar y comer, la mujer emitió uno de sus extraños sonidos, sonrió y levantó la mano: era evidente que se despedía. Después bajó corriendo de la colina. Poco después oyeron un grito. Respondieron dos más lejanos, uno tras otro.

—Ella ha encontrado amigas —dijo Bodu—. ¿Nosotros miramos?

Antes de que nadie contestara, Mana vio que Ridi caía de rodillas ante Tun, y soltaba el gemido que significaba que pedía un favor. Señaló por donde la mujer se había ido.

—Ésas son voces de mujeres —dijo Tun—. Nosotros las buscamos. Entregamos regalos. Ellas son amigas. ¿Está bien?

Partieron. Ridi iba corriendo delante, y de vez en cuando se volvía para indicarles que se apresuraran. Al cabo de un rato se detuvo y saludó. Se oyó un grito de respuesta que llegaba de abajo. Ridi empezó a correr y desapareció.

La siguieron y la encontraron después de bajar un trecho; conducía hacia ellos a otra mujer que llevaba sujeta a la cadera una niña un poco más pequeña que Tan. La madre se parecía mucho a Ridi, o a cualquiera de las mujeres del pantano, pero la piel de la niña era más oscura y tenía un tinte grisáceo. Era evidente que la madre y Ridi eran viejas amigas; se reían y lloraban de felicidad por el encuentro.

Saludaron a Tun y, después, los llevaron a todos hasta otro campamento, como el primero pero más grande, donde el fuego todavía estaba encendido. Allí había dos mujeres más, la que Mana había encontrado aquella mañana, y otra que podía ser su hermana, con el mismo rostro arrugado, piel negra y nalgas enormes. Ésta tenía un hijo, también muy negro. Había una niña mayor, negra también, y un niño pequeño de piel mucho más pálida. La amiga de Ridi parecía ser su madre.

La otra diferencia con respecto al otro campamento era que en la entrada había cuatro estacas. En lo alto de cada una había una calavera humana.

Aquélla era una escena que en los días siguientes verían repetida varias veces: un campamento usado durante mucho tiempo, con una hoguera encendida en el centro, mujeres y niños preparando comida o recolectando en las cercanías, y dos o más estacas en las que había clavados los tenebrosos trofeos.

Las mujeres eran, en su mayor parte, parecidas a los habitantes del pantano: esbeltas y de piel pálida; algunas se parecían a la extraña mujer menuda que Mana había descubierto junto al campamento del niño muerto; pero otras eran altas y delgadas, y en su piel gris oscura presentaban el mismo tono morado que los hombres demonio. Los niños eran mezclas de esas formas y colores, pero también había algunos que eran iguales que los hombres demonio.

Cuando el Clan llegaba a uno de estos campamentos, las mujeres menudas se escapaban y se escondían enseguida; por su parte, las de piel pálida empezaban a hacer lo mismo hasta que Ridi las llamaba, y entonces regresaban vacilantes. Pero si había una mujer demonio, se levantaba y se enfrentaba a ellos con expresión soberbia, con su hijo demonio al lado. Parecía que ninguno sabía lo que era tener miedo.

La primera vez que ocurrió esto, Mana se limitó a mirar, pero cuando el Clan prosiguió el viaje lamentó no haber hecho más: saludar, sonreír, hablar, cualquier cosa para demostrarles a ellos y a sí misma que todos eran iguales: que eran personas. Así que en la siguiente oportunidad, un par de días después, se acercó a una mujer demonio y la saludó con la mano levantada y el murmullo que utilizaba la gente del pantano para ese fin.

La mujer demonio la miró y se alejó. El niño, pequeño pero lo bastante mayor para correr sin caerse, se quedó mirando a Mana con ojos oscuros y hostiles. Mana sonrió y alargó una mano para tocarlo.

La madre siseó al instante como una serpiente, cogió al niño y lo alejó de Mana. Ésta retrocedió, todavía tratando de sonreír, pero la madre desvió la mirada. Cuando Mana se dio la vuelta vio que varios del Clan la estaban mirando. Chogi negaba con la cabeza con el entrecejo fruncido. Cuando reemprendieron el viaje, Mana se sintió muy deprimida. No volvió a intentar hacerse amiga de ninguna mujer demonio.

Todo aquello era nefasto, pero después ocurrió algo todavía peor. El Clan se había aventurado valle abajo y retrocedía hacia el oeste, explorando a medida que avanzaba. Cuando llegaban a alguno de los campamentos, era como el primero que habían encontrado. Las calaveras ya no estaban en las estacas. El fuego estaba apagado, o apagándose, y a veces, junto a las brasas, había uno o varios cadáveres de mujeres demonio y niños de piel oscura. Los demás niños y mujeres no estaban. Aunque Ridi llamaba una y otra vez, nadie respondía.

El Clan contemplaba esas escenas con un horror parecido al de Mana. Para un hombre, matar a una mujer o a un niño era un vergüenza incalificable. Incluso su Clan sufría destierro hasta que lo hubieran atrapado. El propio hermano del asesino, si lo tenía, debía asestar el golpe mortal. No había danza de la muerte. Llevaban el cadáver del asesino a uno de los lugares de demonios y lo dejaban allí, para que los demonios se comieran su espíritu. Olvidaban su nombre deliberadamente. En la larga historia de los Clanes, sólo se recordaban tres de aquellos nombres, a modo de advertencia: Da, Mott y Ziul.

El Clan no vio hombres demonio, ni vivos ni muertos, y, con gran alivio de Mana, tampoco se encontró con ninguno de los hombres del pantano que habían cometido aquellos asesinatos. Éstos, pese a sus costumbres extrañas, siempre se habían mostrado amistosos con el Clan, pero en esos momentos Mana no sabía cuál sería su reacción ante ellos.

—Nosotros no nos quedamos aquí —dijo Tun—. Este lugar está lleno de espíritus. De espíritus de demonios. Nadie hace la danza de la muerte para ellos.

Así que los guió rápidamente hacia el oeste y, luego, hacia el norte, hasta llegar a una región mucho menos fértil, donde no parecía haber ningún campamento. Se parecía al terreno al que estaban acostumbrados: más abierto, con Lugares Buenos desperdigados y alejados unos de otros, con extensiones intercaladas casi áridas, llenas de piedras, arena, grava, hierba seca y quemada por el sol y arbustos espinosos.

Allí notaron que se sentían más cómodos. Era como si en aquellas colinas que daban al norte, la vida fuera demasiado fácil, abundante y generosa. Una noche estaban hablando de eso junto al fuego cuando a Mana se le ocurrió una idea extraña. Pensó un rato y, después, tocó el brazo de Noli.

Noli la miró y alzó las cejas con aire interrogador.

—Yo tengo un pensamiento, Noli —murmuró Mana—. Los hombres demonio. Ellos me preocupan. ¿Por qué hacen esas cosas? Yo digo esto: esos otros Lugares son buenos, buenos. Las mujeres hacen todo: ellas recolectan, tienden trampas. Encuentran comida, mucha, mucha. Los hombres, ¿qué hacen? Ellos cazan, atrapan ciervos: dos, tres; hay muchos ciervos, muchos. Ellos no puden comerse todos esos ciervos. Y piensan: «Yo no tengo nada que hacer: yo cazo personas.» ¿Esto es cosa de hombres, Noli? ¿Tun hace esto? ¿Y Suth?

Noli, frunciendo el entrecejo, pensó en la pregunta con seriedad.

—Mana, yo no sé —respondió—. Sé que Tun no hace eso. Sé que Suth no hace eso. Pero los hombres deben hacer algo. Un hombre dice en su corazón: «Yo quiero que la gente me vea. Que la gente diga: "Éste es un hombre."»

Sí, pensó Mana, era eso. Los hombres necesitaban reunirse junto al fuego y jactarse de lo que hacían. En el Clan, por lo general, presumían de la caza, pues cazar era algo difícil, y una cacería satisfactoria era algo de lo que se podía alardear. Pero si cazar era fácil, ¿qué más había? Estaba la lucha: hombre contra hombre. Si un hombre mataba a otro, era mejor. Y para reforzar su jactancia, cortaba la cabeza de la víctima como prueba.

Aquella noche, Mana se durmió muy deprimida, sin dejar de pensar en ello.

¿Era así? ¿Tenía que ser así?

LEYENDA

El juego de los guijarros

Los Clanes partieron de Mambaga. Dijeron:

—Que no haya pelea. Que Puerco Gordo vaya al oeste, por Arroyo Panal. Que Serpiente vaya al este, junto a Manantial Amarillo.

El Clan de Puerco Gordo viajó toda una mañana. Un puerco se interpuso en su camino. El puerco era gordo. Ellos dijeron:

—Esto es muy extraño. Este puerco no huye de la gente. ¿Por qué?

Siku respondió:

—Yo, Siku, os enseño.

Ella se adelantó. Era pequeña; el puerco se agachó y Siku subió a su lomo. El puerco se levantó y Siku dijo:

—Venid.

El puerco fue hacia Manantial Amarillo. Ellos dijeron:

—¿Nosotros seguimos? Los Clanes dijeron: «Id por Arroyo Panal.» Nosotros vamos a Manantial Amarillo, ellos se enfadan. Pero mirad, este puerco no huye de nosotros. Una niña va subida en su lomo. Ella habla con personas mayores. No tiene miedo. ¿Es cosa de los Primeros? Nosotros seguimos a este puerco. Nosotros miramos.

Fueron hacia Manantial Amarillo. Tomaron el camino del oeste.

El Clan de Serpiente viajó a Manantial Amarillo por el camino del norte. Llegaron cerca del lugar. Una serpiente se cruzó en su camino, una gran serpiente de árbol, verde y negra.

Ellos dijeron:

—Esto es extraño. Aquí no hay árboles. Y aquí está esta serpiente de árbol. No se esconde de la gente. ¿Por qué?

Farj respondió:

—Yo, Farj, os enseño.

Se adelantó. La serpiente de árbol levantó la cabeza. Se enroscó alrededor de él. Apoyó la cabeza sobre su hombro. No le ahogó.

Farj dijo:

—Esperad.

Los de su Clan lo miraron. Dijeron:

—Éste es el anciano Farj. Él tiembla. Él murmura. Pero mirad, la serpiente se enrosca alrededor de él. No le ahoga. ¿Esto es cosa de los Primeros? Nosotros esperamos.

Atardeció. El sol se ponía.

El Clan de Puerco Gordo llegó cerca de Manantial Amarillo. El puerco se detuvo. Siku bajó de su lomo. El puerco corrió y desapareció.

Estaban todos sedientos. Tenían las calabazas vacías. Fueron hasta el lugar donde estaba el manantial. Llegaron por el camino del oeste.

Lo mismo ocurrió con el Clan de Serpiente. La serpiente de árbol se desenroscó del anciano Farj y desapareció.

Estaban sedientos, tenían las calabazas vacías. Fueron hasta el manantial. Llegaron por el camino del norte.

En Manantial Amarillo se encontraron ambos Clanes. Los hombres vieron a sus enemigos. Dijeron:

—Ahora nosotros peleamos. Aquí empieza esta guerra. Aquí termina.

Las mujeres los cogieron de los brazos. Dijeron:

—Este final es malo, malo. No peleéis.

Los hombres replicaron:

—Murieron personas, se derramó sangre de sus heridas, recibieron golpes feroces. Todo esto debe pagarse. Muerte por muerte, herida por herida, golpe por golpe.

Farj se puso en pie ante su Clan. Antílope Negro fue detrás de él. Nadie lo vio; respiró sobre Farj.

Farj habló con voz potente, la voz de un jefe:

—Esto es bueno. Yo, Farj, hago el recuento por vosotros. Yo cuento nuestras muertes, nuestras heridas, nuestros golpes. Nosotros somos Serpiente. Una serpiente se enrolló sobre mí. Apoyó la cabeza sobre mi hombro. Era una señal para vosotros. Me elige a mí.

Los hombres dijeron en su corazón: «Puerco Gordo mató a su hijo. Él no lo olvida. Él quiere venganza.»

Las mujeres dijeron en su corazón: «Un hijo todavía vive. Él no quiere su muerte. Él quiere la paz.»

Unos y otros dijeron:

—Nosotros vimos esa señal. Que Farj haga el recuento por nosotros.

Siku se puso en pie delante de su Clan. Antílope Negro fue detrás de ella. Nadie lo vio; respiró sobre Siku.

Siku habló con voz clara, la voz de una mujer mayor:

—Esto es bueno. Yo, Siku, hago el recuento por vosotros. Yo cuento nuestras muertes, nuestras heridas, nuestros golpes. Nosotros somos Puerco Gordo. Un puerco se interpone en nuestro camino. Él se agacha. Yo me subo a su lomo. Él nos lleva a Manantial Amarillo. Ésta es una señal para vosotros. Me elige a mí.

Los hombres dijeron en su corazón: «Ella es una niña. Ella hace el recuento. Nosotros no queremos. Nosotros decimos: "Lo hace una niña. No es nada. Contemos otra vez. Que cuente un hombre."»

Las mujeres dijeron en su corazón: «Su padre está muerto. Su madre murió. Ella conoce la guerra, lo que la guerra provoca.»

Todos respondieron:

—Nosotros vimos esa señal. Que Siku haga el recuento por nosotros.

Farj dijo:

—Esto es bueno. Ahora nosotros contamos. Jugamos el juego de los guijarros.

Farj y Siku fueron al manantial. Él era alto, orgulloso; era un jefe. Ella era pequeña, una niña. Metieron las manos en el agua. Sacaron guijarros: negros, amarillos y grises. Vaciaron las calabazas. Fueron a sus Clanes. Contaron las muertes, las heridas y los golpes. Por cada muerte pusieron un guijarro negro en la calabaza. Por cada herida, uno amarillo; y por cada golpe, uno gris.

Fueron al manantial y se arrodillaron. Los Clanes se reunieron a su alrededor. Nadie se movió. Nadie respiró. Observaron a Farj y a Siku.

Farj dijo:

—Yo juego negro. Yo juego cinco muertes.

Metió la mano en su calabaza y sacó cinco guijarros negros. Los puso en fila.

Siku metió la mano en la calabaza y sacó los guijarros negros. Los dispuso junto a la fila de Farj. Eran cinco.

Siku dijo:

—Yo juego amarillo. Yo juego diez y tres heridas más.

Ella metió la mano en la calabaza y sacó diez y tres guijarros amarillos más. Los puso en fila.

Farj introdujo la mano en su calabaza y sacó unos guijarros amarillos. Los dispuso junto a la fila de Siku. Eran diez y tres más.

Farj dijo:

—Yo juego gris. Juego golpes. Nosotros jugamos uno a uno.

Cada uno metió la mano en su calabaza. Sacaron guijarros grises uno a uno. Cada uno sacó diez y diez y dos más.

Farj dijo:

—Mi calabaza está vacía.

Siku introdujo la mano en la suya, sacó un guijarro gris y lo puso en el suelo.

Dijo:

—Mi calabaza está vacía.

Ambos se levantaron. Quedaron uno frente a otro. Farj era alto, orgulloso; era un jefe. Siku era pequeña, una niña.

Farj dijo:

—Siku, dame un golpe.

Siku dio un golpe a Farj. Lo golpeó con la fuerza de una niña. Él se cayó. Aulló y gritó:

—¡Ay, ay! ¡Un puño fuerte me ha golpeado! ¡Ay, ay!

Todos lo vieron. Todos escucharon. Ninguno habló. Dijeron en su corazón: «¿Qué es esto? ¿Qué significa?»

Farj quedó tendido en el suelo, un hombre grande, un jefe, aullando.

Siku se quedó de pie ante él; una niña. Agitó el puño en el aire, en ademán de triunfo.

Un niño se rió. Todos lo oyeron. Dijeron en su corazón: «Esto es cosa de risa.» Entonces todos se rieron. Su risa fue de la siguiente clase:

Mirad, es la época de las lluvias. El aire está pesado, cargado. Los hombres gruñen, se pelean. Las mujeres chillan, dicen palabras furiosas a sus compañeros. Los niños lloran, se portan mal. Ahora mirad, la lluvia viene y se va. El aire está despejado, de la tierra brotan olores dulces. Todos son felices. Todos son buenos.

De ese tipo fue la risa de los dos Clanes.

Farj se levantó y fue hasta el manantial. Cogió un guijarro gris y lo dejó en el suelo. Las filas quedaron iguales.

Y dijo:

—Todo está pagado. Ahora nosotros vamos a Odutu, Odutu bajo la Montaña. Nosotros revocamos el Juramento de Guerra.

10

Mana buscaba comida. No muy lejos, Bodu y Nar estaban al pie de un árbol con frutos muy maduros; esperaban a que Tinu avanzara todo lo posible por una rama para hacerlos caer con su vara de pescar. Lo frutos estaban muy blandos. Si les lanzaban piedras, explotaban por el golpe o cuando caían contra el suelo. Así que el truco consistía en subir al árbol y hacerlos caer de uno en uno, mientras otra persona esperaba abajo para cogerlos.

En esa ocasión el asunto se complicaba porque había un nido de avispas entre los más maduros; las avispas iban y venían. Por esa razón Tinu estaba usando la vara de pescar: para no tener que acercarse. Varias personas habían conservado las varas de pescar porque resultaban útiles para muchas otras cosas.

Mana no los ayudaba porque la fruta tan madura no le gustaba mucho. Algunas personas la encontraban deliciosa, aunque tuvieran que taparse la nariz para comerla. A Mana tampoco le gustaban las avispas, así que se había alejado en busca de otra cosa. Los cuatro estaban ya al final de la fila de recolectores cuando Bodu vio el árbol a cierta distancia, así que en ese momento Mana estaba todavía más lejos del resto del Clan.

Sola con sus pensamientos, caminaba con cautela, con todos los sentidos alerta y haciendo pausas para mirar, oler y escuchar a cada paso que daba. Oyó los ruidos que se aproximaban cuando aún estaban muy lejos: alguien corría, con desesperación, jadeando y con paso inseguro. De pronto, Mana supo que el desconocido pasaría cerca de ella.

Viene un desconocido. Escóndete. Míralo. Después decides. ¿Él me ve?

Era una regla que Mana utilizaba desde que había aprendido a hablar. Se agachó y esperó. Entonces vio al que corría. Era una mujer demonio.

Por encima de unos arbustos, Mana vio sólo la cabeza y los hombros antes de que la mujer desapareciera detrás de un matorral más grande. Más allá había terreno despejado. Mana esperó a verla de nuevo. Todavía oía la respiración pesada, exhausta; pero la mujer parecía haberse detenido. Enseguida continuó y se puso ante la vista de Mana: era una mujer alta, delgada y negra, cuyo paso vacilante manifestaba lo cerca que estaba de agotar todas sus fuerzas. Atravesó el claro y se esfumó.

Mana se quedó donde estaba. Ya sabía lo que sucedería a continuación.

¿Cómo podía ayudar? ¿Corriendo a buscar a los demás recolectores y pedirles que acudieran? No había tiempo; por el modo en que corría la mujer, sus perseguidores debían de estar pisándole los talones. Además, la mayoría de los hombres habían salido a cazar. Y no la ayudarían: no hacía mucho que Mana había oído a los adultos decidir que lo que sucediera entre los hombres del pantano y los demonios no era asunto del Clan.

Lo único que podía hacer era esconderse bajo el arbusto, permanecer allí angustiada y esperar.

«Espera.»

La voz de Halcón Luna parecía murmurar en su mente.

Casi al instante oyó los gritos de los cazadores, su respiración pausada y el ruido sordo de sus pisadas. Avanzaban algo separados entre sí para no pasar por alto ninguna señal si la presa se apartaba del camino, llamándose unos a otros para informar si habían visto alguna huella reciente.

Entonces los vio: eran cuatro hombres del pantano, el más cercano estaba a menos de diez pasos de ella; los demás iban por delante, moviéndose con el rápido trote de los cazadores, confiados, seguros de que la persecución terminaría pronto. El segundo hombre era el que en realidad seguía el rastro. Al igual que la mujer, también por un momento apareció por encima de los arbustos más bajos y desapareció detrás de los más grandes, pero llegó mucho antes al claro. Los cuatro corrieron y desaparecieron de su vista.

¿Qué había hecho la mujer? ¿Para qué se había detenido, si la seguían tan de cerca? ¿Para descansar? No. Cuando un corredor descansa, jadeante, la respiración se hace más lenta, más profunda. En cambio, la de la mujer se había acelerado. Había estado haciendo algo, desesperada, apurada... ¿Buscaba un escondite? Quizá, pero... De todos modos, Mana debía regresar con los demás, para que supieran dónde estaba. Anduvo a gatas, y con un regusto amargo en la boca y en el ánimo fue hacia el árbol de fruta. Allí estaban Nar y Bidu; ya no miraban a Tinu, sino que observaban la persecución. Una voz de hombre gritó a lo lejos, detrás de Mana y hacia su izquierda. Se oyeron otras voces, salvajes y triunfantes. La caza había terminado. La mujer no habría gritado ni suplicado por su vida: era una mujer demonio..., lo raro era que hubiese corrido... La habrían encontrado escondida en alguna parte... ¿Una mujer demonio, escondida...?

Mana recordó a las mujeres demonio de los campamentos, que se enfrentaban al Clan cuando éste llegaba, esperando que las mataran, pero demasiado orgullosas para huir o manifestar miedo.

Sin embargo, el murmullo en su mente no era un recuerdo. «Espera», había dicho Halcón Luna, queriendo transmitirle algo mientras Mana estaba agazapada, esperando.

Mana se dio la vuelta y corrió hasta su escondite. Entonces avanzó, con mucho cuidado, por el terreno más difícil, por el lado de los arbustos. Allí el suelo era arenoso, y vio dos huellas diferentes: las de la mujer y las del cazador. Mana miró a la derecha. Ambos tipos de huellas se perdían en un tramo de grava, pero luego reaparecían. En la arena, ninguna de las huellas revelaba ningún titubeo. Seguramente la mujer se había detenido en la grava.

Rápidamente, Mana escrutó la zona buscando un modo de llegar al lugar sin dejar marcas, pero fue en vano. Los cazadores regresarían pronto, en busca de lo que habían perdido, así que corrió hacia la grava, se inclinó y levantó una rama baja del arbusto mayor.

El niño demonio estaba acostado allí, despierto, pero sin hacer ningún ruido. Era un niño, tendría una luna de edad. Miró a Mana con ojos grandes y distraídos mientras ésta lo cogía y se lo llevaba.

Nar y Bidu la miraban al pie del árbol, pero Mana no se dirigió a ellos inmediatamente. Para intentar confundir a los hombres del pantano, fue hacia otro grupo de arbustos y dejó allí deliberadamente algunas huellas, tal como había hecho la mujer. Una vez allí, decidió aparentar que se había ocultado en el matorral y, después, había regresado con los recolectores, sin dejar rastro. Cuando se estaba acercando a los arbustos, oyó el grito de advertencia de Nar:

—¡Mana! ¡Vienen hombres del pantano!

Se dio la vuelta y corrió hacia el árbol. A la izquierda distinguió a dos de ellos que volvían sobre sus pasos. Ya llegaban al claro que había justo antes de la zona de grava. Seguramente habían visto a Mana, pero su cuerpo ocultaba al recién nacido. Enseguida encontrarían sus huellas y se darían cuenta. Apretando al niño contra su pecho, Mana siguió corriendo.

Resollaba del esfuerzo cuando oyó el grito del hombre del pantano. Nar y Bodu estaban al otro lado del árbol, gritando a los recolectores para que acudieran a ayudar. Mana echó un rápido vistazo a la izquierda y advirtió que los hombres del pantano corrían para cortarle el paso. Ella estaba más cerca, pero ellos eran más rápidos y cada vez la encerraban más.

Mana llegó al árbol sólo unos pasos antes que ellos. Había corrido hasta allí sin pensar, porque era donde estaban sus amigos, aunque eran sólo Nar, Bodu, y Tinu encaramada en las ramas, contra los furiosos hombres del pantano. Nar regresaba a toda prisa para ayudar. Bodu agitaba desesperadamente la mano para avisar a los que buscaban comida. Por un momento, Mana pensó en lanzar el niño a Tinu, pero habría sido en vano. Sabía que no tenía fuerza suficiente.

Se dio la vuelta y se encaró con los hombres del pantano. No podía hacer otra cosa.

Eran dos; los otros dos aún no estaban a la vista. Levantaron las varas de pescar. Mana vio y olió la sangre fresca en las horribles puntas.

—¡No! —gritó—. ¡No lo matéis! ¡Esto está mal, mal!

Se miraron entre sí y bajaron las varas a media altura, pero Mana reparó en que todavía estaban furiosos. No sabía quiénes eran, pero estaba segura de que ellos sí sabían que ella era del Clan, y que procurarían no hacerle daño, porque los miembros del Clan eran aliados y amigos, y de no haber sido por ellos, la gente del pantano todavía estaría escondida y viviendo asustados de los hombres demonio.

Uno de ellos emitió el sonido de «yo doy»: era una orden, no una petición, y dio un paso hacia ella, extendiendo las manos mientras se acercaba. Mana retrocedía cuando cayó algo del árbol, justo a los pies del hombre, y explotó.

El hombre se detuvo en seco, sorprendido. Y al instante lo envolvió una nube de avispas furiosas.

Mana se dio la vuelta y echó a correr. El terror repentino a las avispas le proporcionó fuerzas renovadas. Bodu y Nar ya iban delante. Alguien corría junto a Mana: era Tinu, que había bajado del árbol nada más arrojar el nido de avispas.

No obstante, Mana resollaba de nuevo. Las rodillas empezaban a temblarle. No veía nada... se le nubló la vista. Tropezó con algo. Se tambaleó, empezó a caer, todavía agarrada al niño, tratando de combarse para no caer encima de él...

Un brazo fuerte la cogió y la levantó. Gruñó la voz de un hombre: Tor. Al instante volvió a gruñir con un tono distinto, de sorpresa. Había visto al niño demonio.

—¿Qué pasa? —dijeron varias voces a un tiempo. Mana no podía hablar. Sus pulmones a duras penas dejaban pasar el aire a través de la garganta, el corazón le golpeaba el pecho, una oscuridad rojiza le inundaba la cabeza. Oyó que Nar empezaba a explicar lo que había visto: no todo, pero si bastante...

Cuando se recuperó lo suficiente para mirar a su alrededor, ya habían acudido más de la mitad de los recolectores, y el resto se estaban acercando. Cada vez que llegaba alguien tenían que volver a contar lo sucedido. Mana se puso en pie en medio del grupo, con la cabeza inclinada sobre el niño, sin atreverse a mirarles a la cara. A juzgar por las voces, se daba cuenta de que nadie se alegraba de lo que había hecho. Lo que oía eran dudas, desaprobación, nerviosismo, confusión.

Mana sintió punzadas de dolor en el hombro izquierdo y el muslo del mismo lado: picaduras de avispas. Hasta ese momento no le habían dolido.

De repente percibió un movimiento a su alrededor y miró. Vio que se acercaban los cuatro hombres del pantano y que el Clan se preparaba para enfrentarse a ellos. Mana se puso detrás de Bodu y miró por encima del hombro de ésta, manteniendo oculto al niño. Los cuatro hombres del pantano ya habían llegado. Los dos de delante caminaban con normalidad, pero el tercero ayudaba al cuarto, que renqueaba. Era evidente que sufría mucho dolor.

La herida del brazo de Tun todavía no estaba curada, por lo que éste había decidido descansar y no ir de caza. Hizo un gesto a Tor y avanzó con él para saludar a los recién llegados. Por un momento pareció que éstos lo obligarían a apartarse, pero él se mantuvo en su sitio con la acostumbrada confianza y el otro jefe devolvió el saludo con brusquedad.

Inmediatamente, éste empezó a gruñir y a hacer gestos. El pelo se le encrespó. Agitó la vara como indicando su intención de clavarla, hizo una señal con la cabeza a los otros tres y se dispuso a adelantarse pasando por el lado de Tun.

Tun se movió para impedirle el paso. Su pelo también se encrespó, pero sólo en parte, para demostrar que se mantenía firme pero que no quería pelear. El hombre del pantano levantó una mano para empujarlo a un lado, pero Tun lo cogió de la muñeca con el brazo bueno y lo atrajo hacia sí, mientras lo miraba a los ojos, sin pestañear.

El segundo hombre vaciló y alzó la vara. Los miembros del Clan dieron un grito y se adelantaron. A pesar de que eran mujeres en su mayoría, no eran las mujeres aduladoras y serviles a que estaban acostumbrados los hombres del pantano. Los recién llegados retrocedieron y bajaron los palos. Tun soltó la muñeca del jefe y dio un paso atrás. El pelo del jefe volvió a su estado normal; también el de Tun.

—Esto es bueno —dijo con calma—. Nosotros hacemos fuego. Comemos. Hablamos. Nar, busca a los cazadores. Ellos fueron por ese camino. Diles: «Venid.»

Hizo el sonido de «venid» a los hombres del pantano y, sin mirar si lo seguían, se dirigió hasta un grupo de árboles que daban sombra.

Mientras la mayoría de las mujeres preparaban el fuego y la comida, Chogi y Bodu molieron hojas de arbusto garri y las mezclaron con un poco de agua para hacer una pasta, que untaron sobre las picaduras de avispa. Aunque también Mana y Tinu habían recibido picaduras, curaron primero al hombre del pantano, porque sus heridas eran más graves. La pasta de garri no le quitó el dolor, pero lo alivió lo suficiente para poder soportarlo.

Cuando Chogi llegó al lado de Mana, el niño demonio por fin empezaba a lloriquear y a hacer movimientos de succión con los labios.

—Tiene hambre —dijo Chogi de mal humor—. Mana, esto es tonto. Tú no puedes alimentarlo. No tienes leche. Él muere.

—Chogi tiene razón —intervino Zara—. Él es un niño demonio. Un día él es hombre. Entonces él es un hombre demonio. Él no es del Clan. Déjalo morir ahora. Dáselo a los hombres del pantano. Esto es mejor.

—Los hombres del pantano son amigos —terció Yova—. ¿Queremos que sean enemigos? Esto no es bueno. Nosotros damos el niño.

—Yo digo que no —objetó Bodu—. El niño muere, él muere. Eso es una cosa. Nosotros damos a los hombres del pantano; nosotros decimos: «Tomad. Matadlo.» Eso es diferente. Yo no puedo hacer eso.

—Bodu, eso es tonto —dijo Zara—. Una cosa, otra cosa. Es lo mismo. El niño está muerto. ¿Tú le ordenas: «Vive», Bodu? Tú tienes leche. ¿Tú le das leche al niño demonio?

Mana estaba llorando. Miró a Bodu a través de las lágrimas. El rostro redondo y alegre tenía el entrecejo fruncido. Bodu había comido bien durante más de una luna, y probablemente tenía leche de sobra, pero no para dos niños. Y además el segundo... era un niño demonio.

Mana notaba que Bodu bregaba con la pregunta de Zara, y que no podía decidirse a responder que sí. Era pedir demasiado.

Al parecer había una sola cosa que a Mana le quedaba por hacer, aunque era peor que cualquier otra que pudiera imaginar. Se puso en pie.

—Yo alejo esto de vosotros —murmuró—. Es asunto mío. Yo me marcho. Me voy lejos y lejos. El niño muere. Esto también es asunto mío.

Una voz gritó detrás de las mujeres: la de Ko. Mana no sabía que había estado escuchando.

—Mana, yo voy contigo. Tu asunto es asunto mío. Yo, Ko, digo esto.

Pese a las nuevas lágrimas, Mana oyó el murmullo de Tinu.

—Tinu va, yo voy —dijo Nar. Mana se dio cuenta de que lo había dicho contra su voluntad.

—Suth está cazando —señaló Bodu con lentitud—. Yo sé de corazón que él dice: «Nosotros vamos con Mana.»

—¡Esto es ridículo, ridículo! —exclamó Zara—. ¡Nar, hijo mío, tú no te vas! ¡Esto no es asunto tuyo!

—Esperad —dijo una voz.

Se produjo un silencio. Todos dejaron lo que estaban haciendo, se dieron la vuelta y miraron a Noli. Estaba sentada con la espalda apoyada en el tronco de un árbol, amamantando a Amola, pero la niña había soltado el pezón y esperaba, igual que los demás, como si también reconociera la voz de Halcón Luna.

Después de una larga pausa volvió a oírse la voz; no fue más que un murmullo, pero pareció que inundaba el espacio de las sombras bajo los árboles y soplaba en la llanura bañada por el sol.

—Su nombre es Okern.

Hubo un jadeo colectivo de perplejidad y, después, silencio. En todos los Clanes había una persona a la que visitaba el Primero, y esa persona elegía nombres para los recién nacidos. Así, Noli había puesto nombre a Ogad; a su propia hija, Amola; y mucho tiempo antes a Tor, después de que los Halcones Luna lo hubieran rescatado y aceptado en el Clan. Lo había hecho con su propia voz, no con la de Halcón Luna.

Pero lo extraño no era solamente que hubiese hablado con la voz de Halcón Luna, sino también el nombre elegido. Los nombres de niños empezaban con un sonido: O si eran varones; A si eran niñas. Más tarde, cuando crecían, esos sonidos se perdían. Mana había sido Amana, y Tan había sido Otan. Cuando llegara el momento Ogad sería Gad, Amola se convertiría en Mola y Okern se transformaría en Kern.

Los nombres se repetían. Así debía ser. No disponían de tantos. Seguramente había habido muchas Manas antes que Mana. Ella sabía cosas de algunas, pero no de otras. De todas formas, entre dos nombres iguales había por lo general un intervalo de varias generaciones. Mana nunca había oído que un nombre se repitiera así, casi inmediatamente, cuando todos recordaban aún al Kern que habían conocido y amado, un Kern que había sido horriblemente asesinado, y uno de cuyos asesinos bien podía ser el padre del niño que llevaría su nombre.

Por fin Tun se levantó de donde estaba agachado, junto a los hombres del pantano, a los que daba trato de huéspedes.

—Halcón Luna ha hablado —dijo con tono solemne—. El niño es Okern. Él es Halcón Luna. Su sangre es nuestra sangre. Esto es bueno. Ahora yo digo esto a los hombres del pantano. Nosotros abandonamos estos lugares. Nos llevamos al niño. Vamos lejos y lejos. Ellos no nos ven más.

Se volvió hacia los hombres del pantano. Mana se quedó donde estaba, demasiado confusa para pensar, demasiado cegada por las lágrimas para ver nada. El niño pataleaba, casi a punto de llorar. Alguien tocó el brazo de Mana.

—Mana, dámelo a mí —murmuró Bodu—. Yo tengo leche. Él vive.

LEYENDA

La abjuración

Los Primeros hablaron con sus Clanes. Dijeron:

—Ahora vosotros vais a Odutu, Odutu bajo la Montaña. Serpiente y Puerco Gordo van allí. Ellos revocan el Juramento de Guerra. Mirad esto. Que se haga ante todos vosotros. Entonces haced una fiesta.

Los Clanes cazaron y recolectaron. Los Primeros atrajeron a las presas para que los hombres pudieran cazarlas. Hicieron que los árboles produjeran nueces fuera de temporada. Maduraron las bayas en los arbustos y las semillas en los pastos. Hincharon las raíces sabrosas.

Los Clanes viajaron hasta Odutu. Sus calabazas estaban llenas.

Los hombres de Serpiente se presentaron ante ellos, y también los hombres de Puerco Gordo. Se acercaron a la roca de dos en dos, uno de cada Clan. Posaron sus manos en la roca y revocaron el Juramento de Guerra.

Los Clanes se alegraron. Recogieron leña. Hicieron grandes hogueras. Asaron carne, cocinaron pasta de semilla, abrieron nueces. Dijeron:

—Venid, ahora hacemos un festín. La guerra ha terminado.

Pero los hombres de Puerco Gordo dijeron:

—No es suficiente. En nosotros todavía hay vergüenza. Nosotros matamos a una mujer. Nosotros matamos primero.

Llevaron a Mott a su presencia. Le quitaron el palo de cavar y dijeron a los hombres de Serpiente:

—Matadlo.

Pero los hombres de Serpiente replicaron:

—No. Nuestra vergüenza es más grande. El corazón de Mott era presa de la ira. Él no vio, no pensó, él golpeó. Ziul eligió. Él vio a Dipu. Dijo en su corazón: «Yo mato a una mujer. Es la venganza de la muerte de Meena.»

Llevaron a Ziul a su presencia. Le quitaron el palo de cavar y dijeron a los hombres de Puerco Gordo:

—Matadlo.

Puerco Gordo y Serpiente se ocultaron entre los pastizales. Vieron todo eso. Fueron a ver a Antílope Negro y le dijeron:

—Que no haya más muertes.

Antílope Negro pegó la nariz a las de ellos y resopló. Les devolvió sus poderes.

Puerco Gordo y Serpiente se hicieron invisibles. Fueron a sus Clanes. Nadie los veía. Puerco Gordo escondió a Mott. Serpiente escondió a Ziul. Fue de este modo:

Mirad esa montaña. Una nube se posa sobre ella. Un hombre sube. Él está en la nube. Ella lo envuelve, es fría, el agua le cubre la piel. Él no ve el camino. Está perdido.

Así fue como los Primeros ocultaron a Mott y a Ziul. Entonces, Puerco Gordo y Serpiente los llevaron lejos y lejos. Nadie los volvió a ver.

Los Clanes celebraron una fiesta. Eran felices.

Los Primeros regresaron a la Montaña, la Montaña sobre Odutu. Ellos también hicieron una fiesta y fueron felices.

Pero Antílope Negro dijo a Serpiente y a Puerco Gordo:

—No hagáis crecer piedra hierba en los Lugares de vuestros dos Clanes.

Y así fue. Así ha sido hasta hoy.

11

Varias lunas después, Mana miraba cómo Okern trataba de alcanzar a Amola. Le resultaba difícil, pues sólo sabía rodar, mientras que Amola ya gateaba. Ella estaba ocupada con sus cosas: miraba algo que le interesaba, gateaba hasta alcanzarlo y se lo llevaba a la boca para probarlo; no tenía ni idea de las intenciones de Okern. Pero él sí.

Okern lo intentó de nuevo. La última vez casi la había alcanzado, antes de que ella se pusiera a gatear para coger una hoja muerta. Cuando Amola se movió, él ya estaba rodando y no la vio, así que cuando llegó, ella ya no estaba. Mana vio que fruncía el entrecejo y miraba alrededor, girando la bonita y oscura cabeza con pequeñas sacudidas, como los movimientos de un insecto.

Ah, allí estaba. Volvió a prepararse pacientemente para rodar. No había descubierto cómo hacerlo en línea recta, así que se acercaba a su objetivo dando una serie de curvas; con frecuencia iba en la dirección equivocada; en ese caso se detenía para inspeccionar la situación y se preparaba otra vez. Era un niño con mucha determinación.

«Esto es cosa de hombres —pensó Mana, sonriendo—. Él tiene esa idea en la cabeza. No la abandonará. Así son los hombres.»

Entonces la asaltó un pensamiento sombrío. Era una nueva versión de uno antiguo, que siempre tenía presente desde que el Clan había aceptado a Okern como a uno de ellos. A veces, como en ese momento, se hacía manifiesto y la preocupaba.

¿O es cosa de hombres demonio? ¿U Okern está cazando a Amola? Algún día sería hombre. ¿Qué clase de hombre? ¿Un asesino salvaje, como su padre? ¿O fuerte y bueno como Kern, cuyo nombre llevaba?

Era un niño muy bueno. Hasta Chogi lo admitía; por lo menos, decía: «Para un niño, está bien. Una niña es mejor.» Casi nunca lloraba, y cuando lo hacía era sin alboroto, a pesar de que muchas veces tenía que esperar a que Bodu y Noli se aseguraran de que sus hijos habían comido suficiente. Mana tenía que compensar eso masticando comida para él y poniéndosela en la boca. Al principio él la escupía, pero poco a poco se fue acostumbrando. Mana buscaba comida que a él le gustara y que no le hiciera daño al estómago. A Mana le encantaba darle de comer, pues era un modo de transmitirle que él le pertenecía. Desde el principio él pareció haber decidido que ella le pertenecía, y se acercaba feliz a Mana en cuanto una de las otras madres terminaba de amamantarlo.

Se formó una oración en la mente de Mana. La rezó en voz baja:

> *Halcón Luna, yo elogio.*
> *Halcón Luna, yo doy las gracias.*
> *Mira a Okern, Halcón Luna.*
> *Tú le diste este nombre.*
> *Que él sea Halcón Luna, como Kern.*
> *Que él no sea demonio.*
> *Yo, Mana, lo pido.*

La niña suspiró y miró a su alrededor. Estaban en un campamento nuevo, justo en el extremo más alejado de la colina norte del inmenso valle. Desde donde estaba sentada, Mana distinguía, a muchos días de viaje hacia el sur, la cadena de colinas que habían cruzado al abandonar los pantanos y que bordeaba el horizonte. Sin embargo, habían llegado hasta ese lugar por una ruta mucho menos directa, para mantener alejado a Okern de la colina sur, que los hombres del pantano reclamaban como propia.

Una o dos veces, al explorar el nuevo territorio, vieron a alguna de las mujeres negras menudas, que se asustaban. Pero ningún hombre. Por lo demás, nadie parecía vivir allí.

Era extraño. A pesar de no ser tan fértiles como la colina sur, aquéllos eran Lugares Buenos. En el campamento, por ejemplo, había dos cuevas y un arroyo cerca. ¿Por qué no había señales de que nadie los hubiera usado?

—La gente pequeña tenía estos Lugares —sugirió Chogi—. Eran suyos. Llegaron los hombres demonio, que mataron a los hombres y se llevaron a las mujeres. Ellos desaparecieron.

Era la mejor explicación que pudieron encontrar.

El campamento estaba en el punto más lejano que habían explorado; parecía que no podrían avanzar mucho más. Delante se extendía una cadena montañosa, con cumbres nevadas. Como siempre que se instalaban por primera vez en un campamento, Tun organizó expediciones de exploradores en busca de posibles peligros y zonas de buena comida. Las madres, incluyendo a Mana, se habían quedado con sus hijos para recolectar en las cercanías, recoger leña y preparar la comida de la noche.

El sol se estaba poniendo; todos los exploradores habían regresado y la comida estuvo lista antes de que hubieran vuelto Suth y Tor. Aunque ambos se encontraban bien, Suth no quiso decir dónde habían estado. Mantenía una extraña actitud, seria y silenciosa, y Tor no dejaba de mover la cabeza con preocupación.

Cuando hubieron terminado de comer, los jefes de cada grupo explorador se pusieron en pie y contaron a todo el Clan dónde habían estado y qué habían encontrado. Suth era el más joven, así que fue el último en hablar.

—Yo, Suth, hablo —dijo—. Yo fui con Tor. Estuvimos por allí... —Señaló directamente las montañas y continuó describiendo todo lo que era de interés para el Clan: zonas de plantas comestibles, un lugar con buenos hormigueros, huellas de ciervos, otro arroyo, etcétera—. Después nosotros encontramos un sendero. Era un sendero de personas. Nosotros lo seguimos. Tuvimos cuidado, cuidado. Nadie iba ni venía por él. Llegamos a las montañas. El camino se empinó. Subimos un buen trecho. Había muchos árboles. Después desaparecieron. Llegamos a un valle. Estaba en las montañas. Allí nosotros encontramos algo. Yo no lo digo ahora... No tengo palabras... El día que viene lo veis. Noli viene. Es cosa de los Primeros.

Fue todo lo que quiso decir; sin embargo, en lugar de volver a su sitio entre los hombres, hizo una señal a Noli y la llevó a un lado de la hoguera. Se sentaron y hablaron en voz baja durante largo rato. Cuando Noli volvió al fuego parecía confusa e inquieta.

A la mañana siguiente partieron en cuanto estuvieron listos, y se dirigieron hacia el este por la ruta que Suth había descrito. No iban explorando como Suth y Tor, así que fueron rápido y llegaron al sendero mucho antes del mediodía. Era un sendero que había sido muy transitado, lo bastante ancho para dos personas caminando una junto a la otra, aunque había señales de que hacía tiempo que no se usaba. Si hubieran doblado a la derecha se habrían dirigido al sur del valle, pero fueron hacia el otro lado, directamente a las montañas.

Durante las últimas lunas, Mana había visto con frecuencia aquellos picos blancos, lejanos e inalcanzables. En ese momento estaba mirando uno solo, tan cercano que parecía que iba a caérsele encima.

El sendero empezó a ascender y a serpentear de un lado a otro. De pronto llegaba a una zona de bosque: no el bosque denso, enmarañado y humeante que había a lo largo del río en los nuevos Lugares Buenos, sino fresco y de olor agradable, con amplios claros entre los árboles.

Net y Tor iban explorando por delante; Tun y Suth guiaban al grupo principal. Mana, Noli y el resto de la «familia» de Suth iban detrás, muy cerca, y los demás miembros del Clan se desperdigaban por el sendero. A veces, después de doblar una curva, Mana miraba hacia abajo y veía entre los troncos de los árboles a los que iban detrás, que todavía ascendían el tramo anterior.

De repente, Noli se paró y se quedó rígida. Los demás se detuvieron detrás de ella. Suth y Tun advirtieron la pequeña conmoción y se volvieron para ver qué sucedía.

—Goma está aquí —dijo Noli en voz baja.

Todos fijaron la vista en ella y, después, se miraron entre sí, confundidos. Goma era una de los Puercoespines, con quienes el Clan había compartido los nuevos Lugares Buenos. Había sido una amiga especial para Noli, pues era a ella a quien visitaba su Primero, Puercoespín. Pero aparte del compañero de Noli, Tor, que también era Puercoespín, el Clan no los veía desde que se separaron y avanzó cada grupo por un lado del río, en el viaje hacia el norte, para escapar de la sequía que estaba destruyendo los nuevos Lugares Buenos. ¿Cómo podía estar allí Goma, después de tanto tiempo?

—Ko —dijo Noli también en voz baja—. Corre. Busca a Tor. Lo traes aquí.

Ko salió corriendo. Noli esperó, mirando el sendero que ascendía colina arriba.

—Ella viene —añadió—. Hay otros con ella.

Noli hizo el sonido «yo voy» y empezó a subir. No había llegado muy lejos cuando, un poco más arriba, alguien se asomó entre los árboles, miró un momento, dio un grito, salió y se deslizó hacia abajo saltando de alegría. Echó los brazos alrededor de Noli y ambas se abrazaron, riendo y llorando a la vez. Cuando se soltaron y se miraron, Mana vio que realmente era Goma.

Aparecieron otras tres mujeres. Mana reconoció a dos de ellas como Puercoespines. Parecían mucho más asustadas e inseguras que Goma, hasta que vieron que la gente que estaba en el sendero eran sus viejos amigos, el Clan, y bajaron a saludarlos.

Net, Tor y Ko llegaron corriendo camino abajo, y hubo más saludos y gritos de alegría. Sin embargo, Mana no participó mucho en ellos pues todavía estaba mirando a Noli y a Goma. Observó que ésta miraba con atención a Amola, y en ese momento reparó en que el hijo de Goma no estaba con ella. Oyó el gruñido interrogador de Noli. El rostro de Goma se puso triste y Noli empezó a llorar. El niño había muerto, y Mana lloró también.

Las dos mujeres se quedaron un rato más, tocándose, acariciándose y murmurando, antes de bajar y reunirse con los demás en el camino.

—¿Qué le pasa a Goma? —se dijo Noli mientras seguían subiendo—. Yo no sé. Percibo malos tiempos. Siento tristeza. Siento miedo, sangre, más tristeza. Mi pensamiento es éste: los Puercoespines llegan al pantano. Ellos encuentran poca comida. Algunos mueren. Llegan hombres. Ellos pelean con hombres Puercoespines. Los matan. Cogen a las mujeres, también a Goma. Las traen aquí. Ella tiene miedo, miedo. Pero no teme a los hombres. Ellos se van, no vuelven. Estas mujeres están con ella. Ellas huyen. Nosotros las encontramos. Ella todavía tiene miedo. Yo siento su miedo. Yo siento la cosa que ella teme. Es cosa de demonios, mala, mala. Suth dice esto también.

Siguieron ascendiendo, con más cautela, aunque hacía rato que no veían señales de uso del sendero. Después la pendiente se suavizaba y desembocaba en un claro alargado y estrecho. Era el fondo de un valle que había entre dos empinadas estribaciones de la montaña.

En las laderas había árboles, y se advertían oscuros precipicios en lo alto. Un fino riachuelo serpenteaba por el valle. Un poco más adelante, a la izquierda, el risco caía a pico sobre el claro. Delante de éste había un montículo bajo, sin árboles.

Se detuvieron en la entrada del bosque y se quedaron mirando. Mana no detectaba señales de peligro, pero percibía algo. Parecía que el aire estaba lleno de murmullos inaudibles, mientras manos invisibles le tocaban la piel, con demasiada suavidad para poder sentirlas. Se estremeció y miró a Okern, pero éste dormía profundamente en el cabestrillo que Tinu había fabricado para él. Su rostro menudo estaba tranquilo.

Noli se volvió hacia Yova. Respiraba hondo, como hacía a veces justo antes de que Halcón Luna la visitara, pero no había espuma en sus labios, y parecía que controlaba su cuerpo perfectamente.

—Yova, coge a Amola —dijo—. Esto es asunto mío. Es asunto de Goma. Nosotras vamos primero.

Goma ya estaba a su lado; parecía preocupada y asustada. Sin embargo, cogió la mano de Noli y comenzaron a andar juntas. El Clan las siguió, sin separarse unos de otros, pero las tres mujeres que habían estado en el bosque con Goma se negaron a avanzar más.

El sendero conducía directamente al montículo que se hallaba en el extremo de una elevación baja, de modo que hasta que llegaron a ésta sólo vieron la parte superior del promontorio. Estaban a sólo diez pasos de éste, por lo que comprendieron de repente su significado.

Justo delante de ellos había dos rocas enormes, a uno y otro lado del sendero, que formaban una entrada. En lo alto de cada una había una calavera humana. Anillos de calaveras rodeaban las bases de las rocas. Más allá de éstas había dos filas de estacas, coronadas por calaveras, que conducían al montículo, el cual estaba rodeado por más estacas y calaveras. En el punto de encuentro con el sendero había una roca plana y baja. Detrás de ella, en el promontorio, se apreciaba una abertura oscura.

Noli hizo una pausa, pero no por inseguridad. Era como si esperara algo. Miró a Goma, que parecía más confiada. Ambas asintieron, como si una de ellas hubiera hablado.

—Halcón Luna está aquí —dijo Noli, todavía en voz baja—. Puercoespín también. Él duerme. Ahora despierta.

Las dos mujeres, todavía cogidas de la mano, siguieron caminando hacia el montículo. El Clan las siguió, formando una hilera a cada lado del sendero, aunque Suth y Tun permanecieron en el centro del mismo, y Mana los siguió.

Cuando Noli y Goma estaban a diez y diez pasos de la roca plana, salió un hombre por la abertura del montículo. Era anciano. Su pelo era blanco, sus ojos estaban inyectados en sangre y llenos de legañas, y se ayudaba de un bastón para caminar, aunque se mantenía erguido como un hombre joven. Mana no necesitó ver el color de su piel ni las calaveras que colgaban de su cinturón para saber que era un hombre demonio. Se habría dado cuenta por su modo de caminar, por la expresión de su rostro, por la atmósfera que se respiraba en su presencia. Aunque era anciano y débil, parecía mucho más temible que cualquiera de los cazadores jóvenes y salvajes con quienes habían luchado en el pantano.

Los ojos ribeteados de rojo contemplaron a los recién llegados. El hombre levantó el bastón y emitió un grito áspero y ronco, que hizo eco en el precipicio que se elevaba por encima.

El anciano esperó a que el eco se apagara, y volvió a gritar, una y otra vez. El precipicio repetía siempre el sonido. A Mana se le removió el estómago. Los ecos le sonaban a algo más que eso. Parecían la voz del demonio que hablaba desde la roca.

El Clan murmuró inquieto. Mana supuso que todos tenían la misma idea, el mismo miedo. De pronto, Okern se movió en el cabestrillo. Ella bajó la vista y vio que se había despertado y, confuso, miraba alrededor.

¿El demonio le había hablado también a él? ¿Especialmente a él? ¿Lo había llamado?

¡No!

Entonces Mana supo qué debía hacer, por qué estaba allí. Avanzó, y Ko la acompañó.

—Espera —murmuró—. Esto es asunto mío. Es bueno.

Caminó con seguridad, pasó junto a Tun y Suth, y Noli y Goma, y llegó a la piedra. Los enloquecidos ojos del anciano la miraron con furia y, después, se posaron en Okern.

El hombre mudó el semblante por completo. En su boca, que exhibió unos cuantos dientes amarillos, se dibujó una sonrisa espantosa. Resopló y empezó a cojear alrededor de la piedra.

Mana esperó, sin moverse del sitio, hasta que el hombre llegó ante ella.

—No, tú no lo tienes —dijo con firmeza.

—No lo tienes —murmuró el precipicio.

El anciano agachó la cabeza hacia ella y con un gesto irritado indicó la roca plana: «Pon el niño allí.»

—No —replicó Mana.

Y el precipicio respondió:

—No.

El hombre dio un paso tambaleante hacia ella, mientras extendía un brazo para coger a Okern. Mana se lo impidió. Le invadió una furia repentina contra aquel espantoso anciano, contra todos los hombres demonio, por lo que eran, por ser aquello en lo que habían querido convertirse. Había sido su elección. El demonio les pertenecía. Ellos mismos lo habían elegido.

—¡No! —aulló Mana—. ¡Él no es tuyo! ¡Él es mío! ¡Él es Halcón Luna!

—Halcón Luna —gritó el precipicio.

El anciano titubeó. Fue como si el eco mismo le hubiese dado una violenta bofetada. Se agarró al bastón con ambas manos, luchando por mantener el equilibrio. Abrió la boca. Una violenta arcada surgió de su garganta. Volvió a tambalearse, como si hubiese recibido otro golpe, y cayó a los pies de Mana.

Ésta se quedó donde estaba, mirándolo, apretando a Okern contra su costado, hasta que Tun se acercó, se inclinó y le dio la vuelta al hombre hasta ponerlo de espaldas.

—Está muerto —anunció.

—Muerto —repitió el precipicio con indiferencia.

Moviéndose despacio y hablando en voz baja para no despertar al eco, arrastraron el cadáver al interior del montículo. Llevaron con él algunos objetos extraños que allí encontraron: palos de lucha viejos, cuernos de antílope, trozos de raíces de árbol torcidas y montones de hierba seca que formaban haces de formas curiosas. Casi todo llevaba atado por lo menos una calavera.

Apartaron las calaveras y amontonaron todo lo demás en la entrada del montículo. Después quitaron las calaveras del círculo de postes y añadieron éstos al montón junto a las otras dos hileras que había al lado del sendero. Y le prendieron fuego a todo.

Al principio, Mana no participó en nada de aquello. Se sentó y acunó a Okern en sus brazos, lo tocó, lo acarició y le murmuró suavemente, como tantas veces había visto que hacían las madres Puercoespines con sus hijos. Poco a poco se dio cuenta de que algo había cambiado en su interior.

Su herida se había curado, la herida del espíritu que llevaba desde que mató al hombre demonio en el pantano. Un espíritu limpio había crecido en ese lugar, sin dejar cicatrices. La curó el hecho de encontrar a Okern: salvarlo de los hombres del pantano, hacer de madre, amarlo y ver cómo empezaba a crecer y tener una vida propia, y, finalmente, llevárselo consigo hasta allí y enfrentarse al anciano demonio, al demonio mismo, y derrotarlos.

Ella había matado a un hombre. Él había sido malo, malo, pero había sido una persona.

Pero también ella había salvado a un hombre, y no sólo su vida. Si el Clan nunca hubiera luchado contra los hombres demonio, o si los hombres demonio hubieran ganado aquella guerra, Okern habría nacido igualmente, pero sin nombre. Y se habría transformado en adulto aprendiendo a ser un hombre demonio como su padre; habría llegado a ser un cazador de gente, un asesino salvaje de hombres. Ahora quizá no crecería para convertirse en eso.

Mana cobijaba desde hacía tiempo el miedo secreto de que el verdadero padre de Okern fuera el mismo que ella había matado. Aunque nunca lo sabría, se sorprendió a sí misma esperando que así fuera.

«Eso —pensó Mana— fue lo que Halcón Luna quiso decirme cuando me dijo que esperara.»

Al cabo de un rato Noli llegó para alimentar a Okern, así que Mana se lo pasó y fue a ayudar a los demás a transportar las calaveras y a amontonarlas lejos del montículo. Estaban a punto de terminar cuando Noli llegó para devolverle a Okern. En cuanto Mana lo cogió en brazos, el niño se acomodó en su regazo, suspiró y se quedó dormido.

—Noli —dijo—. Yo te doy las gracias. Y digo esto. Mi pena ha desaparecido. Estoy bien.

—Esto es bueno —respondió Noli—. Ahora nosotros bailamos la danza de la muerte. Mana, tú danzas con las mujeres.

Mana se unió a la fila a un lado del montón de calaveras, y golpeó con los pies al ritmo de la danza, y cantó el largo gemido tembloroso que liberaría a los espíritus que quedaran en aquel valle de demonios, para permitirles ir dondequiera que los Primeros les destinaran. Incluso a aquella distancia, sus voces resonaban en el precipicio, de tal forma que éste parecía formar parte del ritual.

Cuando terminaron ya casi era de noche. Habían llevado consigo suficiente comida para el mediodía, pero no habían recolectado ni cazado, así que quedaba poco. No iban a coger nada de aquel sitio infestado de demonios, y mucho menos dormir allí, así que descendieron a través del bosque en la oscuridad hasta un arroyo que había más abajo. Allí bebieron y pasaron la noche.

Mana durmió con Okern muy pegado a ella, protegiéndolo con su cuerpo, entibiándolo con su calor, y no tuvo ningún sueño.

Varias lunas después, el Clan había vuelto a Dos Cuevas. La mayor parte de los Lugares Buenos de aquellas colinas del norte ya tenían nombres propios. No hacía mucho que Mana había oído a Ko contarle a Tan una maravillosa historia acerca de por qué la Colina Piel de Serpiente tenía ese nombre. No era la verdadera razón, sino algo que Ko había soñado. Ko siempre estaba soñando.

Amola ya podía ponerse en pie y empezaba a caminar, mientras Okern gateaba tan rápido y con tanta determinación que Mana tenía que vigilarlo continuamente cuando no estaba dormido. No parecía tener el instinto del miedo ni del peligro.

Noli y Mana estaban solas en el campamento. Noli se había quedado a remojar y moler una raíz azul que había encontrado y así tenerla lista para el festín de Luna Grande que se celebraría la noche siguiente: era una fiesta seria, pues ese día sería el último de Nar como niño. Le harían las primeras cicatrices en las mejillas y sería un hombre; entonces, él y Tinu podrían ser compañeros.

Mana se había quedado para hacer compañía a Noli, algo que ésta necesitaba especialmente, pues Tor estaba lejos desde hacía tiempo. Él y Goma habían viajado hacia el sur para ver si encontraban a alguno más de los Puercoespines en las orillas del pantano. Era su segunda expedición. La primera vez se habían encontrado con un hombre y una mujer, compañeros, y sus dos hijos, que de algún modo habían logrado sobrevivir.

Noli estaba segura de que tenía que haber más. En realidad, Mana no entendía por qué Noli afirmaba eso: era asunto de los Primeros. Cuando Mana se había enfrentado al anciano demonio en el Lugar del que No se Habla, Noli había dicho que Puercoespín había estado allí. Los hombres demonio habían llevado a Goma y a las demás mujeres al valle para cuidar del anciano. Pero el demonio del precipicio había sido demasiado poderoso para Puercoespín, pues toda la gente de éste estaba dispersa por diferentes lugares. Sin embargo, todavía estaba presente; había regresado al estar Halcón Luna para ayudarlo. No podría haberlo hecho, decía Mana, si todos habían muerto excepto Goma y las otras dos mujeres.

Así que Mana ayudaba a Noli con la raíz azul; Amola también ayudaba a su manera: golpeando un trozo de corteza con una piedra que su madre le había dado. Okern también tenía su piedra, por supuesto, pero golpeaba cualquier cosa siempre y cuando pudiera hacerlo bien y con fuerza.

Noli hizo una pausa en el trabajo para volver a juntar la raíz azul sobre la piedra plana que utilizaba como mortero. Amola advirtió la pausa en el ritmo constante y levantó la mirada. Sus labios se movieron. Mana vio que intentaba pedir algo. Noli se rió, encantada.

—¡Mana, Amola tiene palabras! —exclamó—. Ella dice: «¿Ma?» Ella pregunta: «Madre, ¿por qué te paras?» ¡Ah, ella tiene palabras, Mana, ella tiene palabras!

Aquélla era una cuestión que el Clan había discutido sin cesar desde que Amola había nacido, sobre todo desde que había dejado de ser un recién nacido de cara arrugada y ya tenía rostro propio. Entonces fue fácil ver que se parecía a Tor, con sus huesos delicados y los pómulos altos, aunque tenía la boca y la barbilla de Noli, mientras que el color de la piel era una mezcla de ambos. Entonces ¿Amola sería como Noli y tendría palabras, o como Tor, y no tendría ninguna, o algo intermedio, con sólo algunas?

Después de esa única sílaba, Noli estaba segura de la respuesta.

Mana se rió con ella, feliz por la alegría de ésta. De pronto, su mirada se posó en Okern, que había llevado la piedra hasta la cueva y estaba dando golpes al risco que había junto a ésta. «Golpearía la colina entera si pudiera —pensó Mana—. Sí, y podría hacer eso antes de hablarme. Él nunca me dice "Ma".» Inclinó la cabeza y se mordió el labio.

—Mana, tú estás triste —advirtió Noli—. ¿Por qué?

—Okern no tiene palabras —explicó Mana.

—Él es hábil. Fuerte. Es valiente. Hermoso —dijo Noli.

—Noli, eso es verdad —dijo Mana. De hecho, se sentía muy orgullosa de la belleza de Okern. Sin embargo, volvió a mover la cabeza.

—Escucha, Mana —dijo Noli vacilante, pensando mientras hablaba—. Dite a ti misma: «Okern tiene palabras.» Ahora di esto: «Un día Okern es pequeño. Entonces su nombre es Kern. Él comprende poco. Se hace mayor, un niño. Entonces él comprende algunas cosas. Mana le dice: "Kern, yo no soy tu verdadera madre. Ella está muerta. Ella hizo esto y lo otro. Tu padre está muerto. Él hizo esto y lo otro."»

—Noli, yo no digo: «Tu madre era una mujer demonio. Tu padre era un hombre demonio.»

—Entonces Mana dice: «Yo te encontré. Halcón Luna te aceptó. Ahora, Kern, tú eliges. ¿Qué eres tú? ¿Eres como tu padre y tu madre? ¿Eres como yo, Halcón Luna? Piensa, Kern. Después elige.»

—Noli, yo nunca puedo decirle esto. Él nunca puede elegir. No tiene palabras.

Noli dejó la piedra en el suelo, se acercó, se agachó junto a Mana y le cogió la mano.

—Mana —dijo—. Okern es persona. Un día él elige. Ahora, mira a Goma. Ella es buena, buena. Ella dice en su corazón: «Esto es bueno. Yo lo hago. Esto es malo. No lo hago.» Ella no necesita palabras para esto. Es persona. Mana, «bueno» es una palabra. «Malo» es una palabra. Pero ellas son más, más. Ellas son... Yo no sé qué son, pero son cosa de personas.

Mana miró a Okern. Sí, él era una persona, pensó. Y Noli tenía razón. Recordó la ira repentina que la había embargado en el Lugar del que No se Habla, al pensar que los hombres demonio habían elegido ser lo que eran. Fue eso lo que le había permitido enfrentarse al anciano demonio y desafiarlo cara a cara.

Sí, bueno o malo, supiera o no la verdad sobre sus verdaderos padres, Okern algún día elegiría.

Eso era cosa de personas.

Índice